爱是温暖青春的烛火

林文力 主编

内蒙古出版集团　远方出版社

图书在版编目（CIP）数据

爱是温暖青春的烛火 / 林文力主编. -- 呼和浩特 : 远方出版社, 2014.1

ISBN 978-7-5555-0056-8

①爱… Ⅱ. ①林… Ⅲ. ①散文集—世界 Ⅳ. ①I16

中国版本图书馆CIP数据核字(2013)第293790号

爱是温暖青春的烛火

主　　编　林文力
责任编辑　董美鲜
装帧设计　柏拉图创意机构
出版发行　内蒙古出版集团　远方出版社
社　　址　呼和浩特市乌兰察布东路666号
　　　　　（电话：0471 — 2236466 邮编：010010）
经　　销　新华书店
印　　刷　北京毅峰迅捷印刷有限公司
开　　本　880mm × 1230mm　1/32
字　　数　223千
印　　张　8.5
版　　次　2014年3月 第1版
印　　次　2014年3月 第1次印刷
标准书号　ISBN 978-7-5555-0056-8
定　　价　28.00元

如发现印装质量问题，请与出版社联系调换。

爱是温暖青春的烛火

现实中，爱充满了悲欢离合，时而让人心喜，时而让人酸楚。是欢与合的心喜也好，是悲与离的酸楚也罢，心喜时，有人会说“相爱容易，相处太难”；酸楚时，也有人说“相见不如怀念”。但正因为青春，因为年轻，所以可以爱得无所畏惧，爱得无限执著。最终只要各自的心中藏有纯粹的爱，无私的爱。正如《爱是你我》中唱道：爱是你我，用心交织的生活；爱是你和我，在患难之中不变的承诺；爱是你的手，把我的伤痛抚摸；爱是用我的心，倾听你的忧伤欢乐……

青春是一个爱情绽放的季节。爱，就要爱得轰轰烈烈，用一生去守候；走，就要走得无牵无挂，不留一丝遗憾。人生因为有了这样温暖的底色而变得不狰狞，尽管可能有悲伤、有心痛、有迷茫、有不舍、有懊悔，但大多只是静静地流淌，不喧器、不造次，终究随着岁月，变成温暖青春的烛火，在记忆深处永远跳动。

岁月如歌，以灵魂歌唱；生命如诗，尽一生品读。本书精心甄选《文苑》杂志出版20年来的内容，每篇文章都追随读者心灵的声音，帮助他们找回曾经的感动。书中内容涉及人生、社会、成长历程、情感等方方面面，既有平凡背后的温情，也有沙粒尘埃中的天堂。也许故事中一段小小的情节或是一句话语，便足以触动我们内心深处最柔软的地方，给琐碎的生活平添一份快乐，给艰难的青春带来一股动力。

爱
是温暖青
春的烛火

目录
CONTENTS

第一辑　不可碰触的年华

第二辑　梦里寻他千百度

第三辑 成长路上有你相伴

第四辑 脚下是今天，眼里是明天

第五辑　往事并不如烟

第一辑　不可碰触的年华

一生中，我们可以遇见很多人。不论爱与不爱，我们都可以在一起度过一生中的一天，一月，一年。到了该离开的时候，一些人离开，没有归期；一些人离开，永不再会。仿佛只有我们自己留在原地，等待或者怀念。怀念离开的人留在掌心的记忆，等待未来的人给我们新奇，常常分不清楚，到底是物是人非，还是人是物非了。

送你一只梅花鹿

那是在新年元旦的一个迎春晚会上，因为同学之间互相交换礼物而引发了后来的这个故事。

尽管已是80年代末，但是作为中学生的我们，男女生间还是不大说话的。那情形好像清清池塘里的青蛙和鱼。那时候我们十七八岁，就像是一些未成熟的青皮柿子，由此才使后来的一切变得那样耐人寻味。

元旦那天，恰好下了一场大雪，浪漫的女班主任就把我们班的迎春晚会，改在了大操场的雪地上。雪地上燃起了好大一堆篝火。男女生一起参加这么有意思的活动还是第一次，我们每个人都显得异常兴奋。同学们的节目一个接着一个。

晚会接近尾声的时候，我们的班主任宣布进行最后一个节目。雪地上瞬间静了下来，我们为即将到来的这一刻感到又紧张又兴奋。

老师拿出一个玻璃糖盒，里面装着25个纸球，每个纸球上都预先写好了一个女生的名字。25个女生就像25颗糖果五彩缤纷地装在玻璃盒里。我们班50名同学，恰好男女生各半。按游戏规则，班主任老师让每个男生依次走上前去抓一个纸球，然后按纸上的名字，男女生两个互相交换新年礼物。

当我打开手上的纸球时，上面写着“鹿纯”。我仿佛看见了那张美丽绝伦的脸。鹿纯是我们班里最美的女孩。大家背地里都叫她公主。那么小的年纪就能做到举止有态，真让人觉得惊奇！每每从她身边走过，我觉得连空气都变得格外清凉。加之她各科成绩都很优秀，真正是老师的骄傲，同学的楷模。

我天性腼腆，学习成绩又极一般，从未敢大胆地与女生说过一句话。同学们都开始交换礼物了，我才鼓起勇气挪到鹿纯的跟前，几乎不敢看一眼鹿纯的眼睛。当我用汗湿的双手将礼物塞到鹿纯手中时，我听见鹿纯轻轻地说：谢谢你，真漂亮！

送给鹿纯的礼物是一挂十字架项链。这是我在校园后面武警中队经常打靶的土塬里扒出来的子弹头，用了几个晚上的时间打磨焊接而成的。我又去街上给它配上最好看的链子。而将这项链送给鹿纯，也算是为美丽的礼物找到了最完美的归宿。

我躲开同学的眼睛，打开鹿纯送我的礼物。这是一只栩栩如生的木雕梅花鹿，包装纸上端端正正地写着：送你一只梅花鹿。

从此，那只梅花鹿就放在了我的书架上，几乎成了我奋进的图腾。为了“配得上”鹿纯，我一改过去的散漫而变得勤奋起来，暗下决心要成为一个优秀的学生。一次体育课，我发现鹿纯的脖子上戴着的正是我送她的那挂子弹项链。那一刻，我觉得自己是这世界上最幸福的男孩子。

转眼到了高三，我们就像一群跑马拉松的运动员，在做着最后的冲刺。我的成绩直线上升，为此受到老师的多次表扬。当然，这一切只有我自己知道是为了什么。

然而，似乎有好些日子不见鹿纯来上课了，同学们私下里议论说鹿纯病了。

或许是鹿纯的病拉近了男女生之间的距离，或许是转眼的分别使我们珍惜眼下的相处。当我和另外几个男生去医院看鹿纯时，已有一大堆同学在座。鹿纯一再为自己不能参加高考而惋惜，并一再说我一定能考得很好。我努力说一些让鹿纯高兴的话，可我觉得那声音空洞得连我自己也无法确认。告别鹿纯是我这一生最痛苦的记忆。

我终于考上了一所重点大学，一如鹿纯对我的祝愿。而鹿纯却在那个秋天永远地离开了这个世界。

鹿纯送我的那只梅花鹿就一直放在我的床头，一个秋天又一个冬天，频繁地进入我多梦的年龄。

那个寒假，我回到了小城，在一个落雪的黄昏，我独自去了鹿纯的坟地。我带给她一本精装的《泰戈尔全集》，那是鹿纯最想要的一本书，我寻了许多家书店终于替她找到了。我把那本书一页页撕下来焚烧，纸灰在空中飞舞，像一群黑色的蝴蝶，旋转，又悄无声息地栖落在枯草丛中。

我从衣兜里掏出一个纸包，埋在鹿纯的坟边。那包着的纸上写着：送你一只梅花鹿。

文/陈毓

一位美丽的少女，一只可爱的梅花鹿，勾起了一位少年美好的情怀，并为此奋发求进。无奈天妒红颜，少女因病永远地离去了。一个生命匆匆地来，又匆匆地离去，留下的是一潭并不平静的心湖。这世界就是这般无奈，造就了太多的遗憾。

对岸的温暖是我的天堂

在俄罗斯的远东，在中俄边界，在黑龙江的岸边，住着这样一户人家，男主人斯克托夫供职于一个林场，女主人昆尼娅是附近小镇上的教师，儿子别罗上小学。这是很幸福的一家，可是那年夏天，一场灾难降临了。

闲暇的时候，斯克托夫常带上一只小汽船去黑龙江里捕鱼。由于是界河，他捕鱼的范围只能在岸边到江心附近的位置。黑龙江中盛产的大马哈鱼让他们百吃不厌，同时在别罗的心中，也对这条神奇的大江充满了兴趣。他极羡慕父亲，可以在风中浪里穿梭。而更吸引他的，是对岸的世界。他对中国人并不陌生，镇上就有许多中国人在做生意。他所感到神秘的，是一江之隔的那个古老国度，想象不出那里是什么样子。有时在夜里，他看见对岸村庄中的点点灯光与星星连成一片，便悠然神飞，他常常问妈妈："那边多美呀，是不是就是传说中的天堂呢？"

那一年别罗读小学四年级，暑假的时候，他总是一个人坐在岸边，向对面观望。有一天，他发现在对岸的水边，也有个男孩坐在那里。他兴奋起来，站起身大声地呼喊着，由于此处江面很宽，他不知自己的声音能不能飞过大江。他看见那个中国男孩也站了起来，扬着双臂似乎也在喊着什么。虽然他听不见，却依然很是高兴。那天夜里，他做了一个极甜美的梦。自那以后，他更常去岸边，经常能看见那个男孩，虽然只是一个遥远的身影，可他们能够彼此观望，打着莫名的手势，也尽够欣幸的了。

终于有一天，别罗抑制不住内心的冲动，偷偷拿出父亲的小汽船，费力地拖到岸边。他将船放下水，慢慢地向江中划去，流水将小船向下游冲去，不过也渐渐地向江心靠近。别罗只想真切地看一看那个中国男孩的脸，那个身影越来越近。忽然，他听见身后的岸边有呼喊声，回头一看，父亲正焦急地向他打着手势，让他把船划回来。父亲怕他越过国境线，喊得喉咙都哑了。别罗终于听明白了，此时江心的国界线已非常近了，他慌忙掉转船头往回划，可惊乱之中，那船越来越不好控制，加上浪大水急，竟团团打起转来。他恐惧到了极点，奋力地挥动小桨划着，却是越弄越糟。终于一个浪头打来，小汽船翻了，落下水的刹那，别罗向对岸看了一眼，那个中国男孩正惊慌地站起，满脸的恐惧和担心。

一见到别罗落水，斯克托夫来不及脱衣服便跃入江中，奋力地向前游着。由于是禁渔期，江中根本没有别人。这一场事故的结果，别罗得救了，父亲却永远也上不来了！别罗宛若大病一场，一想到父亲因自己而死，心中就会涌起巨大的悲痛。他变得恍恍惚惚，有时会逃课来到江边，面对一江流水怔怔发呆。而对岸的男孩仍在，亦是默默。有好几次别罗都想跳进水中，是妈妈把他拉了回来。妈妈对他说："你不是常说对岸就是美丽的天堂吗？你爸爸就到那里去了，和那个男孩一起看着你，你再跳下去，爸爸看了会伤心的！"

那年的冬天格外的冷，黑龙江也冻得严严实实。别罗依然常在岸边，寒冷对于他来说仿佛不存在般。可他再也不想徒步从冰上走到江心去，这条吞没了父亲的大江，让他有一种本能的悔恨和恐惧。有一天他发现，对岸的男孩拿着一只水桶样的东西在忙着，不知做些什么。他好奇地看着，见那男孩在桶里装满水，然后冻出了一个个桶样的冰块来。

忙了许久，那个中国男孩站起身，扬手向他比划着，他看了半天也没明白是什么意思。只是见那男孩把那些冰块在岸边摆放着，不知他要做什么。

那天晚上，别罗站在院子里，偶尔向江那边看一眼，忽然发现江那边的岸上亮起了灯光！他大奇，便穿上厚厚的棉衣向江边跑去，妈妈不放心，连忙跟在后面。到了岸边，他看清了，那些白日里冻成的冰块之中，都亮起了融融的灯光！别罗知道那是最简易的冰灯，在冰里面放上点燃的蜡烛，只是那些灯火似乎排成了很有规律的模样。转头间见妈妈的眼睛湿了，妈妈对他说："那是4个中国字，爸爸爱你！"那一刻，遥望那一处灯光，还有光亮中那个男孩的身影，别罗终于相信，对岸是美丽的天堂，父亲就是去了那里。而那个中国男孩，就是善良的天使！

那片灯光在眼中模糊了，别罗忽然觉得这个冬夜不再寒冷，因为在对岸闪烁的那一片光晕之中，他看到了最温暖的天堂。

文/包利民

每个人的内心深处，都有一种与生俱来的渴望，那就是对远方的向往，总以为远方有一个繁华热闹的神秘的天堂。也许是自然美景，也许是人文历史、美好传说……那是一种看不见的灵魂里涌动的向往。一个俄罗斯的小男孩因为远方的诱惑，冲动的举止，使他不幸失去了最亲爱的父亲，悲伤逆流成河。而给他带来慰藉的也是远方，一个中国小男孩用冰灯排成了4个中国字"爸爸爱你"，于是，这个冬夜不再寒冷，江河流淌，流淌到一个温暖的地方。

两分硬币

那是流行玩陀螺的季节。弟弟藤二不知从哪里找到健吉玩旧的陀螺，用两只手掌挟住，把头部打扁，插在中间做心轴的3寸铁钉搓起来。然而，因为他手头上还没有多大力气，不管怎么使劲，那陀螺也只站着转那么几转，很快就倒下来。

健吉从小就有股子钻劲，买了个陀螺，擦得溜光，还用根3寸铁钉把原来那根细铁丝般的心轴换了下来。这样，陀螺就转得快，跟人家赛起来很少有敌手。因而，它虽是十二三年前用过的东西，却仍然连一条裂缝都没有，黑黝黝、沉甸甸的，看上去木质很坚硬。原来是上了油，打了蜡，同如今在铺子里卖的比起来，那木质就好得多了。

可是，陀螺越重，对年幼的藤二来说就越难转动。他在廊沿上搓了半日，也总是转不灵。

“妈妈，给我买根陀螺绳儿行吗？”藤二缠起妈妈来了。

“问问爸爸看，叫买不。”

“说行哩。”

妈妈对所有的事情都很小气，一个原因是家里的日子难过。尽管是答应给买了，还要把堆房翻腾一遍，看清楚是不是还有健吉玩旧的绳儿。

这沿河的小小村庄的孩子们，都聚集到庙门前去，把新绳儿缠在新陀螺上使它转动起来，两个人一组撞陀螺，比输赢。孩子们把这种玩法叫作“兹嘎嘎”。他们缠好绳儿，使劲一抽把陀螺摔出去，就飞快地转动起来。两个人一起摔，轮流让自己的陀螺去撞对方的，直到一方的陀螺停止转动，先倒下来的就算输了。

“瞧，光俺一个人用这样又黑又旧的陀螺。陀螺也给俺买个新的吧。”藤二缠着妈妈说。

“陀螺，不是有一个么，不买也行了。”

“这个，瞧，不都这么黑了么……人家都是新的！”

“尽说傻话，这个陀螺还不好？”健吉深信自己从前用过的陀螺不坏，他总有点舍不得拿钱给弟弟买新的。

“嗯。”藤二一向是哥哥说啥都相信的。

“这个陀螺好呀，不信跟他们比比看，谁也不会比它强啦！”

说到这里，陀螺用旧的，算是说通了。可一到跟妈妈两个人去买绳儿时，藤二却又贪婪地摸弄起铺子里装在木盒中的涂了红和蓝颜色的新陀螺来了。

“阿藤啊，不要那么摸弄人家铺子的东西呀，瞧给弄脏了。”母亲边请杂货铺的老板娘拿出绳儿来看，边嘱咐藤二说。

“不不，摸摸也不妨事的。”老板娘和气地说。

绳儿一共有几十条，都剪得一样长，其中只有一条比起别的来短那么一尺左右。那是按尺码量着剪下来，最后剩了那么一条不足尺码的。

“多少钱呐？”

“一条一角钱呀，那条短的就算您8分钱吧。”

“算8分钱……”

“是啊。”

“那么，就要这条短的好啦。”

说着，母亲拿出一角钱，找回来一个两分硬币，就仿佛是赚了两分钱那么高兴。

当母亲催藤二回家的时候，藤二还在玩弄那盒子里的新陀螺，看起来，他是十分舍不得的样子。但他也没有硬逼着母亲给买，就跟着母亲回来了。

邻村庙前的广场上，来了串乡的摔跤班子。孩子们都成群结伴地去看热闹。藤二也想去，只是正在割稻大忙的节骨眼上；而且牛棚里上了套的牛，正在拉磨磨粉，团团地围着中间的柱子打转，也要藤二看着。

“看牛么，真讨厌死了！”藤二异乎寻常地表现出厌烦的样子。他把陀螺的绳儿拴在牛棚房檐下的柱子上，两手攥住绳头用力拉着。

“那么你就去赶麻雀吧？”

“不。”

“你这么任着性子怎么行啊，粉得磨，麻雀又来吃稻子！”妈妈带着生气的口吻说。

藤二似乎在跟柱子拔河一样，转过身子去抻绳儿，过了一会，他悄悄地说：“人家大伙可都去看摔跤了嘛！”

“像咱这么穷的人家，哪儿能够去干那样的事呀！”

“嘿！”藤二失望地喊着，还是一个劲地抻着绳儿。

“那么抻，绳儿可要断了。”

“哼，这绳儿比人家的都短！”

“抻也长不了——那么抻要摔倒的呀！”

“嘿，一抻就长了。”

这时候，爸爸回来了，盯着藤二说：“阿藤，你嘟囔什么呀！”

“瞧，这不是挨说了吗？喏，去看着牛吧！”妈妈乘机安顿好就下田去了。

爸爸把小麦倒在漏斗里，看了看温驯的牛正在望着人脸，慢腾腾地拉着磨，就出去了。

藤二自从买了陀螺绳儿，到孩子们中间去转陀螺，就慢慢发现自个儿的绳儿比别人的短很多，心里感到很委屈。把绳儿的一头并齐，一比，他的绳儿比谁的都短。他才只有6岁，一跟上了学的大孩子玩“兹嘎嘎”，就总是输。他觉得绳儿短，再比还是要输的。于是，他以为揪住绳儿的两头一抻就会变得跟别人的一样长了。所以他总是不断地抻绳。他一面看着牛，把绳儿套在中间的柱子上，揪住两头用力抻，嘴里仿佛在叨念着：“绳儿啊，长长点吧！”这时，牛就在他身后团团地转着圈。

健吉正在割稻，去看摔跤的许多孩子成群结伴地回来了。他们在归路上玩着陀螺。

后来，健吉他们又割了一会稻子，太阳眼看要落山了，三口人就担着稻捆回家了。

“牛棚里怎么一点动静都没有哇？”

“是呀。”

“藤二上哪儿去玩了吧？”

妈妈放下稻捆，走上前去往牛棚里一瞧，吓了一大跳，颤抖着叫了起来：“阿健啊，快来！”

健吉扔下稻捆，赶忙跑过去，发现看牛的藤二一手握着陀螺绳儿，躺在阴暗的牛棚里，脖颈断了，满头是血。

黄牛呆呆地驾着套站在那里，仿佛是在守护着孩子。夕阳穿过竹窗棂照着黄牛的眼珠。两只苍蝇在黄牛身旁嗡嗡地飞着……

“畜生！”爸爸拿了担稻捆用的六尺扁担，一股劲儿整整把牛打了3个钟头，仿佛是黄牛担负着一切罪过。

“畜生！你干不出好事来！”

黄牛吓得口吐白沫，在屋子里东逃西跑。

牛套给打烂了，六尺扁担也打断了。

从那以后，3年过去了。

妈妈一想到藤二便说：“那时候，叫他去看摔跤的就好了！”

“不给他买那么短的陀螺绳儿就好了……他是因为陀螺绳儿套在柱子上用力抻的时候，抻脱了一只手，倒栽在地上，给牛踩死的。不给他买那根短绳儿就好了。省下两分钱又顶什么用啊！”

妈妈一想起藤二，就这么叨咕起来。直到如今，她还要流泪哩。

文/黑岛传治

如果没有省下那区区两分钱，如果让孩子去看摔跤……可惜如果只是如果，一个本不该发生的悲剧发生了，一个鲜活的小生命就这样结束了。这是一个因贫穷而引发的悲剧，也是社会的悲剧。对于生活在社会底层的民众来说，有时并非他们不关心不重视孩子，而是大多数时候根本无法选择。贫穷使他们工于算计，斤斤计较。无论从哪个角度讨论，穷，都是最根本的原因。

我是你姐，你是我弟

我一直不喜欢那个叫高歌的小孩。对他，对这个家，我从懂事起就开始愤恨。记忆里，自己被全家人宠到了7岁，然后一场车祸袭来，幸福中止，一切不再像从前。

首先，妈妈怀孕了。一边是躺在医院里昏迷不醒情况危急的女儿，一边是从天而降的新生命。在亲友的劝说下，她跟爸爸决定生下那个孩子。

然后，你们就知道了，那个孩子就是高歌。我不喜欢他，并不是因为他不漂亮不可爱，只是因为，他是那个叫高畅的女孩子的代替品。

有了高歌后，我并没有受冷淡。相反，因为愧疚，他们比从前更纵容我。可他们越这样，我就越觉得他们可能是觉得我可能死掉或残疾，就想要一个健康的孩子，世上有这么不负责任的家长吗？至少要巨大的悲痛过后，才会想到用新的希望来代替，但他们却过早放弃了我。这让我满心悲凉，每次看到高歌，就会涌起深深的厌恶。

我越发乖张的性格让他们最大限度地忍让我，包括高歌。虽然他还是个孩子，却懂得看到我皱眉时静静地坐在一边不说话。他4岁时因为好奇摸了我的陶瓷储蓄罐一下，我马上走过去把它摔碎了。陶瓷碎片割破了他的小脚，点点血迹让我有些愧疚。妈妈抱走了他，我的愧疚又转成了愤怒。我固执地认为，他们更爱高歌，只因为我是个不健康的孩子。

车祸后我常吃一些营养药，上面全是外文商标，很贵的样子，并且每次感冒都会被小题大做地送进医院……看着他们筋疲力尽的样子，我觉得自己是个累赘，他们有理由不要我。

我念中专时高歌上了小学，相比我富贵的童年，高歌明显惨了许多。父母已不似当年意气风发，他们的积蓄似乎都被那次车祸榨光了。所以他没有零食也没有零花钱，整天穿着亲戚送的旧衣服，背着我小时候的旧书包。看着他夹杂在一群小孩中寒酸的模样，我总觉得他们在做样子给我看。我不信曾那么富有的家会因一次小小的车祸而变得窘困。父母的寡言让我与这个家日渐生疏。我很少跟他们说话，每月准时向妈妈要600块的生活费。我比较过，这笔钱不多不少，足够让我看上去像个富足的孩子，虽然妈妈有几次是为难着拖延了几日才把钱递到我手里。

其实，有几次逛超市时我想到过高歌。我记得很清楚，那天中午去他们学校帮他交保险，他正眼巴巴地看着一群吃冰棒的小孩，看到我过去，他兴奋地叫着姐姐。我讨厌那些小孩望着我探究的样子，交了保险就急急走开了。我来不及回想自己的童年，只是伸向“可比克”的手不自觉抖了一下，但最后我还是抱了一堆的零食回到学校。

周末回家时，书包里剩下了半包饼干，味道不是很好，看见高歌过来，便随手扔给他。他半天都没动静，后来到厨房看到他时，他正学着电视里奥利奥的广告，一边嘟哝着“拧开，舔舔，再泡一泡”，一边小心翼翼地品尝那几块并不美味的饼干。不过，他泡的不是牛奶，而是清水。

他抬头看见我，有些不好意思。我不知哪来的情绪，一把抢过他手里的饼干，扔进垃圾桶里。他呆呆地望着我，似乎想问为什么，但我很快跑回了房间。那晚他一直哭，妈妈去哄，好想知道是怎么回事。但他只是叹气，并没有下文。

时间开始不那么含蓄地流动起来，高歌在两年中高了许多。不过皮肤依然很黑，眼睛依旧不生动。我去附近的超市，他在后面跟着我，他说，姐姐小时候是因为过马路不小心出的车祸，他要来保护姐姐。

那一刻，不是没有温暖在周围浮动。11岁的孩子，牢记着父母讲的教训，守护着对他并不友好的姐姐，难道仅仅是童真?

我想了很多，关于自己在仇恨中成长起来的青春。我长大了，可以离开，但高歌却残留着我愤恨过的童年，继续艰难地成长，这对他是否公平，但我依然没法拿出热情去拥抱这个本应该跟我亲近的孩子。他的年纪是我冰冷着的岁月，11年，并不是说软化，就可以像蛋糕一样松软。我能做到的，只有离开，终止曾经的不成熟，去重新开始生活。

毕业后我搬出去了。那天爸妈都很无奈，只有高歌快乐地忙碌。他帮我搬那些小零碎之前小心地问我他可不可以动。我知道，他还记得4岁时的那只储蓄罐，于是摸着他的肩膀对他点点头。其实我是想摸摸他的头发，但举起手才发现，这个动作做起来竟那么生疏。

得到我的特赦，高歌很高兴。于是一次只拿一个小笔筒或画笔来回折腾。他高兴的表情让我第一次感觉胸口有些闷疼。

我找到了工作。生活的忙碌让我渐渐忽略高歌的眼神。我告诉自己他是父母的，并不属于我。

但接到妈妈打来的电话，我还是惊慌失措地冲破自己的冷漠。一公里的路程，我竟踩着高跟鞋狂奔到医院，完全忽略了一种叫出租车的交通工具。

妈在电话里说："高畅你快来！高歌被车撞了！"

一瞬间，7岁那年的记忆浮现眼前。我突然明白了为什么他们要生下高歌，因为承受不住失去。

我才知道自己也怕失去，是的，这世上有一个人，他无怨无悔地叫了我11年的姐姐，而我却没给过他任何情感上的回报。如果就这样离去，我一定会觉得空虚和难过。不因为别的，只因为自己作为亲人的亏欠。姐姐，是有与生俱来的责任的。

高歌需要输血，我举起胳膊说我是B型的。但妈妈却拦着我，说我体质差，我大声说我没事。高歌的主治医师认出了我，说道：“是高畅吧！真是奇迹，当年手术后没一点复发的迹象，恢复得跟健康孩子一样了……”

蛛丝马迹一旦暴露，就会引出所有真相。不用别人解释我也知道，当年爸妈为什么会毫不犹豫地生下高歌，家里为什么会从富有变得窘困。

高歌，从出生，就是为了给我带来生的希望。他的脐血救活了因车祸被发现患有白血病的我，他却因此背负着我的误解度过了卑微的童年。

高歌出院时，我一直把他抱在怀里，我要把对他的冷漠都补回来。高歌睁着大眼睛，良久才出声问我：“姐姐，你怎么了？”小破孩，我现在什么都不想说……只想抱紧你，告诉什么都不懂的你：我们的命是连在一起的。我是你姐，你是我弟！

文/小李肥膘

对于有的独生子女来说，会觉得如果没有兄弟姐妹，自己能得到父母以至身边亲人更多的疼爱，会有更多的零食和漂亮的新衣服，还会有更多的零用钱。而有了弟弟或妹妹，自己便失去了本该拥有的更多的东西，所以他们会把弟弟或妹妹当成敌人，感觉自己与其水火不容。何况文中的姐姐是在自己生命垂危之际迎来了弟弟，难免会觉得父母已经放弃了自己，所以发自内心地厌恶弟弟，记恨父母。多年后真相大白，她才知道弟弟的出生原来是为了给患上白血病的她带来生的希望，却不料因她的误解，弟弟的童年在卑微中度过。她内心冷漠的坚冰终于融化，那无法割舍、无以替代的血脉相连，让她体会到了什么是手足之情。

百合花，桃木梳

初中的毕业晚会上，班里的女孩被一个一个叫到台前领礼物，礼物是男孩子们送出的，有丝巾，有发箍，有漂亮的蝴蝶结，还有时下流行的CD……叫到王小华的时候，很多同学都笑了，因为王小华长得丑，140斤的体重，满脸痘痘，五官不清，有谁会送她礼物呢？王小华低着头，窘迫地站在台上，像要被宰的羔羊。主持人说，请送礼物的男生上台来。台下死寂一般，30秒过去了，一分钟过去了，还是没有一个男生上台。王小华的眼泪几乎在眼眶里打转，她觉得这和羞辱没有区别，转身要逃，却看见高枫，高枫捧着一束百合花，还有一个桃木梳朝她走来，他大方地牵过她的手，把礼物递给她。台下的同学发出惊呼，有起哄的，有错愕的，王小华站在人群中，心怦怦直跳。她搞不明白，他怎么会送她礼物？这么漂亮的百合还有梳子，像做梦一样。

那天晚上回家，王小华第一次大胆迎接路人的目光，她小心翼翼地捧着那把百合，脸上洋溢着光彩，连母亲看到捧花的女儿都惊讶极了。母亲说，原来我们家的丑丫头笑起来还是很漂亮的。王小华照着镜子，头一回觉得自己若是瘦一些，应该会比现在好看。

那之后她开始减肥，也开始给在另一个学校读高中的高枫写信，问他的学习，问他的生活，问他的种种近况，高枫每一封信都回，彬彬有礼，止于问候。

王小华对别人说，高枫是她男朋友。

这期间，王小华瘦了很多，脸上的痘痘一点一点消去，五官慢慢显现出来，竟还有人夸她漂亮。她收到了来自别的男生的礼物，有丝巾，有发箍，有漂亮的蝴蝶结，还有时下流行的CD。她站在讲台上再也不会像当年那样窘迫。毕业那天，她主动打了高枫的电话约高枫出来。她在电话里对高枫说，我在中山路等你，不见不散。

高枫犹豫了一下答应了，他们除了写信已经3年没见。

王小华出现在中山路的时候，高枫几乎没认出她来——她落落大方，眼眸里神采飞扬，与当年判若两人。他有些尴尬地和她打招呼，她却拉起他的手，逛街，看电影，亲昵的模样俨然多年的情侣。

南国的夜色绚烂，她一脸幸福，他欲言又止，终于忍不住开口说，其实……她做出嘘的姿势，紧紧地抱着他，然后，松手，从身后掏出一个盒子，对他说，谢谢。

高枫接过盒子，打开来看，里面装着的竟是当年他送她的桃木梳。

原来，那晚高枫的礼物并不是要送给王小华的，他喜欢的女孩叫林菲菲，他看王小华一个人站在台上，急得要哭，心中不忍，才把礼物给了她。他以为王小华不明白，几次想在信里跟她解释，但她的关切和热情洋溢，终究让他开不了口，他实在不愿意伤害这个极度自卑又敏感的女孩。

其实王小华一直都知道，这份礼物不是她的。王小华说，我现在把它还给你，你可以送给你原本想送的人。

高枫接过盒子笑了笑。

很多年后，王小华想到那捧百合和木梳还会落泪，尽管那些东西并不真的属于她。她说，这最初的爱情，虽然止于幻想，却是苦涩少女时代的全部力量，给予她蜕变的勇气。

她至今仍然感激他。感激他在年少的时候给她的温暖，感激他不拆穿她谎言的善良。其实，有时候爱情也可以是一场自欺欺人，只要它让我们心底明亮，努力成为更好的自己。

摘自《新青年》2012.10

文/二丫

卑微的她，在一次公开场合多亏他仗义地伸出援手，才得以脱离窘境。在她眼中，他光芒四射，若是以前，她是不会有勇气去靠近的，但现在，被掩埋在黑暗里却仍不可抑止地从心底破土而出的情愫，无时无刻不在啮咬着内心的自卑感，就是这样的驱动力让丑小鸭有了变美的愿望。她努力地做着在自己看来可以让自己变美好的事情，终于有了破茧成蝶的那一刻。不过，她知道，他爱的不是她。但是，他所给予她的蜕变的勇气，她一辈子都会感激。

不能够恨你

男人生活在福建北部的山区，母亲瞎了一只眼，父亲腰腿不便，全家就靠他耕种几亩薄田，维持生计。虽然是个穷苦命，他还爱笑，30岁了，那双眼睛也年轻，看到女人会脸红。

村里忽然来了两个外乡人。据说是表哥和表妹。表妹已经有了5个月身孕，走路很笨重，低着头老是哭。表哥就对每一个好奇的山里人解释，表妹是被强暴的，没有打掉孩子，是因为想生下来，用DNA作为证据去抓至今逍遥法外的强奸犯。

表哥又说，他们流落到此，走投无路，希望有好心人娶了表妹，给她一条生路。这简直荒唐，谁会娶这样来路不明的大肚子女人？

这个男人也去了，缩在一旁，悄悄看那个垂头落泪的女子，很是心酸。他想娶她。

女人抹着眼泪，轻轻说，表哥为了她受了很多苦，回去也没有路费，谁要娶她，得交一万块钱。

他仍然想娶她。亲戚们都反对，纷纷说，哪儿能信啊，说不定是骗婚。

女人只是低着头，哭。

男人终究没有敌过自己的怜悯之心。越是穷苦可怜的人，越是同情和自己一样的人。他费尽力气，找亲戚们凑足了钱，交给了那位表哥。

没有办结婚手续，女人立下字据，发誓嫁给他好好生活，做个贤妻良母，然后在自己的名字上，按下红色手印。

此后，男人很细心地照顾孕期的女人。

女人身体瘦弱，7个月时早产了。生产时她大出血，奄奄一息。是他日夜守护在她身旁，衣不解带地伺候。孩子生下来才两斤半，日夜啼哭，是他到处借钱，把孩子送到医院最好的婴儿护理室。

出院时，他欠下3万元的债务。

孩子满月时，女人说要回老家迁户口，和他正式办理结婚手续。亲戚们又纷纷反对，万一她跑了怎么办？他不听，亲自送她上了长途汽车。

可是，她就此一去不返。他的母亲抱着哭闹的孩子，唯一的好眼也快要哭瞎。他的亲戚都说他傻。他变得沉默寡言，常常坐在门槛上发呆。

他终于收拾了行李出山，要去找她。之前，他曾偷偷抄下她身份证上的地址。经历了一些波折，女人找到了。当时，她就坐在自家的院里，帮母亲剥毛豆。看见他，她大惊失色，躲到屋子里，说根本不认识他。

后来，他只有求助当地的电视台。记者反复游说，女人终于答应赴约，给男人一个解释。在录制现场，她只肯坐在玻璃屏风后面，自述生平。

原来，女人来自小乡镇的贫困家庭，考上大学后，不适应城市华丽的生活，时常感到自卑。大学毕业后，她恋爱了，不久又怀了孕，男友却让她打掉孩子，生下来也概不负责。为了赌气，她坚决要生下孩子独自抚养。

她丢掉了工作，肚子越来越大，身边非议越来越多，不堪重负之际，认识了所谓的“表哥”，却被骗到福建山区，不得已做了骗子的同谋。生完孩子，她干脆一走了之……

男人忍不住问：“我对你那么好，你还骗我？”

女人哭着说：“我不想骗你的，可你太容易骗了，就跟当初的我一样。即使你在医院全心伺候我时，我也还是恨，恨骗我的那些男人，恨这个虚假的世界。”

看到这里，有些悲凉。如果说爱和信任是一个手手传递的苹果，那么恨和不信任就是另一只烂苹果。拿到烂苹果生生吃掉之后，很多人无力除掉毒素，也要变成烂苹果。

她就是如此。但她终于讷讷道：“孩子我过一段时间就去接。欠你的钱，我一定还……你还能原谅我吗？”

男人沉默了好久，才开口说话：“你知道我最幸福的时候吗？就是你出院那天。你还很虚弱，我的右手紧紧扶着你，左手抱着小小的孩子，觉得自己是个多么富有的人啊！你知道我最痛苦的时候吗？就是你走后，每次想到你在骗我，我就恨得咬牙，吃不下饭，睡不好觉。我把你用过的缸子和毛巾，都摔到地上狠狠踩，胸口总憋着一股怨气……”

停顿了一会儿，他抬起头，对着玻璃后的女人说：“每天都要恨你，比生着大病还折磨人。我想明白了，我不能够恨你。你也出来吧，从今以后好好生活。”

那只传到他手中的烂苹果，被他就这样扔了。

无论生还是死，无论高尚还是卑微，能够让心中没有仇恨、回归安宁，才会获得源源不断的幸福。

文/羽毛

这个世界上，最悲哀的事，莫过于爱上一个不爱自己的人。爱上一个不爱自己的人，如同爱上一块冰，即使融化了也只是淡而无味的水。爱上一个不爱自己的人，一切都只是一厢情愿的幻想，到头来不过是大梦一场。爱上一个不爱自己的人，你动了心，他/她没动心，你会输得很惨。但是，请不要伤心，伤心的应该是对方才对。因为你只是放弃了一个你不爱的人，而他/她则失去了一个深爱他/她的人。不要试着去等，也不要欺骗自己。只有放开才会重新拥有，又何必活在过去。若要爱，请先善待自己。

橘皮往事

多少年过去了，那张清瘦而严厉的、戴600度黑边近视镜的女人的脸，仍时时浮现在我眼前，她就是我小学四年级的班主任老师。想起她，也就使我想起了一些关于橘皮的往事……

其实，校办工厂并非是今天的新事物。当年我的小学母校就有校办工厂，不过规模很小罢了。专从民间收集橘皮，烘干了，碾成粉，送到药厂去。所得加工费，用以补充学校的教学经费。

有一天，轮到我和我们班的几名同学，去那小厂房里义务劳动。一名同学问指派我们干活的师傅，橘皮究竟可以治哪几种病？师傅就告诉我们可以治什么病，尤其对平喘和减缓支气管炎有良效。

我的母亲，每年冬季都为支气管炎所苦，经常喘作一团，透不过气来。家里穷，母亲舍不得花钱买药，就一冬又一冬地忍受着，一冬比一冬气喘得厉害。每每看着母亲喘作一团的痛苦样子，我和弟弟妹妹就难受得想哭。我暗想，这么多这么多橘皮，一麻袋又一麻袋，我何不替母亲带回家一点儿呢？

当天，我往兜里偷偷揣了几片干橘皮。

以后，每次义务劳动，我都往兜里偷偷揣几片干橘皮。

母亲喝了一阵子干橘皮泡的水，剧烈喘息的时候分明地减少了，起码我觉着是那样。我内心里的高兴真是没法形容。母亲自然问过我——从哪儿弄的干橘皮？我撒谎，说是校办工厂的师傅送的。母亲就抚摸我的头，用微笑表达她对儿子的孝心所感受到的那一份欣慰。那是穷孩子的母亲们普遍的、最由衷的、也是最大的欣慰啊！

不料想，由于一名同学的告发，我成了一个小偷，一个贼。先是在全班同学眼里成了一个小偷，一个贼，后来是在全校同学眼里成了一个小偷，一个贼。

那是特殊的年代。哪怕小到一块橡皮、半截铅笔，只要一旦和"偷"字连起来，也足以构成一个孩子无法刷洗掉的耻辱，也足以使一个孩子永无自尊可言。每每在大人们互相攻讦之时，你会听到这样的话——"你自小就是贼！"——那贼的罪名，却往往仅由于一块橡皮、半截铅笔。那贼的罪名，甚至足以使一个人背负终生。即使往后别人忘了，不再提起了，在他或她内心里，也是铭刻下了。

在学校的操场上，我被迫当众承认自己偷了几次橘皮，当众承认自己是贼。

于是我在班里不再是任何一个同学的同学，而是一个贼。我觉得，连我上课举手回答问题，老师似乎都佯装不见，目光故意从我身上一扫而过。我不再有学友了。我处于可怕的孤立之中。我不敢对母亲讲我在学校的遭遇和处境，怕母亲为我而悲伤。

当时我的班主任老师，也就是那一位清瘦而严厉、戴600度近视镜的中年女教师，正休产假。她重新给我们上第一堂课的时候，就觉察出了我的异常处境。放学后她把我叫到了僻静处，而不是教员室里，问我究竟做了什么不光彩的事。我哇地哭了……

第二天，她在上课之前说："首先我要讲讲梁绍生（我当年的本名）和橘皮的事。他不是小偷，不是贼。是我嘱咐他在义务劳动时，别忘了为老师带一点儿橘皮。老师需要橘皮掺进别的中药治病。你们再认为他是小偷、是贼，那么也把老师看成是小偷、是贼吧！”

第三天，当全校同学做课间操时，大喇叭里传出了她的声音。说的是她在课堂上所说的那番话。

从此，我又是同学的同学，学校的学生，而不再是小偷，不再是贼了。

我的班主任老师，她以前对我从不曾偏爱过，以后也不曾。在她眼里，以前和以后，我都只不过是她的四十几名学生中的一个，最普通最寻常的一个。但是，从此，在我心目中，她不再是一位普通的老师了。尽管依然像以前那么严厉，依然戴600度的近视镜……

在“文革”中，那时我已是中学生了，没给任何一位老师贴过大字报。我常想，这也许和我永远忘不了我的小学班主任老师有某种关系。没有她，我不太可能成为作家。也许我的人生轨迹将彻底地被扭曲、改变，也许我真的会变成一个贼，以我的堕落报复社会。也许，我早已自杀了。以后我受过许多险恶的伤害。但她使我永远相信，生活中不只有坏人，像她那样的好人是确实存在的。因此我应永远保持对生活的真诚热爱！

文/梁晓声

作者讲述了自己在小学四年级时为了给母亲治病，在义务劳动时偷拿了校办工厂的几块橘皮，成了一个小偷，被大家孤立。在他倍感绝望之际，班主任老师帮他摆脱了困境，使他重拾信心，健康成长。文章以“我和橘皮的往事”为主线来组织材料，通过对这一事件的详细叙述，表现了老师的关爱对学生的影响，抒发了对老师的感激与爱戴之情。

捞起坑里的灵魂

他没法不自卑，关于哥哥，就剩家里墙上的一张合影了。那时候，每一年都会有一个日子，他爬上去，用力涂黑其中的一个头像。终于有一天，上面所有人都黑了——只有一个人例外，而那个人，已经离开家乡很多年了。

那是哥哥的中学毕业照，照片上笑得那么灿烂的一群人，不知怎的，仿佛是一传十、十传百地纷纷开始吸毒。有些人是吸死的，还有一些人，消失了。消失到了一定年份，大家也都默认他们是死了。而哥哥，是被枪毙的。

他从小就知道，爸妈担心自己，担心得要死，生怕他会走哥哥的路。那是一条回不来的路。他其实已经不记得哥哥长什么样子了。合影照上的哥哥，被狠狠地涂黑了。

这种担心变成了另一种放任：只要不沾毒品，干什么都行。他从小学就开始无所顾忌地抽烟，到毕业时，牙已经是黑的了。

他很自然地逃课，甚至可以认为是奉旨逃课。老师并不待见这个毒贩子的弟弟。同学呢，基本个个都被家长警告过：别跟他玩。

他在街边打台球，很快就能够一球进九洞；他玩扑克，可以迅速地赢了成年人；他甚至跟公园里的老头们下围棋。老头们不知道他是谁，只是啧啧称赞；陌生人不知道他是谁，他自己，永远知道。

周老师，最开始显然也是这陌生人中的一员。

他纯粹是无聊，写了周老师布置的作文。第二节课，他没来，他不知道周老师在课堂上念了他的作文，还大加表扬。念他的名字，却没人站起来。同学们七嘴八舌，告诉周老师他是谁，他有一个什么样的哥哥。

他没想到周老师会找上家。父母实实在在吓了一跳，这么多年来，他抽烟、逃学、打架，从来没人管过，校长和老师都选择性失明。

周老师却说："他很有才华，好好努力吧！"

"才华？"

他觉得太滑稽了。看着周老师年轻的脸，忽然想起哥哥照片上那个唯一还亮着的头像：当年的哥哥，也是这么年轻，也这样充满人生的热情吧！

他还是不上课，周老师就一趟一趟地来。他终于烦了："你不知道我们家是什么情况吗？你不嫌我……"犹豫了很久，终于说出了他倍感羞耻但不能逃避的人生定位，"脏吗？"

"不是你脏，是你哥哥犯罪——他已经付出了代价。"

"就是我脏。"泪水似乎要涌出来，他强自咽下。

"就算是你脏，不能洗吗？"周老师几乎是大声疾呼。

父母被老师感动了，他们也齐声说："去上课吧，好好读书，不要想你哥哥的事。"

而他不想听，也不想说，因为他真的不愿在陌生人面前掉眼泪。

突然有一天，周老师找他："你能帮我一个忙吗？"

"有什么忙是我帮得上的吗？"

“我的手表掉到厕所里了，你能帮我捞一下吗？”周老师很焦灼，“这个表是我父亲给我的，这是我的第一份工作，让我掌握时间。”

父母很热心，从邻家借来钩子和耙子，带上他一起去了。忽然一声欢呼，裹上一团污物的手表被缓缓地掏了出来。正愁无用武之地的他，用戴着橡胶手套的手拿着手表，用卫生纸细细地擦——说是防水的表，也不能在水龙头底下冲吧。不知用了多少张卫生纸，到最后，哈了口气上去，再努力地擦，闻一闻，确实没啥味道了。他递给周老师，老师却不接，问：“你说，掉到厕所里的表，值不值得捡？”

他愣了一下：“值得呀，好多钱！”忽然间，一滴水掉到了脸上，他忙抹了一下脸。

他用了很多年才洗净自己：戒烟，戒酒，上大学……虽然有些事，就像他永远洗不净的牙一样，会留下淡淡的渍，但，那又如何？我们来到这世上，没有谁是最干干净净的。

那块表，他一直戴着。在他考上研究生那一年，周老师送给了他。

人人都愿以手摘星，因为即使不成，那手势又美好又高贵，皎如明月；而只有很少很少的人，不介意从茅坑里捞起一颗灵魂。

如果以后，他能对失败的人、软弱的人、曾经堕落的人，有过一丝一毫的怜悯和信任，不过是因为，他知道自己的灵魂也曾经掉进过茅坑里，被一双不怕脏的手拯救了。

文/叶倾城

文章写了一个小孩受哥哥的影响，被弄“脏”而自甘堕落，后在老师的帮助下重拾自信的故事。“人人都愿以手摘星，因为即使不成，那手势又美好又高贵，皎如明月；而只有很少很少的人，不介意在茅坑里捞起一颗灵魂。”如果你的人生中遇不到这样的贵人，那就自己做自己的贵人吧！如果总在粪坑里不能爬出，就当它是沃土！你的人生不对你笑，身边的人都不喜欢你不在乎你，那就自己来喜欢自己来在乎吧！

时光笺里的成长诗

高中快毕业时，许朝颜送给韩松一个本子。本子里有些照片，有些许朝颜写的文字。

韩松从来不知道那么嚣张拔扈的许朝颜居然这样心灵手巧。照片多是抢拍的，文字一律是簪花小楷，漂亮得像许朝颜本人。

因为嚣张拔扈的评价，韩松的脚再次被许朝颜踩了。许朝颜说这一脚是句号。

韩松问："啥意思啊？以后同学不处了呗？"韩松又问，"你是不是喜欢我啊，嘿，其实我也挺喜欢我自己的。"

许朝颜很拉风地给了韩松四分之三白眼球。

翻开第一页，硕大的字用红笔描着：韩松同学糗事大集合。

就知道许朝颜这毒辣女生没什么好肠子。

第二页是韩松顶球的照片。韩松顿时觉得自己无比勇猛，他说："瞧瞧这头球顶得又准又狠……"不对，韩松看到了许朝颜在照片旁边写的注解：那次比赛3：0。文班完胜。韩松同学把球顶进了自家球门。

记忆里，韩松就没在许朝颜面前抬起头来过。

那次比赛韩松还记得。

高二那年冬天，北风那个吹，雪花那个飘。体育老师觉得这样的时候踢雪地足球是件很酷的事。于是，将两个班的体育课合在一起踢足球。

比赛之初，韩松信誓旦旦地跟许朝颜说：“咱们班兵强马壮，那就是一个超级豪门皇马。”许朝颜同学用一惯的不屑一顾对待韩松，她说：“别弄出乌龙球就算你们有本事了。”

韩松简直对许朝颜刮目相看，乌龙球她居然都懂，于是整整一节自习课，韩松都在给许朝颜讲阵型，讲足球理论。许朝颜要做的事就是纠正他。她总是不紧不慢地接一句，四两拨千金一般，把韩松这半吊子说得一愣一愣的。“行啊，姑娘，你对足球有点了解啊！”

许朝颜轻轻浅浅一笑：“赶紧跟你哥们儿说，进攻不行咱就防守，别像中国男足似的，要啥啥不行。”

韩松有点气，这姑娘把他们比成中国男足，有没有搞错?

事实证明，许朝颜是个有眼力的姑娘。

韩松带领的理八班男生有勇无谋，上场10分钟就被红牌罚下两人，韩松还想以少胜多，结果对方一点面子都没给，5：0，对方前锋乐得两板牙明晃晃地露在寒风里。韩松嘟囔：也不怕灌一肚子风。

许朝颜跟韩松分析球队弱点。韩松回头看了才子和金童一眼，他俩一脸不屑：“胜负乃兵家常事，女生懂什么足球！”

许朝颜适时地闭了嘴。

韩松的队伍一路输了下去。理八班只有7个女生，20多个男生丢盔弃甲地回来，整个班级沉浸在一种很奇特的氛围中。女生们有点小小的窃喜，男生们平时太嚣张了，成绩好，人数多，在班级里像龙一样，出去，哼，虫一条。

许朝颜倒是很厚道，她给韩松指出一条明路，她说：“文一班只有12个男生，跟他们踢，你们……”

许朝颜后面的话没往下说，韩松自然明白：好歹搬回点面子。于是，韩松去央求体育老师串课。体育老师也算给面子。

那场比赛的结果是，理八班的里子面子全都丢光了。人家就那12个男生，还把韩松他们踢了个3：0。当然，韩松进了一个，不过，进的是自家球门。

因为这，韩松一星期没跟许朝颜说话。才子第一次埋怨韩松，他说："许朝颜当啦啦队喊得嗓子哑，每天放了学都去打吊针。"

韩松总不好主动开口，男子汉的面子呗。再说，韩松的心情也很坏。连凑足上场队员都困难的文一班也把他们给赢了，还让不让人活了？

一星期后，许朝颜跟趴在桌子上的韩松说了第一句话："人生路上，要赢得起，更要输得起。"

许朝颜就是这么牛的女生。

大本子上有一页的照片是许朝颜跟韩松大眼瞪小眼。韩松有点忘记这是什么事了。

幸亏许朝颜在照片旁写着：那家伙跟人打赌比深情，好吧，姑娘不惧你。

韩松想起来了。那是高一下学期，春天。

功课太枯燥了。男生们常常会玩些很无聊却自认为饶有兴致的游戏。比如，在邻班的门口扔一封没写名的信，看捡到的同学是什么表情。比如，几个男生同时目不转睛地盯着一个女生看，然后看女生的反应。女生罗丽脸红得像个苹果，王维维拿起书跑了出去。轮到许朝颜，她瞪大眼睛一个一个看回去，然后评价："真丑。脸没洗干净。哦，嘴上长毛了。还有，韩松，你斗鸡眼哎，鼻子也有点歪。"

男生们被打击得如同经霜的黄瓜，一个个长着脸转身回座。

韩松仍没放弃自己的行为艺术，他盯着许朝颜看，许朝颜也盯着韩松看，照片是才子拍的，不知道什么时候被那丫头弄了去，还洗出来了。

韩松说："你的神经是电缆线做的吧？咋就没有根害羞的神经哩！"

许朝颜笑得很豪放，她说："对我喜欢的人，我才婉约才害羞，你算老几？"

这丫头伤人太狠了。

从那之后，韩松再没玩过盯人游戏。

直到快要毕业时，许朝颜才说出真相，揭晓谜底，她说："本姑娘近视眼，你都不知道吗？你们盯着我看，我也盯着你们看，其实，我啥都没看清楚，眼前情深深雨蒙蒙的，WHO怕WHO啊？"

啊？还有这一说啊？

我纯粹是随口胡编，没想到击退一群狼。

韩松回头看才子与金童，那两人长长地叹了口气："许朝颜，你还真是演技派啊！"

许朝颜送了韩松第N个衷告：当别人挑战你时，选择勇敢面对是最好的办法。你越跑，敌人越追你。你回过头来跟他面对面，他就傻了。

韩松回去把这话琢磨了好久，深信不疑。所以，北大来自主招生时，他其实是想躲避的。可是一想到许朝颜这句话，韩松对自己说："躲得了初一躲不了十五，冲吧！"

没想到，韩松真就冲过去了。

韩松很想感谢许朝颜，请她吃顿饭，却不想那丫头很酷地说有一场NBA现场直播要看，她不能奉陪。

韩松知道许朝颜是有些难过了，她没有通过自主招生考试。

他在她的桌膛里放了一张字条，字条上写着：没什么了不起，只因为你是许朝颜!

第二天，许朝颜看着那张字条，笑了。

韩松翻到最后一页，那张照片韩松记得，是班主任冯老师拍的。照片上，韩松跟许朝颜拉扯着同一个行李。许朝颜的脸上略略有些紧张，好像韩松是强盗。

许朝颜写：我并不知道他会是我3年的同桌，也并不知道我们之间会有那么多故事。

那是高一刚入校时，9月的阳光甜腻得像一块果冻。

早到的韩松陪着冯老师接新生。别的学生都是父母、爷爷奶奶、外公外婆的“非常6+1”阵容，只有许朝颜，一个人背着大大的行李包，手里还拎着脸盆和各种小食品。

本着革命友谊，韩松去接那行李，不想人家姑娘根本不领情，拉着行李带不放手。冯老师也够没正事的，不帮忙，还拍照。镜头里两个人的表情都够僵硬。后来才子看到这张照片说，完全可以配上悚动的标题发到杂志上，做不良青少年违法报道的配图。

韩松那时已经跟许朝颜成了同桌。小吵天天有，大吵三六九。许朝颜从来都不知道面子为何物。韩松但凡有一点错落到她手里，她肯定声音提高10个分贝，直吵到话飞进全班人的耳朵里才罢休。

韩松不止一次感叹许朝颜简直就是老天派来整他的。想当年初中岁月，他韩松的同桌哪个没被他收拾哭过啊!

不是不报，时候未到啊!

双边关系缓和是那次韩松受了委屈。物理老师的课，一张纸条千山万水地传到韩松手里，应该还往下走的，韩松手慢了些，纸条落到了韩松手里，恰好被物理老师看到，也恰好前一次物理考试韩松没考第一。物理老师借题发挥，抢过纸条，偏那纸条上没称呼没落款，只写着约放学去蛋糕屋吃蛋糕。

物理老师认定那纸条是韩松写的，她说："好你个韩松，是不是也想恋一个？"

韩松的脸腾地红了，张了张嘴，不知道该说些什么。

许朝颜站了起来，说："老师，我证明这张纸条不是韩松写的，不信，你可以找语文老师验笔迹。"

物理老师本来就是存心冤枉韩松的，一听许朝颜这样说，赶紧就坡下驴，说："不是韩松写的也不能传啊！"

下课，韩松瓮声瓮气地谢许朝颜。许朝颜很酷地回了一句："没什么，大路不平旁人铲，我不是帮你，我是帮真相。"

用才子的话说，就是那次，许朝颜收了韩松的傲气。许朝颜多无理，韩松都忍了。

金童不怀好意地笑：韩松同学大概气管不好。

一大片男生开怀大笑。许朝颜站起来，说："好笑吗？"大家就都偃旗息鼓不敢再笑了。

韩松想：理八班因为有了许朝颜，女生们都跟着扬眉吐气了。有节数学课，老师一个劲儿说男生聪明女生笨。许朝颜不客气地站起来反问老师："这观点是你母亲教你的吗？"

数学老师闹了个大红脸，从那以后再不敢说女生不聪明的话。

许朝颜对韩松说："不能用个体的差异来概括全体，那是不科学的。如果你因为你是男人就沾沾自喜，那绝对是件比踢输球更丢脸的事。"

韩松翻那本按时间顺序倒贴的笔记本，一页一页，好像是时光长河里的一叶叶小舟。还有一次去学校的机会，可以见到许朝颜，听说她要到英国去读书了。要送她点什么呢？这丫头的礼物太珍贵，回礼就变成了极其困难的事。

选来选去，韩松在商场给许朝颜买了顶毛线帽，英国好像挺冷的。

返校那天，许朝颜竟然没来。才子八卦地说："你知道许朝颜的事吗？"

许朝颜什么事？韩松心里咯噔一下。许朝颜是在高考一周前宣布退出的。她淡淡地笑着给大家解释，她要去英国留学，所以不用参加高考。

韩松早被北大自主招生录取，不用高考，每天就做些打水扫地的后勤工作。许朝颜宣布不考试后就跟韩松一起做。大家都上课时，他俩会在学校的操场上聊聊天。

某一天，许朝颜指着围墙上的藕荷色喇叭花问："韩松，知道这花叫什么不？"韩松说："喇叭花呀，这谁不知道啊！"

许朝颜说："它还叫朝颜花。它清晨开花，9点后凋落。它是生命力很强的植物，只要有可攀缘的地方，篱笆、断墙、栏杆，它都可以爬上去生长，甚至只有脚下的土地，也会顺着地面长出枝叶，开出娇艳的花朵……我很希望我像这花一样……"

韩松说："你爸妈原来给你起的名字是叫喇叭花呀，难怪你那么毫不留情地放炮，像喇叭一样指摘别人的缺点。"

许朝颜有些愣神，问："很讨厌吧？"

韩松想了一下说："还行。"

许朝颜说："其实我是嫉妒你们，嫉妒你们有那么长的人生可以犯错、成长，而我，将一无所有，比穷光蛋还穷。"

韩松不明白她在说什么。下课铃响了，他拉着她回到班级。

最后一次到校取通知书时，才子说："许朝颜去英国不是留学，而是做心脏移植手术，很可能下不了手术台。"

韩松手里的那顶帽子掉到了地上。同桌3年，他只知道她酷，她麻辣，她眼里揉不得沙子，却从没想过她有颗破碎的心脏。

韩松一路流着泪跑回家，翻开那厚厚的日记本，仿佛那是时光书笺，一页一页记录着他们成长的鸡飞狗跳，像诗，像画，也像一个女孩的坚强和不妥协。

韩松默默地在心里祈祷。许朝颜，这个喇叭花一样的女孩，她只是合上了一会儿小喇叭而已，清晨的阳光一出来，她又会笑靥如花地回到大家身边了。

文/风为裳

成长是一首诗，一首永远也写不完的诗。与我们年纪相仿的果树，年轮一圈又一圈。曾经的我们，一年又一年。渐渐地，有的人茁壮，有的人老去。青春里，记忆和时光一样，是个奇形怪状的东西，你置身其中却永远无法知晓它的完整形态。那些过往的人和事，作为一种隐喻始终流淌在我们年少单薄的生命里。也许他们最后终将流逝，也无需悲伤。因为，那些记忆中盛放的时光和成长，是繁盛的年华在熠熠生辉。

雨 世

时常回想起来的暴雨，发生在小学时候。老家的院落，父亲在靠近屋檐的一排种上了兰草，其中有些兰草的价格在那个年代里大概相当于父亲两个月的工资。每到暴雨，父亲总会披着黄色雨衣，迅速把塑料薄膜扯开来盖在那些兰草的上面。

而在一个大雨的夜里，那昂贵的兰草被人连根拔起。父亲在大雨里沉默地站了很久，最后在轰隆的暴雨声里，发出一声模糊浑浊的叹息来，听上去像是一种呜咽。

很多场大雨过去后，岁月就从我们生命里裁掉了很大的一截。父亲在岁月混沌的光芒里老去，变得佝偻，变得沉默，变得更加孤僻。

在最近的一次谈话里，他和我说："我在15岁时就下乡了，离开父母，一个人在大山里，拼命地想要活下去。所以我的感情就变得很淡薄，对亲人没有过多的爱，更没有什么朋友，也不会与人相处，沉默孤僻，不讨人喜欢。"

那个时候父亲在峨眉山，修水库。而20多年过去之后，当我以俗气的游客身份游荡在已经开发成旅游景点的峨眉山里时，父亲隔着电话对我说："那个水库是爸爸17岁的时候修的。"

父亲17岁时，在大雨里挑起巨大的石料，耳边是轰鸣的雷雨声，回荡在山谷里；而我17岁时，偏激叛逆，在饭桌上抄起盘子狠狠地摔向墙壁，菜汁溅了父亲一身。

父亲在电话里和我说：“明明，我老了就去敬老院，我不来上海，我的性格不讨人喜欢，肯定和别人相处不来。跟着你，到最后你要厌烦我的。”挂了电话，我躺在地板上呜呜地哭，像是回到了我的少年时代，弱小的，无能的，脆弱的，自以为是却一无所知的年代。

昨天的梦境里，父亲在故园的屋檐下栽花。巨大的暴雨声里，我对父亲呼喊，父亲没转过身来，留给我一个湿淋淋的背影。昏暗的灯光下，父亲佝偻地沉默着。我觉得世界末日也就这样了。

我25岁的这一年，父亲53岁了。我有时候会在纸上计算我们还剩余的时间。算着算着，眼泪就滴到了纸上。把总以为很漫长的一辈子，放到无限绵延的宇宙长河中去，那个时候，你会觉得，这仅仅就是短暂的一个小时。而且一旦过去，就永不再来。你再也看不到他们的面容。你再也不能从电话里听见他们温暖的声音。你再也不能赖在床上，等他们过来嘘寒问暖。

他们比你先离开这个寒冷的世界，去往更加寒冷的世界。

每次和母亲通电话，她一定会先问我：“没有在忙吧？现在讲话会打扰到你吗？”和家庭的沟通在距离的隔阂下变得越来越少。

其实我和父亲一样，在高中时就离家住校。独立的、略显孤僻的性格，甚至在高一时有强烈的抑郁症。不想讲话，喜欢写自言自语的文字，发泄情绪或者自我乞怜。后来慢慢得到改善。我并没像父亲一样，一直保留着这样孤僻的性格。我渐渐变成一个善于交际的达人，在各种场合和各种人物交朋友。彼此利用，机关算尽。目标完成之后转身走得没有任何留恋。

直到有一天，开会，我接到母亲的电话。出乎意料地，母亲并没问我“是否在忙”，我刚想和她说“我在开会，等会儿打给你”时，她在电话里发出一声再也无法压抑住的悲怆的哭泣来。该怎样去形容那样的心情——措手不及地被一把匕首刺进胸膛的痛感。

我们的人生到底有多少时间是在为自己生活？母亲说：“我活了50年，我回头想一想，我竟然没有什么时间是为了自己生活的。年轻的时候为了兄弟姐妹。嫁给你爸爸之后，成为了一个妻子。而有了你之后，我更加努力地为你活着。可能在我死的时候，我回忆起我的漫长生命，里面都没有一段，是我自己的人生。”

其实我们每个人的生命里都有一架巨大的天平。我们得到什么，失去什么。我第一次考虑到我到底是因为什么而活着。头顶着巨大的光环，然后千疮百孔地生存下来。

失去的，得到的，这些年。丢失掉的家园，得到的高层公寓。丢失掉的亲情，得到的财富。日渐稀少的伙伴，慢慢增长的手机联络簿。日渐冰冷的面容和越来越多的官方开场白。

那晚我在大雨里，面无表情地流了很多眼泪。有很多很多年，我没有哭出过声音了。虽然眼泪还是一如既往地流，但可以做到的是，面无表情。

大雨下的屋檐，雨水变成一条一条连续不断的水柱往下流淌。

父亲穿着雨衣，弯腰为那些兰草扯上遮挡的塑料薄膜。厨房里，母亲在油烟中红着眼睛剧烈地咳嗽。而我在从学校回家的路上，没有打伞。我一路踩着泥泞和坑洼奔跑，湿漉漉的头发贴在额头上，让我看上去格外傻气和弱小。

在很多很多年前，我就是这样在大雨里，用尽全力地跑向我的父母，跑向我的家……

文/郭敬明

每个人心里都有一个雨世，就像郭敬明笔下的滂沱大雨一样！其实每个人的生命里都有一架巨大的天平。我们得到什么，失去什么。每天都会有新的砝码摆上去，每天也会有旧的价值，被推下来。在这个天平边上，是永恒而巨大的沙漏。

指尖娃娃

去年深秋，本来就落有残疾的父亲因秋收忙着拿雨篷遮稻子，不慎跌断了腿。在镇医院医治一段时间，效果不见好，家人又把他转到市区一家有名的骨科医院。父亲在骨科医院治疗，照料他的任务全落到我一人身上。 父亲怕我耽误工作，他让我隔几天去一次医院，还说他的一日三餐已请邻座病号的家属代买了。

有了父亲这样的话，我舒了一口气。可我离开医院，躺在家中安稳几天，脑中却不时闪现父亲受伤的腿。怀着羞愧的心情，我又一如既往地来到医院，只是心情还不见好。

那天早晨，我来到医院，父亲已吃过了早饭，正和邻床的小病号谈着什么。见我到来，小病号甜甜地喊了一声："叔叔！"这时，我才发现，小病号原来是个十来岁的小男孩，脸色苍白，偌大的病号服衬得他的身材更加瘦小，唯有一双深陷的大眼睛，闪着光泽，充满了童真。应了一声小病号，我便询问父亲这几天的身体状况，父亲答得心不在焉，我脸上的笑意也装得十分难看。

不一会儿，小病号的父母来到了病房，我起身谢了他们。一看到眼前的夫妇，素衣布鞋，笑容憨厚，便猜想他们不是来自农村便是城郊的菜农。小男孩见父母到来，便撒娇起来，说今天不去打针。他的父亲唬着脸，母亲则俯下身哄他。最终，小男孩还是被父母抱去做抽血化验了。

从父亲的口中得知，那一家人来自农村，小病号患的是骨癌，这次住院是准备做左腿截肢手术。我一听小病号患有这样的重病，心颤了起来。本来，小男孩在家感到腿疼时，大人以为他顽皮伤了筋，只是敷了几张膏药了事。后来孩子腿疼得不能走路，父母再抱他去医院检查。一查患有此病，母亲当场吓晕了。接着家人四处筹钱给孩子看病，至今，家中已债台高筑。为了能保住孩子的性命，父母才不得已答应给孩子做这次手术的。听父亲说，小男孩十分懂事，每天早上就诊后，父母便外出找份临时工做做，只留下小男孩一人在病房，他从不哭喊着要跟着大人，有时，小男孩还问父亲："爷爷，怎么没有人来照看您？"

每每那时，父亲总是流着泪说："好孩子，爷爷不是有你陪着吗？"小男孩一听乐了，随即，给父亲唱歌、讲故事，更多的时候他是在自己的手指和父亲的手指上画娃娃像逗父亲开心。父亲说着，把他的十指伸给我看：父亲枯藤似的十指上被孩子画了10个笑得正欢的娃娃……

听着听着，我双眼湿润起来……

等小男孩再回到病房，他的母亲对他附耳说了几句，便出去了。小男孩没一声言语，躺在床上，对着窗外发呆。一会儿，他便掏出一支圆珠笔，在他的指头上画了起来，画着画着，笑了。父亲怕孩子冷清，便和他拉话，小男孩悄悄地对父亲说了几句话，父亲一下子笑了，说："你画了叔叔的头像，也该让叔叔看看呀！"原来小男孩在偷画我的头像。小男孩这样懂事可人，我很乐意逗他说话。说了半天好话，他才怯生生地把他的手指亮给我看。一看，我一下子惭愧起来，他瘦削的拇指上画着我的那张佯笑如哭的脸，在头像下还画了一根特别夸张的领带……一下子，我喜欢上了这个聪慧的小男孩。以后，我来医院的次数更加频繁了，一是挽回我那颗愧对父亲的心，二是来请小男孩为我画几个真正欢笑的指尖娃娃。

有一段时间，我被孩子天真的指尖娃娃感动了，认为他真是个无邪的孩子，不知他知道自己的病情后还会不会这样快乐。

又一天午后，孩子在帮我画指尖娃娃时，突然圆珠笔不下油，他急急地把笔尖对着嘴哈了几口气，虽说笔时断时续流出了油，可孩子画得很吃力，我急忙对他说："等明天，叔叔给你买盒水彩笔。"他一听，画得更卖力了。画完指尖娃娃，小男孩请我把他抱到窗台前晒一会儿太阳，我答应了他。小男孩在我怀中轻若棉絮，孩子把头偎依在我脚前，抬眼望着窗外。楼下不远处的操场上，有几个孩子在踢球。我看得正专注时，不经意，小男孩冒出了一句："叔叔，我会不会死？我还没踢过这么好看的球呢？"一听他说出这样的话，我的心猛然一颤，连忙避开孩子的眼光，用手摸脸，哽咽着说："你腿很快就会好的，赶明个叔叔给你买个球，等腿好了，叔叔陪你踢球……"

小男孩没有显出异常的兴奋，而是很乖地把头伏在我的怀中更深了，倏忽间，我的心灵震撼了，原来孩子的一切快乐天真都是装出来的……

父亲的腿痊愈了，我去医院帮父亲办出院手续。接父亲时，父亲正对着邻座的空床发呆，喃喃自语："这么小的孩子得上了这个病，让我这个糟老头跟他对换一下多好……"我连忙问父亲，小男孩咋啦？父亲告诉我，小男孩今早去做截肢手术了！临去手术前，他还喊："叔叔怎么还不来？"我一下子愣住了，随即愧疚起来——我怎么忘了兑现曾经给一个重病孩子的许诺——水彩笔和足球，我一直未放在心上去买……

父亲双手颤抖着把他身上仅有的二百元钱递给我，叫我送给小男孩的家人。

当我快速去商场买了两盒水彩笔和一个足球赶到手术室时，门口已站满了神情哀伤的人，他们是小男孩的亲人。小男孩的父亲见到我，声音沙哑地说："谢谢你，为我的孩子讲了那么多故事。他临手术前，叫我们转送你一件礼物。"说着，他从怀中掏出一页折叠整齐的纸。我颤抖着双手接过，轻轻打开，原来是一幅画，画上是一双大大的手，十指上有十个不同笑脸的娃娃……

顿时，我止不住握住小男孩父亲的手泪流满面。临走时，我悄悄地把二百元钱和许诺给小男孩的礼物放在手术室门口……

文/胥加山

这个故事讲述的是一个身患重症的孩子如何以他热爱生命的本能发现并享受生活的快乐，以及如何影响周围人享受生命的快乐。因为，活着就是王道！活着，就不要辜负生命！现在的你，这一段时间以来的你，无论是矗立在成功的顶峰，还是徘徊在失败的低谷，无论是在为爱而陶醉，还是在为恨而伤怀，当你正在呼吸，当你正在心跳，那么就请你给生命一个坚强、勇敢而又真诚自信的笑脸！任何时候都不要放弃生的希望，哪怕只剩下一只胳膊！任何时候都不要放弃梦想，哪怕残疾得不能行走！

第二辑　梦里寻他千百度

佛说："前生五百次回头，换来今生一次擦肩而过。" 缘来随缘，缘去也随缘。茫茫人海，寻寻觅觅，经历百转千回，总要经历太多的茫然与迷失，才会慢慢彻悟。在无言和激烈的过往后，平静地低下头，回望来时的路，在依稀而熟悉的芬芳中，有个人一直站在你身边。放弃一种爱固然美丽，但是守候、等待中的或许更加美丽……

1991年的爱情

那个夏天，简简单单的阳光，简简单单的晴天；就像我和他，平平淡淡地相处，平平淡淡地相知。

在同一所农行的办事处共事快一年，什么话都说尽了。他好，我知道；他对我好，我也知道，感觉里有温暖也有牵挂，却都是自家人般的云淡风轻。其他的呢？他没说过，我没问过。

他要去黄州学习的消息，是突然知道的。上午开会宣布，我中午吃完饭回来，他和其他的学员都已经整装待发。所有的同事都站在站口，轮流地握手，拥抱，语重心长地嘱咐。正是告别得如火如荼，只有他，一直在东张西望，看见我，眼睛一亮，仿佛示意我过去。但是太热闹的场面让我窘，我头一低，也没跟他打招呼，就进去了。

从刺眼的正午阳光里一步踏进幽暗的营业大厅，我禁不住地一阵恍惚，心里霎时间涨满的，是扩大了许多倍的念头：他，要走了。

我怔怔地站在门边，听见背后急切的脚步声——果然是他。一时理不清头绪，许久我们都没有说话，外面人声鼎沸，屋里却静寂得可以听见彼此的心跳和呼吸。半晌，他说："我去一个星期。"我说："嗯。"又无话。良久，听见汽车直按喇叭，他向门口跑了两步，又停下来说："我，给你打电话。"我用力地点头。

我一直记着他的话。每次电话一响，我的心就一阵狂跳，是别人的或者公事，心才暗暗地落回原处。短短的一个上午，我的心大起大落，像大户操纵下的股市。但是他的声音，始终没有在那一端响起。

后来我才知道，其实他没有食言。只是因为学校远在郊区，打长途不便，每次都只能赶在上课前放学后。第一天打来，快下班了，我在后面洗手，他们喊几声不见我应，就告诉他，我走了。第二天打来，是刚上班，我还没到，别人又忘了告诉我他来过电话。

但是当时的我自然不会知道。中午同事们去吃饭，我却不死心地守着电话。电话彻底地安静着，我渐渐焦虑起来，许多不祥的念头一掠而过，却又不敢深想，害怕一念成谶。渐渐有些睡意蒙眬，忽然铃声大振，我一跃而起，在桌角撞痛了腿也在所不惜，但是那端满口粤语，竟是打错了。

我慢慢放下话筒，听到雷声隐隐传来，抬头看去，天色正迅速地变暗，乌云奔腾而来，一场暴雨正蓄势待发。我突然想到了他：他走得那么急，记得带伞了吗，还是一贯的不在乎？那样粗心的男孩啊。我忽地站起身，拿了雨衣，跟主任说："我请半天假。"没告诉他，我是要去黄州，当然更没问，他，到底是在黄州什么地方。

雨来得比我想象中还要急，雨点大颗大颗地灌进雨衣里去，我的全身很快就湿透了。一辆又一辆车从我身边疾驰而过，泥浆溅满了我的裙摆。而我坚持地站在路边，对每一辆经过的车招手。

我从来没出过武汉，我不认识东南西北，更不知道黄州到底在武汉的哪个方位。反正只要是长途车，无论是南来还是北往，我一律奔过去充满希望地问："到黄州吗？"

一辆开往蕲春的车被我拦住了。"黄州？经过倒是经过，不过我们直达蕲春的……"那父亲一样年纪的售票员抬头看看滂沱大雨的天空，又看看我湿得紧贴在小腿上的裙摆，犹豫了一下，眼里流出长者的善意，“你上来吧，我们在黄州给你停一下。”我千恩万谢地上去了。

车上人很多，我被挤在一只猪笼旁边，车稍有颠簸，那只猪就发出抗议的嚎叫。车顶在漏雨，无论怎么躲闪都躲不开，我索性由它一滴滴打在我肩头。站了好久好久，腿都软了，窗外是越来越陌生的田野，但是我心情平静，甚至还轻轻地哼着歌，觉得肚子饿了，摸摸口袋还有一包话梅，就拿出来吃。

我没有想过我是去一个遥远未知的地方，我也没想过我能不能找到他。他在，所以我去，就这么简单，简单得就像每天早晨搭车上班，知道一下车就会看到他，那样的自信和安心。

雨停了，阳光渐渐来敲我们的窗，售票员招呼我：“黄州到了。你到哪里，我们在附近把你放下来。”

我说：“我不知道。”

他说：“你说门牌号码或者单位名称就行了，黄州我们很熟。”

我老老实实地回答他：“这些我都不知道。”连司机都回头奇怪地看了我一眼。

我在刚进市区的地方下了车，立刻有一个三轮司机过来拉生意。想想是农行办的培训班，显然跟经济有关，我便问：“你知道哪儿有财贸一类的学校吗？”

他说：“十块钱我搭你去。”

我数数钱——出门时根本没想到会到这儿来，身上只带了平常零用的钱。我摇摇头：“太贵了。”

他缠着我不放：“八块，六块，好了好了，五块，不能再低了。”我干脆把钱包翻给他看。他不可思议地摇头，一边自言自语：“武汉大地方来的，连这点钱都没有。”一边还是告诉了我怎么走。

暴雨过后的天空更是蓝得咄咄逼人，阳光金箭一般直射下来，只一会儿，我就挥汗如雨。在路边买一杯三毛钱的冰豆浆喝，我很乐观地安慰自己：到了就好了。

我实在是太乐观了。在黄州市财贸学校连问三个人都不知道，最后人家显然是被我问烦了，“砰”地关了门。站在陌生的街道上，周围没有一张熟悉的脸，就在我急得眼泪快掉下来的时候，我一眼看见“中国农业银行”的金字招牌，蓦地觉得见到亲人般的绝处逢生。

亮了自己的工作证，储蓄小姐热情地指点我：“你说的培训班在农行职工学校，我帮你叫三轮，省得他宰人。”

我小声地说：“您告诉我路线，我走着去就行了。”

“走去？”小姐惊呼，又好心地提醒我：“那要穿过整个黄州市啊，起码要一个小时。”我只好，苦兮兮地笑。

明明是牢牢记着她的指引，可是才出两个街口我就彻底地糊涂了，只好走投无路地问人：“最近的储蓄所在什么地方？”幸好黄州只有那么两三条街道，也幸好农行在那儿的网点星罗棋布。每遇到一个信用社或者储蓄所我都进去问路，别人指引我一段路，在我快要迷路的时候，下一个储蓄所又该出现了。就这样，在六月的烈日下一小段一小段艰难地走着，汗水滑过皲裂的嘴角，是撕裂的痛楚。我舔舔嘴唇，却连一小杯冰豆浆都不敢去喝：谁知道还要走多久呢。而在这样的艰苦里，我一次也没有觉得自己是不该来的。因为我知道，他一定会在我的目的地等我。

终于有人抬手一指对面：“就在那儿。”刹那间，漫天的晚霞同时打开在我面前。

在即将走进宿舍楼的瞬间，我站住了，我第一次想到，见到他，我要说什么？问他为什么不给我打电话？但是如果，他根本只是随口说说呢。我们之间其实不过是同事，而一个办事处有上百人。只是一个星期的分别，只是两天不知消息，而我，居然就这样巴巴地跑来，他会怎么笑我的自作多情？我想要马上回去。可是，那么大的雨，那么毒的太阳，那么远的长路，我为他而来，就这样徒劳而返，我不甘心，我真的不甘心。

最后我终于决定了，悄悄问一问别人，武汉来的几个学生怎么样，如果没事，那就表示他也平安着，然后就可以走了，他的面也不必见。

在心里想了几十遍该如何若无其事地询问，走进楼道，有人看我一眼。只是一眼，我好不容易建立的全部勇气立刻土崩瓦解，我惊慌地逃上楼去。在二楼，我连停都不敢停，三楼，最后是四楼，顶层了，已经没有退路了。

我终于敲开了走廊尽头的门。“武汉来的学生？我不知道，你问对面吧。”

我走到对面，手刚刚抬起，门开了。忽然好像整个夏天的热浪一起翻卷而来，我身处云端般恍惚——我看到的真是他吗？

那一瞬间，我清清楚楚地看见惊喜闪电一般照亮他的脸：“是你？真的是你？我听到你的声音，我想不可能。你这两天在哪里？为什么我打电话你总不在？我都快急死了，车票都买了，马上就准备回去。你怎么会来？你怎么来的？你怎么找到我的？”

他连连追问，而我只是深深地看着他，轻轻地微笑，笑着笑着，我就突然哭了。

原来，喜欢就是这样的。

文/叶倾城

爱情只要在，就算再危险，也会奋不顾身地奔向你，这就是爱情的力量，哪怕是飞蛾扑火！人生总要有一次不顾一切地向前冲，或为了爱情，或为了梦想。你是否也曾经奋力奔跑？趁着还年轻，趁着还知道自己做一切事情的初衷，趁着还有为爱情奋不顾身的冲动，做自己想做的事情吧！如果有喜欢的人，那就放手去追，即使失败了好歹没有遗憾。要坚信所有的事情都会有个美好的结局，如果不是，说明一切还没有结束。

橘子红了的夏天

当《同桌的你》不再流行时，我和吴飞已经做了整整三年同桌。吴飞，我最铁的哥们儿，曾说过会一生一世罩着我。

中考渐渐逼近，每天要做的卷子像洪水一样淹没了课桌，而我俩还在悠哉地看小说、玩游戏。每次班主任在上面用他那带着浓重乡音的英文抑扬顿挫地说“please turn to page……”时，我们就狼狈地一起满抽屉乱翻。大家总是笑我们是天生的一对糊涂冤家。只有我和吴飞心里明白，我们是不可能发生什么的。我喜欢的是浩然那样的优秀男生，吴飞只喜欢淑女，而我一点也不温柔。

程浩然，学生会宣传部长，永远都是一副酷酷的样子，全校女生目光的焦点。那么多女生削尖脑袋挤进重点班只为了去和程大帅哥做同学，可惜我的成绩实在糟糕，只好在隔壁班每天看着他潇洒来去。

每次看着浑身洒满阳光的浩然从我们班窗前经过时，我都会张着嘴巴半天回不过神来。这时吴飞就会泼冷水：“你不应该喜欢他的。”

我依旧我行我素，每天对着吴飞喋喋不休：“浩然今天踢前锋，酷毙了；浩然月考又拿了年级第一，好厉害；浩然昨天穿得果然是“班尼路”，帅呆了……”

吴飞剥开一个橘子塞到我唾沫横飞的嘴里：“丫头，你没发烧吧！”

我把眼睛睁得大大的：“你，你哪来的橘子？”

我曾经有过一个梦想：有一天，我喜欢的男孩捧着我最爱吃的水果从街对面的水果店跑过来，大汗淋漓地把水果放在我手里，然后深情款款地看着我把它们全部吃完。假如真的喜欢我，他会知道我最爱吃的水果是橘子。

可是等了许久，浩然都不曾留意到我的存在，更不会到街对面去给我买我最爱吃的橘子。我决定主动出击。吴飞在我的千般央求下答应帮忙。

那是整个夏天最明媚的一天，我从水果店里买了橘子出来，小心地抱在怀里。走到街中心的时候，吴飞骑着单车急急地向我撞来。我躲闪不及，一下子被撞到了一个人的怀里，橘子滚得满地都是，而笨笨的吴飞像个狗熊一样扑在橘子上面，单车摔了老远老远。

“我的橘子！”我尽量夸张地叫着。但在那酷酷的眼神面前，我的呼吸开始变得困难，就这样呆呆地看着他把吴飞和单车扶起来，又拾起一地的烂橘子，然后跑到对面的水果店去重新买了一袋橘子放在我手里，潇洒离去。

浩然，那个为我买橘子的真的是浩然吗?!

离中考只剩下两个月的时候，我终于打听到浩然要报考重点高中二十九中的消息。我瘫在椅子上，我很清楚自己的水平要考上重点高中有多困难。吴飞幸灾乐祸地说：“看吧，我早说过你不应该喜欢他，你觉得两条平行线会有交点吗？”

“不，我和浩然绝不是平行线！”我神经质地大喊起来，几乎整个教室里的人都听到了我的宣言：“我——要考二十九中！”

我开始玩命似的复习，没日没夜地做习题，一个半月后的模拟考试，我从年级五十名闯进了年级前五名。我清楚地记得成绩单发下来时全班同学惊讶的目光，尤其是成绩一直被冷藏在年级一百二十名之外的吴飞。那天放学，我还在埋头做习题，吴飞走到教室门口，突然回过头来问我："一定要考二十九中吗？"我扬了扬手中的成绩单："当然。"

吴飞没再说什么，从书包里拿出一个橘子，走回来放到我的成绩单上："你一定会考上的！"我看见吴飞的手肘上有一道刚刚愈合的疤痕，突然想起了那天他趴在地上可笑的样子，忍不住笑了起来，回过神来的时候，吴飞已经走了。

九月，我拿着二十九中的录取通知书走进了这所不知多少人梦寐以求的重点高中。我和浩然没有分到同一个班，但我还是暗自庆幸，终究是在一个学校，以后机会多着呢。

可一切并没有我想象中那样简单，浩然每天奔忙在学生会与教室之间，半个学期过去了，我连一句话都没和他说过。再后来，听说浩然有个从小一起长大的女朋友，在隔壁艺校学舞蹈。一天，我看见浩然在街上牵着一个袅袅婷婷的长发女孩，一向冷冷的他在她身边笑得竟然如此灿烂，我的心犹如被什么揪着，隐隐作痛。

我开始感到疲惫，突然间就想起了吴飞，想起他剥给我吃的橘子，想起他那张如刚剥开的橘子一样咧着笑的嘴，还想起他说的那句话："你不应该喜欢他的。"

一连好几个夜晚，我的脑海里都浮现着那个女孩的身影。为什么在浩然身边的是她，而不是我？女孩长长的头发柔柔地披下来，微风吹过，飞扬的发丝纠缠着我的梦境。

从那一天起，我变得不爱说话了，我把乱糟糟的头发柔顺地散下来，脱下破着好多洞的牛仔裤，换上了那件妈妈送给我但我从来没有穿过的白色长裙。忽然间，我成了让全年级男生大跌眼镜的淑女，我觉得自己很做作，但我别无选择。

那个暑假的某一天下午，我正坐在家门口望着蓝蓝的天发呆。突然有个小男孩跑过来，把一个红红的橘子塞到我手里，然后跑了。看着小男孩，我突然就想起了吴飞，再一揉眼睛，果然是吴飞，那家伙正一脸坏笑地靠在街对面看着我。

吴飞告诉我他也考上了重点高中，我说好啊我们去庆祝庆祝吧！那个夏天，我们俩逛遍了整个城市，吃遍了大街小巷的各种小吃，尝过了每一种最新上市的橘子。我发现和吴飞在一起，又回到了快乐无忧的时光，心里对浩然竟没有一丝一毫的想念。

开学第二周，学校组织年级球赛，看到队员名单时，我愣住了——高二年级前锋：程浩然；高一年级前锋：吴飞。

吴飞，他竟然也考上了二十九中。

在球场，我看到吴飞正在向我用力挥着手。在他的身后，有个熟悉的身影昂然而去，有女生尖声叫着：浩然，加油！

我的心突然就乱成了一团，不知道该为哪一方加油才好，双方势均力敌，比分一直是零比零。就在比赛结束的时候，足球突然滚到了离我很近的地方，吴飞和浩然都冲了过来，奋力抢那个球。几乎全场的女生都大声叫着浩然的名字为他加油，我知道吴飞等着我的鼓励，可我脱口而出的竟是："浩然，加油！"

吴飞回头看了我一眼，然后脚一歪，斜斜地倒在球场上。球被浩然抢到了脚下，然后一个漂亮的射门动作，球进了，比分踢成了一比零。在最后的几分钟里，高二年级以浩然漂亮的进球取得了整场比赛的胜利。

浩然被女生们簇拥着凯旋而归。我搀扶着吴飞，心里感到很内疚，吴飞却笑笑："丫头，没事的。"

我把吴飞扶到他的宿舍。他坐好，从包里掏出几个红红的橘子："橘子红了，很甜呢。"

我再也控制不住了："你明知道我喜欢的是浩然不是你，为什么还对我这么好，我不要你的橘子！"我把橘子扔了一地，夺门而去。

没有橘子的季节死水一般过去，一天接一天，日子没有丝毫的生气。吴飞退出了我的生活，我刻意回避着他。高三分班时我终于和浩然分到了一个班，我因为成绩优秀被选为班长，有了更多的机会和学生会主席浩然在一起。接下来的一切便如愿地发生着，我成了浩然的女朋友，原来那个长发飘飘的女生只是他的表妹。

日子就这样平平淡淡地流淌着，等了这么久，当浩然最终牵起我的手时，我却没有了最初的欢喜。心里似乎早已被另一个人满满地占据着，可我怎么也看不清他的样子，这个梦，片刻不停地纠缠着我。

高三最后一个学期，我和浩然平静地分了手。

又是一个新的夏天，我如愿接到大学通知书，一切恍然如梦。走在大街上，我又看见了从前那个水果店里货架上满满的都是刚上市的橘子，红红的颜色映红了我的眼睛。我走过去，突然想探望一下几年前那个和蔼的老板，以及记忆中红红绿绿的橘子。

"老板……"我拿起了红红的橘子。

年轻的老板这时候却突然抬起头微笑地看着我。

"吴飞！"我大声地叫起来，我不相信自己的眼睛，可眼前这个帅帅的男孩确实长得很像吴飞。男孩狡黠地微笑着："嘿嘿，你认错人了吧？"

我忽然觉得有些窘，脸蓦地红了，男孩却哈哈大笑起来："笨丫头，连我都认不出来了！"吴飞笑得前仰后台。

我气急败坏地举起拳头捶过去，他夸张地大叫："能不能淑女一点？"

那是我一生中最明媚的夏天，我和吴飞坐在水果店门口剥着红红的橘子。吴飞告诉我他在守株待兔，他每天放了学都来帮老板卖橘子，他知道有一天我一定会出现的。阳光从树叶的缝隙间透过来，在我们身上恍恍惚惚的，如同流动着橘子般甜甜酸酸的幸福。

水果店里正放着一首黄磊的歌：“橘子红了，是该摘了，不能不爱了……”

文/宋煜

大师说，最高的境界是蓦然回首，那人却在灯火阑珊处。但在如此匆忙的世界，寻找和等待的一方都需要同样的耐心和默契。这坚定毕竟太难得，有谁会用长达数年的耐心去等待一个人，又有谁在数年之后回头，还能看见等在身后的那个人？我们最常看见的结果是：终于明白要寻找的那个人时，灯火阑珊处，已经空无一人。所以，当有人为你驻足，为你点亮一盏灯火，一定要珍惜。

因为爱，我们不会等待百年

1942年8月，身为犹太人，诃曼·勒森特一家被赶进了集中营。从此，他们的世界变得暗无天日。父亲被活生生地丢进了焚尸炉；体弱多病的母亲，在秋叶还没落下时，就飞往了天堂。死亡的恐惧紧紧钳住了小诃曼的心。

一天夜里，诃曼做了一个怪异的梦。梦里，母亲安详地对他说："我要送你一个可爱的天使。"猛然间，他惊醒了，并反复寻思着……监狱里，食物少得可怜，诃曼顿顿都食不果腹。炎炎烈日下，枯瘦如柴的他在农场挖土豆。

"嗳！给你！"忽然，传来一个明晃晃的声音。他循声望去，只见铁丝网外的榕树下藏着一个小女孩。她跟自己一般大，扎着麻花辫，正使劲地冲自己挥手呢。趁狱卒不注意，他赶紧溜了过去。小女孩丢来一颗苹果，"明天我还会来"。说完，便扭头跑开了。他正要说什么，对方已没了踪影。忽然，耳畔隐隐响起母亲的那句话。

翌日，小女孩如期而至。她告诉诃曼：她叫络玛，父亲是富甲一方的犹太商人。父女俩利用假身份证，才得以逃脱了纳粹的魔爪。她还鼓励诃曼，他一定能走出去，因为恶魔终会被上帝降伏的！此后，几乎每天，诃曼都能享受到一颗香甜的苹果。而正是络玛的苹果和笑脸，陪他度过了一个又一个生死卡口。后来，纳粹军队节节败退，集中营面临转移。临行前一天，诃曼和络玛难分难舍。“后会有期！”“嗯，我们还会见面的！”隔着铁丝网，两只小手紧紧攥在了一起。

第二天，40多辆运煤车把诃曼和同胞们，运到了捷克斯洛伐克的特纳托集中营。不久，纳粹的阴谋彻底被粉碎了。苏联红军攻下了特纳托集中营，解救了所有犹太人。诃曼由此获得了新生！此后，他辗转到伦敦，先后做过蜘蛛人、水电工和快递员。后来，通过上夜校，考取了高级经济师的资格。接着，他成功应聘为华尔街的一家银行经理。不久，他便移居到了纽约。

而关于络玛，则一切音讯全无。但她那张灿烂无比的笑脸，永远定格在了诃曼的脑海里。眨眼间，诃曼已过而立之年。可无心风月的他，依然孑然一身。“她是位护士，各方面都跟你很般配的。”1958年初秋的某天，好友托尼拉他去相亲。诃曼再三推脱，但还是没敌过托尼的怂恿。小镇的咖啡屋里，诃曼推推搡搡地走了进来。他不经意地瞥了一下，而恰巧在此时，座位上的女孩也抬起了头。“络玛！”“诃曼！”两人紧紧抱成一团，泪如泉涌。一瞬间，心底的情感如同火山般迸发。多年后的破镜重圆，让彼此深感意外。

原来，当年一别后，络玛就随父亲移居到了以色列。大学期间，在一所专科学校主修护理专业。后来，在家族的协助下，她获得了美国绿卡。一直以来，她都在搜集一切关于诃曼的线索。有人劝她放弃，但每次，她都无比坚信地说：我的诃曼还活着！当她说起这些坚持时，依旧是当年那灿烂的笑，“上帝没有辜负我这些年来的苦心”。几天后，诃曼携着络玛跨入了婚姻的殿堂。至此，迟来了整整16年的爱恋终于瓜熟蒂落。那一刻，整个国家的人都在为他们深深祝福。

2008年10月3日，诃曼和络玛举行了隆重的金婚庆典。两人合著的自传《蒺藜之花》也在这天举行了首发式。如今，此书被好莱坞相中，诃曼亲自操刀，担当起编剧。他设计了这样一句台词：缘起不灭，爱有天意。磨难历尽后，有情人终会走到一起！因为爱，我们不会等待百年！

文/马晓伟

缘起不灭，爱有天意。要相信，总会有个人，穿过涌动的人潮，走向你，抓紧你；总会有个人，穿过时光的斑驳，告诉你，其实他一直都在。无论世界有多大，我们总能遇见，因为地球是圆的。

爱情求证

我愿天天做新娘，新郎只有一个他！

出嫁前，女人考虑最多的是自己爱不爱他；出嫁后，考虑最多的却是自己是不是被爱。也可这样说，出嫁前女人看重的是自己的感情；出嫁后看重的则是对方的感情，是安全感。这就如某人将几十年的积蓄存入一家曾令自己倾心的银行，钱一旦送进银行，倾心常常变成担心，担心这笔钱能否保值甚至增值。

安全感何来？自己要费一番苦心。男人的一言一行、一举一止都是现成的“已知条件”，网络书刊杂志上的经验之谈权作“公理”、“定理”，剩下的就是艰难的求证了。

当年，学校里的求证题没完没了，不知愁坏了多少学子。而今，许多走出校门踏入家门的女子却不仅乐于此道，而且乐此不疲。

我帮助不少人求证过，她们都比较信任我。聚在一起在列举婚后的恩恩怨怨是是非非之后，等着我得出结论。推导来推导去常常头昏脑涨，但一般的结论都令人欣喜：“他还是爱你的，只是你还没发现，婚后的爱已经改头换面变了样子。”

有一位非常美丽的女人曾紧紧抓住我的手：“真的吗？你说的是真的？”

我说："是。"

她松开我的手笑了笑："幸亏是，否则我就死给他看。"

我大惊："除了被他爱，你就再没有什么了吗？"

"我是因为爱才活着的，也会因为无爱而死。"

我无言。我想起了上大学之前，我的一个乡村女友，不久前，我曾收到她从乡下寄来的贺卡，贺卡由硬纸自制而成，贺词很别致：

我愿天天做新娘，新郎只有一个他！

当时她已结婚数月。后来我专程去乡下看她，她仍然梳着两条黑黑长长的辫子，一边喂猪一边同我聊天，然后擦净手，拿出一个精心订制的本子，封面上画着一株破土而出的小芽芽。

我知道这是什么了，很奇怪："你还写诗？"

"做不了诗人，还做不了业余诗人吗？"

"没想到你还留着辫子。"

"我觉得还是这样好。"那一整天我们海阔天空地聊，包括今后的读书计划，明春的种地打算，甚至腹中胎儿的名字。因为她的愉快，我也相当愉快。

晚上，她丈夫被"请"回父母家去了，我悄悄地问："天天做新娘吗？"

她笑了："今天不。"

我非常羡慕她，不是那份幸福，而是那份平静和自信。

从这个小村妇的身上，我读懂了，女人的爱情实际上是一份无需求证的证明。它浓烈的芬芳终究会趋于平淡。然而温柔聪慧的女人却懂得将它植入心中，懂得用自己生命中的那份从容和细致来浇灌。这样的爱情，永远保鲜，实在无需任何求证。

文/张爱玲

时间，可以了解爱情，可以证明爱情，也可以推翻爱情。爱情本身似乎并不需要任何修饰，就是那么从容淡定在那里，不需要更多的语言倾诉，但细节中透露出的依赖之情，才是这份感情细水长流的根本。

我爱麦兜

布布坐在电视前面吃着手指傻笑，看第一千零一遍的麦兜故事。看那只粉红色大鼻孔的小猪笨拙地翘着两只小脚唱：“大包再来两笼，大包再来两笼……没关系。”她就在地毯上瞎高兴。

我走过去啪地把电视关掉，她一骨碌从地毯上爬起来，看着我发愣。“为什么关我麦兜？”

“二十多岁的人了，心智还这么不成熟。”

“没错，我就是不成熟！怎么了？”她憨憨地露出四颗牙齿，得意得很坦率。然后她蹭到我身边，像那只小猪一样吭哧着：“多好看啊，对不对？”又学起麦兜的校长说山东话：“木有鱼丸！木有粗面！”

我撑不住笑起来，她就肆无忌惮，拿着一张餐巾纸，用手搓来揉去，开始学麦太太做菜：“纸包鸡——包——鸡包纸——包——鸡！”我无奈，走到卧室把自己扔在柔软的床垫上，发呆。这动画片我被布布逼着看过很多回了，我不知道为什么她会那么喜欢这个故事。无非是一只小猪很辛苦地长成一只大猪，可我不喜欢猪。

我转身趴在有香皂味道的床单上继续思考，思考我和布布目前的状态。布布是我的女朋友，她长着小鹿的大眼睛和天鹅的美颈，是个标准的小美人。正因为这样，一开始我才会去追求她。可是我们相处一年之后，她打碎了我的梦想。

她不喜欢收拾房间，不穿性感的衣服，不喷香水。唯一的优点是做一手好菜，因为她喜欢吃东西。还有，她喜欢把床弄得很舒服，因为她喜欢睡懒觉。总之，她就是一只长得很美妙、身材还不错的小猪。我经常这样说她，她完全不生气，反而笑嘻嘻地用麦兜的口气乖巧地说：“小猪就最好了！哈！”

可是有谁知道，我真的、真的不喜欢小猪啊！我梦想中的女朋友是小鹿、小天鹅、小白兔、小绵羊……但绝不会是那只粉红色的麦兜！我不希望我的女朋友是一个笨拙幼稚的家伙。毕竟我也月薪近万，每天西装笔挺地出入这个城市最高的写字楼，下班之后在昂贵的西餐厅吃三分熟的牛排，行走于衣着鲜亮的时尚男女中谈笑风生。

没错，我就是一个现在被很多人认为是恶俗的白领，可是当你已经选择做了一个白领，你当然只有把白领进行到底。

我自认，真的不是很小资，并没有要求布布非得变成我每天见到的那些在外企供职的女人，操着流利的外语，用新款的LV手袋犒赏自己。我是传统的男人，希望我的女人上得厅堂下得厨房，温柔又高贵。可是她虽然性格乐观，偏偏又不顺从，生气的时候冲上来张口就咬，没轻没重。有时候我真想一走了之，好像今天这样。

我没有告诉布布，目前我对于这段恋爱的感觉只有两个字：鸡肋。还有一件事情我没有告诉布布，我明天要去人间天堂的杭州出差半个月，跟我一起去的是我们公司公认的大美女，天使脸蛋魔鬼身材。她叫马娜，但所有的人都叫她——马当娜。

我在收拾行李的时候，布布走进卧室，一看见我在装东西，立刻很雀跃地说：“要去马尔代夫了吗！那里蓝天白云，椰林树影，水清沙秀，是坐落在印度洋的世外桃源。”

我忧愁地看着布布那粉红色的脸蛋，清楚地发觉我们已经离分手不远的事实。她才进入状况，坐在我的行李箱上皱着小眉头，忧心忡忡地问我："麦唛，你要去哪里啊？"

我不知道为什么忽然变得很生气，不能分辨是因为这个称呼还是这样的生活。我用力一抽箱子，布布没坐稳，骨碌碌地滚到地板上，咚的一声，估计摔得不轻。她"哎哟"了一声，接着便气冲冲地从地上弹了起来。"你摔疼我了！"她的眼珠周围开始有泪花闪烁，咬着嘴唇狠狠地盯住我。我并没有心疼地凑过去嘘寒问暖，而是拎着自己的手提箱，只交代了一句："我要出差半个月。"就沉默地走出了家门。

我无法解释自己的心情，也不想面对她。刚好趁着出差离开一段时间，回来就该有个了结了。

马当娜留着酒红色的卷发，戴着GUCCI的宽框墨镜，绉纱领的白色雪纺衬衫，雪白的脚踝踩在细高跟的黑色鞋子里，在候机大厅里吸引了不少人的注意。这女人倒是难得，并不就此仰着鼻孔走路，反而和我不住谈笑，一笑便露出雪白整齐的一排牙齿。我用余光瞥见众男士的目光齐齐向我扫射，忍不住暗自感叹，布布也算是能吸引回头率的姑娘了，可像马当娜这样能够让男人对她身边的同性抱以不友善态度的女人，却真少见，所谓尤物吧。

飞机降落在杭州萧山机场，我一出来就伸手拦车去宾馆，马当娜却提出反对意见："明天才开始和客户接洽，今天就应该偷得浮生半日闲，我们直接去西湖看看吧？"我想来，嗯，不错，不错。

天气不很晴朗，还有点氤氲的水汽，烟波浩渺的西湖边上游人不多。浩大的一片水面上，有鸟低低掠过，这城市里潮湿的微风在我耳边吹拂，把我从北京带来的烦闷一扫而光。我禁不住长叹一口气，深深感谢起马当娜的提议。我和马当娜漫步在西湖边上的青石板路上，我有些意外地发现她真是好像刁德一唱的那样："这个女人不寻常。"她对西湖十景如数家珍，而且讲给我听那些历史典故，走到慕才亭她就讲一代名妓苏小小，来到风雨亭她便背得出秋瑾的“秋风秋雨愁煞人”。更重要的是，她的口气完全没有炫耀的成分，她就是很自然地聊天。她是一个很棒的导游，声音带着女人丝绒般的美感，丝毫不觉突兀，听得我津津有味。

我又忍不住想起布布，她是聪明的，却对任何事情只有很短的热情，当然，麦兜除外。我想起她在地毯上撅着屁股做填字游戏，忽然抬起头来郁闷不堪地问我：“写《福尔摩斯侦探集》的那个烂人是谁？”“柯南·道尔啊！”我回答。她立刻就好像一个泄气的气球一样趴在地毯上，然后用拳头咚咚地敲书：“我就记得是什么南什么尔嘛，可就是想不起来！我总是一下子就想到了南丁格尔！”然后她就用一种做作的目光崇拜地看着我，赞叹：“麦唛，好伟大啊！”让我啼笑皆非。

马当娜走进西湖边上的一家商店，精心选了几块最贵的真丝手帕，然后抽一盒给我：“回去送给你女友吧！”我讷讷地推回去：“我女朋友不会适合这种东西的。”她睁大美眸，不可置信地看着我笑，我只好点头。如何能够想象布布轻拈着这样的丝绢，梨窝浅笑着盘腿坐在地毯上看动画片呢？我不知道为什么我会频频想起布布，她明明是我正想摆脱的人。眼前的女人，风情万种，完美无缺，头脑相貌均是上乘，正是每个男人梦寐以求的类型。我决定努力地把自己的注意力转移到她的身上，而不去想那个可能正在家里一把鼻涕一把泪的小猪女。

入夜，我却不能入睡。我忽然发觉那个小猪一样的女孩在我的心里还是占据很大位置的，以前我以为只是跟她混一段时间罢了。因为我在回忆她学麦兜说话的语气，还有她湿漉漉的眼睫毛，还有她身上好闻的洗发水味道，还有她像只小猪一样睡在我身边，孩子一样的呼吸，圆嘟嘟的粉色脸蛋。

这时候有人敲门，我起身去开。开了之后我很惊诧，因为马当娜正穿着鹅黄色睡裙站在我的门外，她甜美地微笑着，媚眼如丝。我忽然明白，原来这世界有些道理真的很简单，简单得好像废话。就好像麦兜说的，如果想要烤火鸡好吃一点，唯一的办法就是：把它烤好一点。而我现在知道，一个被叫作马当娜的女人，当然她就是马当娜喽！我笑了，然后问马当娜："你看过麦兜的故事吗？"她愣住，然后对我的意外表现轻微地皱眉，流露出不明显的嫌恶表情，她说："你说那只猪？"我忽然觉得很刺耳。我也一下子明白布布为什么那么喜欢看麦兜了，原来那就是我们的生活。不对，我比麦兜差多了，这么长时间以来，我连自己喜欢的人都不清楚，我才是一头彻头彻尾的猪。

我收拾自己的情绪，像白天一样微笑着和马当娜聊天。她是聪明的女人，很快礼貌地告辞，离开了我的房间。第二天我们的合作还是很愉快，她实在是非常能干，我想这样的女人真难得，可惜我已经爱上了一头小猪。我终于意识到我有多爱她，为了她我也可以去学抢包山。第七天，我接通了她的电话，布布在电话那头委委屈屈地说："我要去马尔代夫了，或者去什么地方都可以，因为我爱的人已经不要我了。"说完这几句她就抽抽搭搭地哭了起来，简直让我恨不得杀了自己。

我用我最大的声音说："宝贝，那么求你来杭州好不好？这里蓝天白云，椰林树影，水清沙秀……是小猪麦兜的天堂。"

文/BooBoo

喜欢麦兜的其实很大一部分是成年人，他们从麦兜身上看到了自己教育孩子的矛盾，从麦太的身上看到了谋生的艰难。在有的人看来，麦兜这个孩子实在太蠢，甚至可能智商有问题，在现代社会毫无竞争力。实际上，麦兜不是蠢，而是太善良。因为这个社会太功利，太现实，于是，善良便成了愚蠢，甚至不识时务。不过，或许就好像电影那样，麦兜长大，他的缺点就会成为这个世界上已经稀有的优点，于是，他自然会遇到欣赏他的人。

谁要和你做兄弟?

我一直以为我和敏敏是兄弟。

我是在广告公司那会儿认识敏敏的。同事们每天中午搭伙吃饭，她和老板定菜，讨价还价，笑起来非常甜。偶尔收住笑容，定定地看谁一眼，那人却会有被火燎着的惊慌和烫痛。

再遇到敏敏，是在几年后的一次看片会。有个女孩蹲下身，在捡一地的塑料袋和纸片。T恤下端露出一小段慧黠腰身，侧灯打在她脸上，遇见她有一种遇见岁月的亲切。我说："请你吃饭。"我和敏敏就这么慢慢熟了。

她偶尔会叫我过去帮她整电脑。我有慢性肠炎，好几次我委顿在马桶上，按手机快捷键召唤她。她就开着她的奇瑞QQ飞奔来救我，强行给我灌下数片黄连素，再逼我喝一大杯淡盐水。

肠炎到底是纸老虎，几小时后就没事了。我又跑出去吃喝玩乐。喝得略高，想借着月光睡在长安街上。忽然手机"滴"地一声，是敏敏："你还不给我死回来。"

我如果良心好，就去买一罐信远斋的酸梅汤给敏敏，敏敏就好这一口儿。粗玻璃，手掌高，外型像一个手雷，或者被压扁的酒坛，顺着罐口有粗枝大叶。喝完后，一个个沉褐色的空罐搁在卫生间的阳台上，秋来，她在罐里插小把萤白芦苇。

我和敏敏这样混了有一两年。那时，我总非常心动，说不出为什么。有时我会脱口而出：“敏敏，我们恋爱吧！”

敏敏不像我把钱都花在醇酒妇人上面，她已经付了首期在供房，是四环之外的三室一厅。她有一面墙的黑胡桃木书架。敏敏说，许阅览不许外借。我看书看碟，她会帮我冲一杯热浓的兴隆咖啡。我却没想到会遇见海伦。

人力资源部人员推开我的门：“这是新来的设计员海伦。”海伦身穿套裙，像一颗钻石闪闪发光。我蓦地有了特洛伊沦陷的心情。

我从来不知道我会这么浅薄。在花店订下99朵玫瑰，留下公司地址让他们送。海伦什么都不说，偶尔一两瞥目光，却让我看到鲜明的爱悦。

敏敏给我的办公电话留言：“几时帮我来弄弄电脑？”我拖着没回复。敏敏打电话到我手机：“什么时候来呀？”我敷衍她：“对不起，敏敏……”突然觉得内疚，仿佛辜负她，这内疚也真的十分无厘头：“我在……恋爱。”“啊……”有一瞬她的声音仿佛很古怪，立时恢复正常，“恭喜恭喜！几时一起出来喝酒吧！”

我已不是我，我是海伦的马前卒，我便答：“这，我得与海伦商量。”海伦当然不许。她皱眉道：“你肠胃不好，不要喝酒。”同理可证，我也不要吃辣、糯米藕、蟹、小龙虾……与海伦在一起，灵魂很快乐，但我的舌头和胃都很寂寞。

趁海伦出差，我赶紧去大吃大喝。席未终，腹痛如绞，急急回家，才到楼下我已经吐了一地，一如既往地我按快捷键：“敏敏，我病了。”

敏敏却没有一如既往地说“我就来”，她犹豫的时间，长得令我不知所措。她终于说：“怎么啦？”我说：“我不舒服，你快来救我！”这次她反应得非常快，像反驳：“你女朋友呢？”

我简直快委屈死了：“她出差了，你不来吗？”敏敏叹一口气：“我来。”

敏敏开门进来，试试我的额：“你在发烧，去医院吧！”我一口回绝：“我不去，我最恨打针，除非你坚持。”

“我有什么好坚持的？”她一摔门就出去了。我听见脚步声噔噔噔下了楼。我躺在沙发上不动声色，果然敏敏的脚步越来越慢，站住，然后，她回来了。

敏敏陪我去医院，楼上楼下挂号，交钱，化验，拿药，我就在长椅上舒舒服服地等，肚子已经没那么痛了，我很手痒地给海伦发短消息。吊针打上，我只好换左手继续按键，非常笨拙。似乎听见敏敏在说：“没事我就先走了。”我忙得很，也没工夫搭理她。针剂好痛，我抬头想向敏敏诉苦，眼前却没有人。

我给她发了十多条短消息，她没回复。我忽然明白了，敏敏不会管我了。我是她什么人呢？不是恋人也不是亲人。这一刻我很难过。我们不是兄弟吗？

第二天海伦回来，我去机场接她。她仍像洗发水的广告女郎那么神采飞扬，高跟鞋打在地面上铿然有声。我四肢乏力，又故意地想让她看到我的病痛疲惫，于是软软地站着，一声不发。她与我轻轻一抱，很自然地向我示意她的三个箱子。我没精打采地拖着，海伦没有发现。她终于不耐地站住：“你怎么这么慢？”我慢吞吞地说：“我前两天病了，肠炎又发作了。”

海伦说：“你又喝酒了？这叫自作自受……”

我给敏敏发短消息，疯了一样，一分钟五条。敏敏没搭理我。

晚上我在敏敏小区的楼下等。整幢大楼，灯亮起又灭掉，灭掉又亮起。我很渴，想念她的咖啡，也想念她一窗台的信远斋空罐……敏敏的车终于回来了。

她下车，一手拎一个范思哲的手提包，我知道那里面有文件资料、化妆包、复合维生素和钙镁片等等，另一只手提着超市的大塑料袋，模糊认出牛肉的红白、草莓的冶艳。她把日子安置得多么完整美好，她也一向同样地安排我。

她看到我，毫不惊奇。我嗫嚅："你都不回我短消息。"她淡淡道："我不爱回短消息，你忘了？"她的手机，还是3年前我陪她一起去买的，我记得那天下着乱七八糟的雨。原来我与敏敏，也有这么多浪漫回忆。我说："敏敏，我们结婚吧！"

不是那些滥俗的港剧或者韩剧，男主人公经过千回百转，发现真爱就在身边。我爱敏敏吗？如果敏敏逼问而我又决定诚实，我必须得答——"不"。但我没有损失，那些烈焰焚身的快乐，我已经经历过了。而聪明如敏敏，她不会问，她只说："对一个人好，而那个人又肯承情，我想，这也是一种幸福吧！"她说这话的背景，是在周生生专柜，我们在挑结婚戒指……让全世界都来唾弃我吧，可我老婆敏敏说，她愿意！

文/叶倾城

人生本来是苦多于乐。你的开心，有太多人可以和你分享，不一定要是情人。如果日子过得快乐，自己一个人也很好。痛苦和悲伤，却不是很多人可以和你分担。你愿意把痛苦和悲伤告诉他/她，他/她才是你最想亲近和珍惜的人。你痛苦和悲伤的时候，首先想到了谁？

淡淡草籽香

凭空拿着一张照片，写出一个爱情故事来，其实不是那么容易的。

因为给你的信息，要多不多，要少不少，总之很难受。

我存有一点私心，忽然很想把这里当成一个关于爱情的专栏来写。好啦，如果下一期没有作者要来跟我抢这块地方，我就会继续用自己的方式，写爱情。

反正，不是别人，就是我。

请允许我任性一次，虽然这个栏目叫封面故事。但显然，我并不想简单地说完一个爱情故事，然后就拍屁股走人。

我不光要写一个爱情故事，还要故作高深地说一点关于爱情的好话或者……坏话。

你有没有过青梅竹马？

在小说里，我倒是经常看到“他们”。现实生活里，我的朋友，大宝和小贝，从小学一年级起，就是同桌，他们一起度过了两小无猜的同桌时代。大宝的父亲是大学教授，小贝的父亲是给那所大学提供园艺服务的花农。他们在大学附小读书的时候，小贝就经常带着满身花香走进教室。她会骄傲自豪地对同学说，窗台上的那些茉莉花，都是我爸种的!

她天生乐观，没有敏感脆弱的小心灵，不会因为父亲是花农而想东想西。那时候的小孩，神经可能更粗大一些，在一堆教授儿子、老总女儿、总工程师孙女的环境里成长，没有一个强大的内心，是不能够的。

她长相平平，还有一些小雀斑，头发稀稀拉拉的，眼睛小嘴巴大，笑起来就跟咯咯叫的小母鸡似的。但她特别爱笑，才不管女孩们在背后说她裤子上的泥，衬衣上的蓝墨水，甚至是头发上的小草籽。

她知道自己身上有一种别人没有的，草木香。而且每日看着那些花木一点点用力生长的样子，她就觉得内心充满了阳光。

一开始，大宝还在和她玩谁越线就打谁的游戏。小时候男生们都干过这种不绅士的事，但后来到了小学六年级，大宝同学忽然变得沉默起来。他不再和小贝吵架，也懒得回答她那些幼稚的数学题。

有一次，大宝背着书包像土狼一样冲出教室，但小贝却在后面气喘吁吁地追上来，跟他说，喂，隔壁班的刘朵叫我给你的情书。

大宝待答不理，她不耐烦地说，情书啊，你到底要不要，要不要？你不要，我就念给你听好了。

大宝急忙去抢她手里的信，你二啊，谁要看，扔了它!

从那次之后，但凡有情书，小贝都是第一个读者。她好心地对别的姑娘说，你们不要浪费时间了，他是木鱼脑袋，爱情那根神经还没开窍呢!

就这样，木鱼脑袋的大宝同学，在十六岁那年得知小贝还将与他同班上高中的时候，他忽然就惊醒了。

你以为爱情是冷不丁冒出来的，但其实是从那么多年各种有意无意的细节中一点点积累起来的。后来，大宝对小贝说，我有时候觉得，你头上有草籽的时候，挺像土拨鼠的，像刚从土里钻出来，脸上带着一种惶恐又呆愣的表情。

小贝觉得这是一种赞美。作为一个有着强大内心的女孩来说，她擅长把所有的话都听成好话。虽然她已经默默喜欢那个木鱼脑袋很多年了，但打死也不说，打死都要等到他先说。

女孩有一种韧劲，她知道内心温暖、乐观的人，比较容易得到幸福。因为正面的能量，会带来正面的结果。

如今，大宝和小贝，打算在2012年结婚。从6岁开始同桌，到16岁表白，他们一起走过了20年。人生有多少个20年，可以这样拿来挥霍？也只有他们，也只有那些幸运的青梅竹马们，才能在漫长的吵闹、互损的时间里，一点点成为彼此的终身伴侣。

不是人人都这么幸运的。所以大宝和小贝的婚礼，一定要去参加，就算获得一点点爱的好运与勇气。

文/萧晗

爱情无时无刻不正在发生或即将发生——当安静下来，我们悄然发现，一见钟情让人向往，青梅竹马亦令人感动。也许青涩的情感最终难以结出果实，但那份美丽的缠绵，永远不会随风散去，仍会留在记忆深处。在那些情窦初开、懵懂混沌的年纪，我们不知道爱情是什么样子，也不知道未来会怎样继续。青梅竹马的爱情有分有合，有长有短，但改变的只是爱情的形式，不变的却是年少时的那份纯真。

费尽心机的坏

我对人物面孔有着超强的过目就忘的本领，也因此埋下了祸根。见习期转到内科病房，见到邝野的时候，我早忘了他姓甚名谁，好在他胸前戴了上岗证，我便礼貌地喊了一声“广大夫”。办公室里的人一阵哄笑。适逢交班之时，护士大夫都在，我还莫名其妙。主任拍拍我的肩说：“丫头，‘邝’这个姓氏是他老祖宗留给他的，到目前为止，他还没打算改。”我的脸立马切换成了煮熟的虾子的颜色。邝野则笑得阴沉，令我浑身发毛。

我承认我的汉语言知识不太富有，更不该“有边念边，没边瞎猜”，但也不能因此就给我判死刑吧？

邝野绝对是睚眦必报之人，在以后的相处中对我的态度极尽恶劣。有什么动手跑腿的活全都指派我去干，比方测随机血糖、做心电图什么的，就连他当班的病历也全部压给我写，还美其名曰这是给我锻炼的机会。恨得我牙痒痒，如果咒骂可以杀人，我想邝野早就死千百次了。

同事给我介绍对象，见了3次面，感觉还不坏，我便拉他到医院的化验室做抽血检查，他立马吹胡子瞪眼，说我不是神经有问题就是职业病太重，然后拍拍屁股走人。我没有追，走就走吧，突然间觉得我们不合适。两个人在一起是一辈子的事，抽血检查是理智的行为，两个人都查，这不仅是对他人负责，也是对自己的感情负责嘛！此事很快风靡全院，反应最激烈的是邝野。乍闻此事他笑得前仰后合，差点儿岔气，然后对我的态度一扫冰冷，见我就笑，而我总有将他的牙砸掉的冲动。

相亲的路就此被我亲手断送，我每每仰天感叹，邝野就在一旁幸灾乐祸地笑，我就送他白眼："拜托你，大哥！多点儿同情心，也是为子孙积德。"他说："妹妹，你这离经叛道的思想，天下恐怕只有一个男人不会怕。""谁？可别告诉我是你。""看来，你对我还是挺有感觉的嘛！那么，我们就来恋爱吧！""呵呵！"我假笑，"男不娶艺，女不嫁医，所以你不行。""谁规定的？""地球人都知道呀！"我笑，千娇百媚。

两个月后，邝野辞职，老天爷终归还是心疼我，把这个可恶的男人从我的身边调走。他临走前，请科里所有的人吃饭，我没去，自动请缨留下值班。说实话，免费的晚餐谁都想吃，我不去是不想自找没趣，认定那所有的人不包括我。晚上十一点，值班室的门被人从外面打开，我抬头，近视镜滑落到病历上，好在没碎。"你是人还是鬼？"我心跳得厉害。"请你吃饭就那么难吗？给，你最喜欢吃的鲅鱼水饺！"人之将走，其心也善。我立马开动，还真有些饿了。他笑，说："就不怕我下毒？""你下了没？""没！我来是想告诉你，我是因为你女不嫁医才改行的。等我发了财，回来娶你呀！"我立马失了胃口，这个男人还真是坏，临走了还要勾起我的罪恶感。学了5年的医，当了3年的医生，就这样走了，还真有点儿可惜。"你会不会后悔？"我问。"不会！喜欢上你我永不后悔。"又来了！本着不浪费的原则，我没有将水饺砸向他，而是将他赶出了值班室。寂静的房间里，我很清晰地听见了自己加快的心跳。

我最终定位在内科，以填补邝野离去的空白。后来听说邝野改行销售医疗器械。

我恋爱了，叔叔托人介绍的，职业是教师。所以，当邝野再次晃到医院的时候，我不但配了手机，还交了男朋友。邝野很不给我面子地拍桌怒道："丫头，你不会来真的吧？我在外面为你拼死拼活打天下，你却背着我去爱别人，还有天理吗？"我丢白眼给他。嬉皮笑脸，没心没肺，这样的评语什么时候才能从他身上剥离？

下班的时候，我的手机愉快地提醒楼下有人等。邝野说："丫头，人心叵测，我替你去试探一下他。"他一溜烟地跑了，没给我拒绝的机会。我随后下楼，只看到了邝野。"他人呢？""吓跑了！"他坏坏地笑。"你究竟干了什么？""冤枉啊！我只是对他说，丁晓星有洁癖，被人吻过后总是要刷半个小时的牙，漱一个小时的口。""他不会信的。""那他人呢？""宁拆三座庙，不毁一桩婚。这个世上还有比你更坏的人吗？""认定一个人要给他全部的信任，他不配爱你。我好心帮你认清他的真面目，你却恩将仇报。"我放声大哭，他捂住我的嘴，将我塞进出租车。一路上，我拼命地流眼泪，他说："丫头，这么在乎他？""才不是！我只是觉得很丢人很委屈，想要好好地爱一个人，为什么总是遇人不淑？""有一个我这么好的人，为什么你总是视而不见？"我立马止了泪，想吐。当晚，看在我心情不好的份上，邝野请我吃饭，我狠宰了他一顿，作为他弄丢了我男朋友的惩罚。邝野说他从大一起就想要改行，8年后才下定决心，现在做得很开心。

第二天，护士长对我说："晓星，邝野这人不错，你干脆收了他算了，我看你们挺合适。”我连连点头，说：“收！收！”才怪！一夜失眠，我就做了一个重大的决定，既然邝野敢坏我的好事，我也就豁出去了，陪着他耗，除非我先嫁出去，否则他也别想娶老婆，反正我比他小4岁。邝野下班来接我的时候，我将此事郑重公布，他居然笑得地动山摇，完全不知好歹。

我和邝野的持久战就此拉开帷幕，时不时地晃到他的住处蹭饭，他的菜做得很好吃。男人如果不懒，厨房就不会是女人的天下。好在我死磨烂缠的功夫一流，他的懒总是拗不过我的胃疼。心情好的时候或者心情不好的时候，都会拖他去逛街，他该为他的坏付出代价。

门铃响起的时候，我正躺在沙发上嚼爆米花，邝野系着围裙去开门，门外是他的父母。我猛地起身，爆米花洒了一地。邝野笑，说：“别紧张！别紧张！不就是见公婆嘛！”二老立马围上了我，认定我是准媳妇。我落荒而逃，脚上还穿着他的拖鞋。他追出来，挡在我的前面，手上提着我的鞋子，说：“丁晓星，你是个胆小鬼！”“我哪里胆小？”“不敢承认爱上我！”“超级自恋！”我冷哼。他将我摁坐在路旁的竹椅上，蹲下身为我穿鞋子。在手脚的碰触里，我有了过电的感觉。他抬头说：“我是真的喜欢你！从你喊错我的名字从头下面的脖子红到脚上面的脖子开始。”他起身，临走时扔下话：“我等你回来爱我！”我傻傻地坐在那儿，眼睁睁地看着他离去。难道他对我的坏都是喜欢我的表现？

邝野很少认真，一旦认真起来，还真让人不适应。于是，持久战变成了冷战，他不来找我，我也厚不起脸皮去找他。我对着全科室的人宣布要请假去相亲，立马有5个人掏出手机给邝野打电话。邝野的人缘还真是好，这么多人都蒙在鼓里，看不清他其实是一只披着羊皮的狼。

我去了约定的快餐店，就看见了邝野，意料之中，我之所以大造声势，就是要逼他现身。他一脸铁青地看着我，我不看他，看桌面，就看到了上面摆着的巴豆。“天！你对那人做了什么？”我心惊肉跳。“没有！我只是告诉他，他若敢跟你相亲，就小心我会在他的饮料里放巴豆。”“为什么你总是这么恶劣？”“其实，上一次我并没有编造你有洁癖，我只是告诉那个老师你‘大姨妈’来了，想喝热奶，他二话没说就去买，然后我就在他的眼皮底下把你拐走。”“啊啊！”我不顾淑女形象地惨叫，“坏蛋！坏蛋！”“宝贝！你是我变坏的根源。”他还笑，我将包砸向他，跑出快餐店。

他追出来，说：“丁晓星，我是真的爱你呀！”大街上人来人往，我站住脚，不回头，说：“你撒谎！你从来只知道欺负我。”“无论我对你怎样，都是为了吸引你的注意，让你将心思放在我身上。”感觉到他的靠近，我大踏步往前冲，虽然他用心险恶，我非但恨不起他来，还欣喜感动得涕泪滂沱。知道他就跟在我身后，我猛地回头，问：“你还有别的招没有？”“有！我还剩最后一招。这是我上周的体格检查表，请过目。我很健康的。”我将那张皱巴巴的化验单打落，说：“你保证以后对我好！”为免伤及无辜，我决定收了他。他张大嘴巴，半天反应不过来，然后用力抱住我，说：“我对情人是绝对的好，但对情敌决不会心慈手软。”

我长叹，真是恶性不改！但我就是不可救药地爱上了他费尽心机的坏。

文/叶今心

俗话说：男人不坏，女人不爱。这里的“坏”并非指人格品行方面不端，而是指突破传统好男人的观念，在生活方面富有情趣，善幽默、懂浪漫，能给女人带来惊喜，给生活增添新意。这类“坏男人”了解女人心理，懂得情趣情调，惹生气了会哄，会没事找事地逗女人开心，让她每天都觉得生活丰富多彩。文中的“坏男人”费尽心机的坏，终于抱得美人归。正是：初见为你倾心，再见你痴心，终日为你费心，欲得你芳心；煞费苦心，想得催心，付出真心，拥得你心，两人诚心，永远开心。

买张车票去西藏

说好是一辈子就是一辈子，差一年一个月一天一个时辰都不行

电影学院每年招生时都人山人海，我们这些老生有的帮忙发报名表，有的给考生引路，我主动选择了给表演系的招生老师倒茶水，因为有空调吹。

考生一批批地进来，没什么出色的，至少我这个老生都没有看上眼的。小品表演的面试就有5个字：公共汽车站。

有的考生在左顾右盼假装等车，有的脸红脖子粗地表演挤车。我给表演系老主任倒茶的时候，忽然被一个声音逗乐了。回头一看，一个精神的男孩子搬个小板凳原地一坐，从考试开始到结束就一直扯着脖子喊着："晚报……晚报……"偶尔也仰头看着身边的同学，问一句："晚报要吗？来份晚报吧……"

真够绝的！我一笑，水满了，洒了主任一裤子都没看见。

下个环节是考验考生配合眼神说对白，题目有点难。老主任看看我，说帮忙示范一下。

"老师，我是舞美系的。"我想说明自己不是学表演的，可他不依不饶。

“选修课也有表演呀，去选一个。”命令的口气，我只能妥协，谁让自己刚才对不住人家的裤子呢。

就选刚才的“晚报”吧！我大步走到他面前，盯着他的眼睛，大声说道：“说好是一辈子就是一辈子，差一年一个月一天一个时辰都不行！”然后流畅地挥手一个耳光，自己的眼泪却流下来了。

“好！”新生们集体鼓掌，还真佩服我的演技。我抹抹眼泪，丢下愣在场上的男生，继续做我端茶倒水的服务工作。

管他呢，反正我不认识他。

欠了我的给我补回来，偷了我的给我还回来——《闪闪的红星》

如果有缘的话，不认识终归会认识的。从考试那天起，我就被这个喊“晚报”的人盯上了。

他说他叫黎可韩，像个尾巴一样跟在我屁股后面问：“学姐，你说我表现得怎么样，你说我能考上吗？”

我被问烦了，停下来严肃地对他说：“你肯定考不上！”

“萧小晓，那我一定要考上给你看看。”他居然知道我的名字！

我大二开学的时候，门口表演系新生的红榜上，前几名还真有他的名字：黎可韩。

我平静的大学生活呀，就这样被打破了。

“萧小晓，你是恨不得把耳朵上打满耳眼，戴60个以上的耳环吗？”又不是我爸，我扎几个耳眼关他什么事？

“哦，你喜欢野蛮型的，我从你手背上的文身看出来了。”这个变态家伙，第二天就在手背纹了个凤回来。我冷笑着洗掉手背上画的龙的时候，他不知道是疼还是愤怒，嘴巴咧得接近耳根了。

果然是金刚不坏之身，我这么整他，他还是跟着我。

为了完成一集剧本的作业，我坐在地铁里观察人群。黎可韩还真辛苦，跟我坐了一天的地铁。我一天没理他，最后实在忍不住了，朝他大叫：“黎可韩，你有病吧？我是被迫来体验生活，你坐一天地铁干什么？”

黎可韩笑眯眯地看着我说：“我老家没地铁，我也来体验生活。我就想看看这地铁到底有多长，什么时候到终点。”

真傻还是假傻呀，这是环线。我觉得自己被愚弄了，咽不下这口气，决定整整他。

“黎可韩！”那天我从表演系教室找到他。见我主动找他，他兴奋得眼睛都红了。

“萧小晓？请我吃饭？请我看新片子？送我礼物？还是和我切磋舞台剧？”

我拍着额头喊老天：“你真够烦的！我一个同学要拍实验片，缺个男演员，要不要上？”

不久大二学生实验片汇报公演后，黎可韩可出名了，他参演的是一部同性恋影片，里面唯一让人印象深刻的，就是他的背部全裸出镜。有人说他的背部太完美了，有人说一个入校不到两个月的新生想一脱成名……总之，好评骂声都往他身上砸，黎可韩顿时成了学校的传奇人物。

黎可韩还真是天生的演员料，他一点都不恼，见了我仍旧嬉笑着，用标准的舞台腔念电影《闪闪红星》里的对白：“欠了我的给我补回来，偷了我的给我还回来！”

“小学弟，别乱说话，我欠你什么了，偷你什么了？”说这话的时候我挺幸灾乐祸的。

“年龄不是问题，你不是照样偷走我的心了？”黎可韩说这话的时候，眼睛尤其亮，竟然把我噎住了，我只能扭头躲开。

我愿变成童话里你爱的那一天使，张开双手变成翅膀守护你

转眼我到了大三，正赶上安徒生诞辰200周年，大二学生要排童话剧，偏偏要我来帮忙设计舞台。

我在台下拿着步话机指挥，台上彩排的黎可韩时不时地跳下来，穿着王子的戏服，问我演得怎么样？见我不理，他还花痴一样深情地说：“萧小晓，童话的故事多美啊，幸福和快乐总是结局。”

我不屑地回了句：“童话都是骗人的。”

“不会的，我愿变成童话里你爱的那个天使，张开双手变成翅膀守护你。”

黎可韩的双手忽然抓住我的双手的时候，我竟有些不知所措了。多亏我也学过些许表演，马上抽出手故作镇定地说：“这么俗的对白，你可以去写歌词了。”

“说对了，这就是歌词。”该死的黎可韩呵呵一笑，气得我转身走人。

黎可韩在后面把手围成喇叭形：“你们不是要交摄影作业吗？我知道个绝好的景，要不要去？”

这句话说得我动心了。

周末我们坐车换车再坐，走了很久的路。

“到底要带我去哪里呀？”

“拐卖，大学女生应该可以卖好价钱。卖到贫困山区，嫁给一干巴老头，你意下如何？”

我没他精力旺盛，已经累得懒得和他斗嘴了。

“穿过这个隧道就到了。”黎可韩指指前面黑压压的火车隧道。

我在隧道里走得跌跌撞撞，黎可韩一个劲催我，说这里危险。一分钟后，这个乌鸦嘴的话真的奏效了。因为我们都清楚地听到了火车的声音。

巨大的恐怖忽然袭来，我第一次真实地听到自己的心跳。我只知道黎可韩猛然把我的后背贴到墙上，自己张开手臂把我围在里面，时间还没允许我做出反应，火车就从离我们不到一米的地方呼啸而过了。

在火车的呼啸声中，我紧闭着眼睛听不到自己的尖叫，只感觉车身带过巨大的风，把我的头发吹得张牙舞爪，扬起的尘土打在脸上都疼，黎可韩更是整个人几乎都飘了起来。他就靠手指的力量，紧紧地扣住隧道的墙壁，坚持着，直到噩梦过去。

宁可错过了花期，为什么不开放呢？不开放，也许怕开放后的凋零吧

我们命大，黎可韩回学校把我们的历险像说书一样兴高采烈地讲给每个人听，而我，不知道是因为惊还是劳累，竟然病倒了。

黎可韩第一次来我的宿舍，提着大包小包，甚至抱着一个砂锅，说要煮降火、清肺、有营养的冬瓜排骨汤。他又切骨头又洗锅，葱姜蒜切得整整齐齐。东西都准备得差不多了，却忽然坐下来玩开电脑了。

"你到底要干什么？"

"煲汤呀，我上网查查该怎么煲，起码得有份菜谱呀！"

原来他不会煲呀！我根本没力气搭理他了，任他折腾。结果他烧断了我们寝室的保险丝。

于是，我的病号餐从中餐改成了西餐。在灯光昏暗的西餐馆里，黎可韩看着我独自消灭了一盘比萨后，第一次很正经地看着一朵花骨朵问了我一个问题："宁可错过了花期，为什么不开放呢？"

我像所有爱情片中的女一号一样幽怨地说："不开放，也许怕开放后的凋零吧！”

收拾行囊，我想一个人去西藏。

暑假前我已经在收拾行囊，《藏地牛皮书》、青年旅社的电话、睡袋、写生用的工具，以及一大堆杂七杂八，整整塞了一人高的背包。这个假期，无论如何我要完成去西藏的愿望。

黎可韩大惊小怪地忽然闯进来，把从海盗船专卖店买的鱼骨项链递到我的眼前：“萧小晓，早答应送给你的，够酷吧！”

“落伍，我现在已经开始喜欢藏饰了。”

黎可韩一脸坏笑：“早知道你有这一手，你一天不刁难我吃吗吗不香。”说话间又掏出了一个系在墨绿色牛皮绳上的西藏绿松石，石头是天然的形状，未经雕琢，透着自然的灵秀。

我一把抢过来放进行囊的内兜里，得了便宜还卖乖地说：“笨啊，这东西西藏多的是，我马上要去那里了。”

“我知道呀，一起去吧！”黎可韩边把没送出去的鱼骨项链挂到自己的脖子上边说。

“为什么要带个大尾巴去，我喜欢一个人旅行。”

如果他成了你旅途中想念的一个名字，那你就真的找到爱情了

假期里，我终于站在了西藏的一座小山坡上，贪婪地呼吸着青藏高原稀薄的空气，仰望无限高的青天。来西藏旅游的人不少，他们说笑着从我身边经过的时候，我忽然觉得有些凄凉，继而有些孤单，好希望这份快乐能与别人分享。

这是怎么了，过去独自旅游的时候从不会有这种感觉呀！高原反应，一定是的。我尽量控制情绪，可总有一个人在我脑海里像个不安分的蚂蚱一样蹦来跳去。

“如果他成了你旅途中想念的一个名字，那你就真的找到爱情了。”

好熟悉的舞台音，我循着声音看，差点背过气去。

“黎可韩，你怎么在这里？”

“别那么大声叫，当心缺氧。”

他伸出一只手，我忽然变安静了，伸出手把他拉上来。

“因为你不想被人拒绝，所以要知道先拒绝人。现在到下午3点之前的一分钟，你跟我在一起。我会记得这一分钟。这是一个事实，我们改变不了——因为已经过了。我相信生命中充满了巧合，两条平行线也会有相交的一天。其实幸福就这么简单，买张车票去西藏，愿望就实现了……”

我注意到，说这些话的时候我们一直牵着手。在高而远的蓝天下，我的脸正贴着他的脸，我的心跳正和着他的心跳……

文/段立新

有句话鼓舞了好多人，“人生应该至少有两次冲动，一次是奋不顾身的爱情，一次是说走就走的旅行”。很多事情你现在不做，一辈子都不会去做了。旅行，亦如爱情，错过了又何尝不是一辈子的事。有的时候，旅行是为了想念一个人。想念，其实何必旅行？不过，大概因为身在异乡，所以才更需要一份温暖。孤身一人时，那种因为想念而生长的惆怅，总是会一路相伴。所以，如果一个人成了你旅途中想念的名字，那你就真的找到爱情了。

突如其来的爱情

依琴儿的话说，我高中时简直就是一混球。其实，这话不假。高二那年，我这混球可是膨胀到了极点。我视校章为白纸、教室为茅房。经常逃课去泡网吧、逛商场。那时学校制度严格，校门有人看守，学生不能擅自出入，于是我和3个哥们儿选择翻墙，丈把来高的院墙我们三蹬两踏跃然而过显得毫不惊慌。

值得一提的是我们哥几个还组织了一次翻墙比赛，具体要求是所用时间短、落地声音小，结果我荣获第一。之后在宿舍开宴会庆功，当然费用由他们出，这是事先定好的。那次我意气风发地喝了两瓶啤酒，之后就不省人事。醒来时我躺在宿舍的桌子上。据M说，是我把桌子当领奖台不由分说就爬上桌子领奖，他把一只破拖鞋塞给我后我就心满意足地倒下了。

我和琴儿的相识如同所有蹩脚的偶像剧。据琴儿日记上的记录，那天是十月二十三日，天气晴朗。我照例爬上墙头然后蜻蜓点水般落下，四肢着地做虎卧状。起身后才发现旁边有一女生倚着树正看着我发笑，一副想和我搭讪的样子。我看她两只大眼睛扑闪扑闪的，再看看四周没保卫科巡逻的便靠了过去说："小姑娘，有什么事要在下代劳吗？本人相当乐意。"她特温柔地说她家钥匙锁在屋里了，现在正要找锁匠，并且声称她是学校一老师的女儿，她家就在学校里。我一拍胸膛：“这等小事就包在我身上，你只需给一半的费用。”

然后我就跟着她进了学校，她走路像只小鹿一样蹦呀蹦呀的，发丝舞动、幽香阵阵。因此我相当地饱眼福。来到一房门后我就使出看家本领从门上的窗口钻进屋里打开房门说“请进吧”，前后过程只花了半分钟。她大步流星地进来一屁股坐在椅子里。我扫了一眼房间才发现那根本不像住人的地方，倒像办公室，便问：“这到底是你家吗？”她往外一摆头说：“你自己去看吧！”我扒着门框看了一圈，才在上方发现了一块牌，写着“校学生会办公室”。我就纳闷刚才怎么就没看见呢？我知道自己栽了，但遗憾的是平生第一次让我栽跟头的不是武林高手倒是个小女娃子。

她突然很严肃地问我：“有什么话要说？”我说：“英雄难过美人关。”她转过身去说：“多谢夸奖！”我趁机又把她上三路下三路看了几遍，真的蛮好看的。这也证实了我没睁眼说瞎话，于是又理直气壮起来，挺起胸膛冷着脸扮酷。

她似乎看穿了我，望着我的脸说：“但你不是英雄，一个善于钻窗入室翻墙出校的人顶多是个梁上君子。通过钻窗入室翻墙出校绝不是体现个性，有个性的人往往都是成功的人。但你什么也没有，唯一中看的一张脸还长了四颗青春痘。不过嘛，我相信你会有的，凭我的直觉你不是个孬种。”

我气得鼻子两边歪，使足了劲拿眼睛瞪她。被电得受不了了，她就侧着身对我说：“你这次的行为我就不上报了，如果你再死性不改，我还会找你。你走吧！”

我很无赖地提醒她：“你钱还没给呢。”她搜遍了所有的口袋后做出很惊讶的表情，然后特无辜地说：“我忘了带钱包了。”她那表情看得我都快感动了，我承认我是彻底地没戏了。

我快快地回到宿舍，那3个家伙正在玩扑克。我把早已编好的故事拿出来解恨：“今天在校外碰到几个流氓欺负一美女，把那美女脱得，啧啧！情急中我使出一阳指赶跑了流氓，那美女依在我怀里给了我一吻，作为感谢。不信你们来闻我身上还有香味呢！”

他们3个狼狗般扑过来把我当猎物嗅了几遍，之后老四发表总结：“老大身上真有几分胭脂味，看来不假，那么——请客。”我一巴掌拍在他额头上说请你个死人头，只不过……他们不由分说、拼死拼活、连拖带拉地把我搬出了门。

我在食堂买了8个肉包子扔给老四说“吃吧”。老四一口气吃完。M和L伸长脖子道：“老大，我们的呢？”无奈之下又刷了两次卡。回去的路上，他们3个活蹦乱跳地说：“撑得慌，这样有助于消化。”我除了死捏自己的大腿把牙齿咬得格格地响外，找不到更好的发泄方式。

几天后，琴儿找到我说请我吃冰淇淩，并且一再声称自己从来不会欠人情，这次只是为了感谢我上次帮忙并没有别的意思。我听了之后相当失望。但她那天穿着格子短裙，亭亭玉立的，我很自然地跟着她走了。在校门口不少人扭头观看，看门的老头子也笑嘻嘻地直往这边瞧。当然我也没管住自己的眼睛，死盯着她那双腿不放，青春期嘛，没办法。为此我也觉得自己很有面子，至于那冰淇淩什么味道，现在忘了。

从那以后我和她就算熟了，我也不再翻墙了。其原因有二：一是因为学校又把围墙加高了一米，二是我老爸知道了我在学校的情况后揍得我满地找牙。我逐渐安下心来搞学习，我资质不差，学习成绩如火箭般飞升，结果在升入高三的那次大考中我一下子蹿进了班级前十名。

琴儿知道后一个劲地说自己眼光高没看错人，并拉着我的手直往校后的小寺庙里奔。我说：“干吗，男女授受不亲。”她说：“我们结拜去，我是姐姐，你是弟弟。”我愣在那里她怎么拉都拉不动，这小妮子想占我便宜，我挣脱她的手后一溜烟地跑了。

进入高三后我们的关系也一直保持在同学的份上。她成绩好，经常帮我解疑，并且经常拿出一副老姐的口吻来教训我。我因此而苦恼，一米七八的大男生在一小女子的翅翼下生长让我觉得自己像慈禧身边的小六子，郁闷。

但高三紧张的作息安排和繁重的学习任务容不得我细想，一年很快过去，高考也在平静中悄悄滑过。7月底，成绩出来，我俩都过线！

收到通知书那天我喜出望外地去找她。见到她时我把通知书朝她眼前晃晃，然后藏到身后，让她猜是啥。她伸长手臂从我腰际穿过想抢我手上的东西。我顺势用手一拉，她倒入我怀里。

我故作惊讶：“干什么，三伏天的不嫌热吗？”

“做我男朋友吧！”她并没有挣扎，语气里透着心甘情愿。

“你是姐姐，我是……”不等我说完，她的小手已捂住了我的嘴。

文/陈林浩

青春是人生中一个美好的时期，生活中出现的那些人，那些事，那些断断续续的片段，用“蒙太奇”的手法演绎和放映着我们的青春。每个人都是天生的演员，没有设计的台词，没有策划的场景，更没有导演。每个人都用真挚的情感演绎着，即使那些外人看似做作的情。爱情有时来得如此突然，叫人措手不及，又似乎早在预料之中，我们不需要心理准备也无法准备，我们向往却又担心。我们总会有太多的疑问，但我们的爱情却依然熊熊燃烧着。

我生君已老

我是一个孤儿，是哲野把我捡回家的。那年他在车站的垃圾堆边看见了我，一个漂亮、安静的小女婴，许多人围着。他上前，那女婴对他粲然一笑。他给了我一个家，还给了我一个美丽的名字，陶夭。后来他说，我当初那一笑，称得起“桃之夭夭，灼灼其华”。

后来，我上学了。有一天，班上几个调皮的男同学骂我“野种”，我哭着回家，告诉哲野。第二天哲野特意接我放学，问那几个男生：“谁说她是野种的？”小男生一见高大魁梧的哲野，都不出声，哲野冷笑：“下次谁再这么说让我听见的话，我揍扁他！你们谁的衣服有她的漂亮？谁的鞋子、书包比她的好看？她每天早上喝牛奶吃面包，你们吃什么？”小孩子们顿时气馁。

自此，再没有人骂过我是野种。大了以后，想起这事，我总是失笑。

我的生活比一般孤儿要幸运得多。

我最喜欢的地方是哲野的书房。满屋子的书，明亮的大窗子下是哲野的书桌，有太阳的时候，他专注工作的轩昂侧影似一幅逆光的画。我总是自己找书看，找到了就窝在沙发上。隔一会儿，哲野会回头看我一眼，他的微笑，比冬日窗外的阳光更和煦。看累了，我就趴在他的肩上，静静地看他画图撰文。

他笑："长大了也做我这行？"

我撇嘴："才不要，晒得那么黑，脏也脏死了。啊，我忘了说，哲野是个建筑工程师。"

我考上大学了，因学校离家很远，就住校，周末才回家。

哲野有时会问我："有男朋友了吗？"我总是笑笑不做声。学校里倒是有几个还算出色的男生总喜欢围着我转，但我一个也看不顺眼。我很少和男同学说话，在我眼里，他们都幼稚肤浅，太着痕迹，失之稳重。

20岁生日那天，哲野送我的礼物是一枚镶嵌着红宝石的戒指。这类零星首饰，哲野早就开始帮我买了，他的说法是：女孩子大了，需要有几件像样的东西装饰。吃完饭他陪我逛商场，我喜欢什么，他马上买下。

回校后，敏感的我发现同学们开始在背后议论我。我也不放在心上。

因为自己的身世，已经习惯人家议论了。直到有一天一个要好的女同学私下把我拉住："他们说你有个年纪比你大好多的男朋友？"我莫名其妙："谁说的？"她说："据说有好几个人看见的，你跟他逛商场，亲热得很呢！说你难怪看不上这些穷小子，原来是傍了孔方兄！"我略一思索，脸慢慢红起来，过一会儿笑道："他们误会了。"

我并没有解释，静静地坐着看书，脸上的热久久不退。

周末回家，照例大扫除。哲野的房间很干净，他常穿的一件羊毛衫搭在床沿上。那是件米咖啡色的，买的时候原本看中的是件灰色鸡心领的，我挑了这件。当时哲野笑着说："好，就依你。看来小夭夭是嫌我老了，要我打扮得年轻点呢！"

我慢慢叠着那件衣服，微笑着想一些琐事。

接下来的一段时间，我发现哲野的精神状态非常好，走路步履轻捷生风，偶尔还哼一些歌，倒有点像当年我考上大学时的样子。我纳闷。

星期五我接到哲野电话，要我早点回家，出去和他一起吃饭。他刮胡子换衣服，我狐疑：“有人帮你介绍女朋友？”哲野笑：“我都老头子了，还谈什么女朋友，是你邱叔叔，还有一个也是很多年的老朋友，一会儿你叫她叶阿姨就行。”

我知道，那一定是叶兰。

路上哲野告诉我，前段时间通过他的朋友邱非，和叶兰联系上了。她丈夫几年前去世了，这次重见，感觉都还可以，如果没有意外，准备结婚。我不经心地应着，渐渐觉得脚冷起来，慢慢往上蔓延。

到了饭店，我很客观地打量着叶兰，微胖，但并不臃肿，眉宇间尚有几分年轻时的风韵，和同龄的女人相比，她无疑还是有优势的。但是跟英俊的哲野站在一起，她看上去老得多。

她对我很好，很亲切，一副爱屋及乌的样子。

到了家哲野问我：“你觉得叶阿姨怎么样？”我说：“你们都计划结婚了，我当然说好了。”

我睁眼至凌晨才睡着。

回到学校我就病了。发烧，撑着不肯落课，只觉头重脚轻，终于栽倒在教室。

醒来我躺在医院里，在挂吊瓶，哲野坐在旁边看书。

我疲倦地笑：“我这是在哪？”哲野紧张地过来摸我的头：“总算醒了，病毒性感冒转肺炎，你这孩子，总是不小心。”我笑：“要生病，小心有什么办法？”

哲野除了上班，就是在医院。每每从昏睡中醒来，就立即搜寻他的人，要马上看见，才能安心。我听见他和叶兰通电话：“天天病了，我这几天没空，等她好了我跟你联系。”

我凄凉地笑，如果我病，能让他天天守着我，那么我何妨长病不起。

住了一个星期院回家。哲野在房门口摆了张沙发，晚上就躺在上面，我略有动静他就爬起来探视。

我想起更小一点的时候，我的小床就放在哲野的房间里，半夜我要上卫生间，就自己摸索着起来，但哲野总是很快就听见了，帮我开灯，说：“天天小心啊！”一直到我上小学，才自己睡。

叶兰买了大捧鲜花和水果来探望我。我礼貌地谢她。她做的菜很好吃，但我吃不下。我早早地就回房间躺下了。

我做梦，梦见哲野和叶兰终于结婚了，他们都很年轻，叶兰穿着白纱的样子非常美丽，而我这么大的个子充任的居然是花童的角色。哲野愉快地微笑着，却就是不回头看我一眼。我清晰地闻到新娘花束上飘来的百合清香……我猛地坐起，醒了。半晌，又躺回去，绝望地闭上眼。

黑暗中我听见哲野走进来，接着床头的小灯开了。他叹息：“做什么梦了？哭得这么厉害。”我装睡，然而眼泪就像漏水的龙头，顺着眼角滑向耳边。哲野温暖的手指一次又一次地去划那些泪，却怎么也停不了。

这一病，缠绵了十几天。等痊愈，我和哲野都瘦了一大圈。他说：“还是回家来住吧！学校那么多人一个宿舍，空气不好。”

他天天骑摩托车接送我。

脸贴着他的背，心里总是忽喜忽悲的。

以后叶兰再也没来过我们家。过了很长很长一段时间，我才确信，叶兰是过去时了。

我顺利地毕业，就职。

我愉快、安详地过着，心无旁骛，只有我和哲野。既然我什么也不能说，那么就这样维持现状也是好的。

但上天却不肯给我这样长久的幸福。

哲野在工地上晕倒。医生诊断是肝癌晚期。我痛急攻心，却仍然很冷静地问医生："还有多少日子？"医生说："一年，或许更长一点。"

我把哲野接回家。他并没有卧床，白天我上班，请一个钟点工看护，中午和晚上，由我自己照顾他。

哲野笑着说："看，都让我拖累了，本来应该是和男朋友出去约会呢。"

我也笑："男朋友？那还不是万水千山只等闲。"

每天吃过晚饭，我和哲野出门散步。我挽着他的臂。除了比过去消瘦，他仍然是高大俊逸的。在外人眼里，这何尝不是一幅天伦图，只有我，在美丽的表象下看得见残酷的真实。我清醒地悲伤着，我清晰地看见我和哲野最后的日子一天天在飞快地消失。

哲野很平静地照常生活。看书，设计图纸。钟点工说，每天他有大半时间是待在书房里。

我越来越喜欢书房。饭后总是各泡一杯茶，和哲野相对而坐，下盘棋，打一局扑克，然后帮哲野整理他的资料。他规定有一叠东西不准我动。我好奇。终于一日趁他不在时偷看。

那是厚厚的几大本日记：

"天天长了两颗门牙，下班去接她，摇晃着扑上来要我抱。"

"天天十岁生日，许愿说要哲野叔叔永远年轻。我开怀，小天天，她真是我寂寞生涯的一朵解语花。"

"医生宣布我的生命还剩一年。我无惧，但天天，她是我的一件大事。我死后，如何让她健康快乐地生活，是我首要考虑的问题。"

……

我捧着日记本，眼泪簌簌地掉下来。原来他是知道的，原来他是知道的。

再过几天，那叠本子就不见了。我知道哲野已经处理了。他不想让我知道，他知道我的心思，但他不知道我已经知道了。

哲野是第二年春天走的。临终，他握着我的手说："本来想把你亲手交到一个好男孩手里，眼看着他帮你戴上戒指才走的，现在来不及了。"

我微笑。他忘了，我的戒指，二十岁时他就帮我买了。

书桌抽屉里有他一封信，简短的几句：

天天，我去了，可以想我，但不要时时以我为念。你能安静平和地生活，才是对我最大的安慰。叔叔。

我并没有哭得昏天黑地的。

半夜醒来，我似乎还能听到他说："天天小心啊！"

在书房整理杂物的时候，我在柜子角落发现一个满是灰尘的陶罐，很古朴雅致。我拿出来，洗干净，呆了，那上面什么装饰也没有，只有四句颜体：君生我未生，我生君已老。恨不生同时，日日与君好。

文/夭夭

上帝也许就爱心血来潮捉弄一下多情的人。那个我们今生苦苦寻觅的另一半翅膀，也许已在来世望眼欲穿。这是一个发生在两代人之间的爱情故事。是恋人的情感，是父辈的责任，是男女之间长期依赖、相依为命的生活，把感情升华到了高潮，虽然彼此没有直接地表达那份真爱。因为，有的时候，不说胜于说，无声胜有声，爱是流淌在心与心之间的，而不是表现在言语之中。

相思树下

那片破旧的老房早就该拆了。石墙早已颓败，青草从描了白圈的“拆”字中顽固地钻出。老房们挤成一条胡同，尽头站一棵相思树，很老的树，却长得繁茂旺盛。正是五月间，相思树满冠的花儿，把整条胡同，染得艳黄。

人们都搬走了，只剩下那位老人。她守在那里，像守护着自己的生命。市容部门和开发商来过多次，说会补给她一套宽敞的住房，再给她很大一笔钱。一开始是商量，然后是哀求，最后几乎变成恐吓。老人却不理，她说她要等她的辰。她说搬走了，辰会找不到家的……我不走，除非你们拿推土机把我推了……

辰是老人的初恋。他们有过短暂的婚姻。那时他们还年轻，去一个遥远的风景区游玩。往回走的时候，却突然不见了辰。她一直在那儿等，直到身无分文。回来后她仍然等，疯狂地在各地报纸登着寻人启事，然而辰却没有回来，似乎从地球上永远消失了。头几年她总要外出几次，在公安部门的指领下辨认各种各样的尸体。每次去的时候，她都胆战心惊，回来的时候，却是心情轻松。她想她的辰还在，只要辰还在，就会回来找她。她多等几年，怕什么呢？

她等啊等，等了50年。

这些事，都是老人说的。胡同里没有人大过她的年龄，没有人认识辰。也许以前有人认识，但时间太久，早就忘了。但老人不会忘。她坚决不肯搬家。她坚信某一天，辰会回来，络腮胡子上沾满了风尘，朝她笑笑说，迷路了，刚找回来。

她的事惊动了市长。她跟市长哀求，她说："留下那棵相思树吧，不然辰会迷路的。"市长说："当然，要留下。"其实不用她说，这棵树也会被留下。那么老的一棵树，会成为新建商业银行门口的难得风景。于是她终于搬走了。

搬走的老人，仍然每天来相思树下守候。她这样等了两年。两年的时间里，老人飞快地变老。后来，即使她从树下站起，也要费上半天的时间。最后老人给了银行保安一张写有号码的纸条，老人说，如果有个长着络腮胡子的小伙子来找我，你就让他打这个电话。老人的记忆中，她的辰依然是年轻时的模样。保安说好，等老人离开，却把纸条扔进垃圾筒。不是他淡漠，而是他根本不相信，一个失踪50多年的男人，怎么能突然回来？

过几天老人又来，仍是给保安一张纸条。她说："我知道你会扔掉，请你帮帮我……除了你，谁肯帮我呢？"她的执著感动了保安，这次他留下了纸条，压在宿舍窗台的一块玻璃下。或许他的动作，只是对老人的一种安慰。

那天保安在大厅里隔着玻璃门看那棵相思树。那时相思树还没有开花，伸展着少女蛾眉般细长的叶子。突然他发现树下有一位老人，络腮胡子飘成白髯。老人坐在轮椅上，正怯怯地朝这边看。刹那间保安想起那个很老的女人，他走出去，问老人："您是辰？"老人吃惊地盯住了他。老人的眼睛，回答了一切。

保安的心惊跳起来。他飞快地跑向宿舍。他要找到那个电话号码，他要告诉她，你的辰回来了。你的辰不再年轻，但50年过去，他竟回来了！

她是扑进他怀里的。一位头发花白的老人扑向另一位头发花白的老人，撕心裂肺地哭，让周围所有的人动容。她说："你怎么这么狠心……怎么这么狠心？"他不说话，轻轻地抚摸着她的头发。他的手干瘪衰老，洒着灰色的老年斑；她的头发干枯脆涩，没有丝毫的光泽。他们像依偎在一起的两棵即枯的老树。上一次他们紧紧依偎，还是50年前。那时，他们似两颗鲜嫩的果。

他给她讲50年前的事……来不及惊叫，他滚下山崖……他被救起，可是失去记忆……很多次，他梦起她的样子，可是醒来，除了她的眉眼，他记不起任何事……直到前几天，他在图书馆翻看多年前的报纸，一则寻人启事才将他混沌的记忆洗得清晰……

所以，哪怕只剩一天的生命，我也要赶回来。他擦着她的眼泪，温柔地说，因为她知道，有人会在这棵相思树下，一直等我……

文/周海亮

在爱情中，最痴情的等待莫过于一直地等下去。在这方面，女人永远都比男人擅长。面对爱情，最了不起的莫过于一个女人为了心爱的男人蹉跎岁月，面对无悔等待的青春。一个女人若爱你，愿等你，无论你跟谁在一起，在做什么，她总能为你全心全意，守身如玉，除非你不是她唯一的爱情。

第三辑　成长路上有你相伴

在流逝的岁月里，在记忆的积淀里，总有一种眼神让我们伏案苦读，总有一种感动让我们热泪盈眶，总有一种力量让我们继续前行，总有一份情感让我们难以释怀，总有一个人与我们风雨同舟。

洗手间里的宴会

玛莎是一个单亲母亲，与4岁的儿子汤米相依为命，白天在艾丽莎家里做女佣，晚上得赶回去照顾汤米。艾丽莎知道了玛莎的情况后，给她和汤米腾出个房间，说："把汤米接来吧，今后你们吃住我都包了。"

玛莎道了谢，但不同意，艾丽莎不好再坚持，这个事就过去了。其实玛莎有自己的担心，艾丽莎家的大房子里，光洗手间就十几个，最小的洗手间也比她家的房子大。她不知道在贫穷与富有的巨大落差前，对一个4岁的孩子将会产生什么影响。

这天，艾丽莎要在家里请客，人手明显不够了。艾丽莎和玛莎说："玛莎，今天你能不能晚点回家，我这里缺人手，现找来不及，只好麻烦你了。"

玛莎说："行，但我担心我的儿子，他晚上见不到我会害怕。"

艾丽莎说："你现在就去把他接过来，晚饭和客人一起吃就行了。"

玛莎想了想，同意了。

玛莎把汤米接过来时，客人正陆续抵达，她没领汤米从正门进来，走的是侧门。然后，将汤米藏在一间艾丽莎不大光顾的洗手间里。

她拿来一个盘子，从自己口袋里掏出香肠和面包——这是她在回家路上特意买的。

汤米从来没见过这么气派的洗手间。玛莎说：“妈妈带你来参加宴会，可你是小孩，不能和大人一起吃，这是艾丽莎特意为你准备的单间。”

汤米想把餐盘放到洗漱台上，但他个头太矮够不着，只好把餐盘放到了马桶盖上。他坐在漂亮瓷砖铺就的地面上，一边唱歌，一边吃着这些平时很难吃到的美味佳肴。

很快，在富丽堂皇的宴会大厅里，艾丽莎没发现汤米的身影，就去问玛莎。玛莎支支吾吾地说：“我一直在忙着，没时间照看他，也许……也许……他可能在外面的草坪上自己玩吧！”

艾丽莎似乎明白了什么，她离开宴会大厅，把整幢房子的所有房间都找遍了，最后在一个位于角落的洗手间里，找到了汤米。

艾丽莎问汤米：“嗨，小家伙，你怎么能在这里吃东西？你知道这是什么地方吗？”

汤米快乐地说：“妈妈说，这是艾丽莎特意为我准备的单间。今天的香肠太好吃了，我好久没吃过了。你是谁呀，这么好吃的香肠我可不能一个人吃，你愿意陪我在这里吃这些美味吗？”

艾丽莎明白了一切，强忍泪水点点头。此刻，她想起了当初随父母来纽约的经历，那时他们也很贫寒。

回到宴会大厅，艾丽莎对客人们说：“很抱歉，朋友们，我现在必须得去陪一位特殊的客人，请大家慢慢享用吧，我不能和你们共进晚餐了。”

说完，她装了满满两大盘美味的食物，端到洗手间里。她模仿汤米的样子，把餐盘放到马桶盖上，坐在地上，然后对汤米说：“这么好的一个单间和美食，你一个人独享就可惜了，来，让我们一起吃晚餐！”

艾丽莎和汤米一边吃着东西一边唱歌，也聊了很多事情。她让4岁的汤米坚信，他的母亲是世界上最勤劳、最伟大的母亲。

客人们发现艾丽莎端走两大盘子食物后，再也没回来，觉得蹊跷，也去寻找。当他们看到两个人坐在地上，围着马桶盖吃东西的场面后，被深深震撼了。这些被称为上层人士或社会精英的人们，端着酒杯和美味纷纷赶了过来，很快把洗手间挤满了。大家给汤米唱着歌曲，表达了很多美好的祝愿。这些都让汤米确信：他的母亲是最令人尊敬的母亲，而他，则是世界上最幸福的人。

很多年后，汤米长大成人，他不但拥有了自己的事业，也买下了拥有几间洗手间的大房子，进入上流社会。每年，他都以匿名方式捐很多钱给穷人，但从不举行捐赠仪式或接受采访。他对始终不理解的朋友们说，他永远忘不了在很多年前的那天，有一群富人，用他们的诚恳与良知，维护了一个4岁孩子的自尊和骄傲。

编译/赵舰艇

保姆妈妈，晚宴的主人，参加宴会的客人，他们都在尽力地维护一个4岁男孩的自尊，让他小小的心灵没有因贫穷、地位而受伤。长大后的男孩，一次次地掏出钱去救助穷人，并且从不让穷人知道他的名字。无论贫穷还是富有，不管地位高还是低，每个人都有自己的自尊。如果你贫穷，那么请记住，不要因此而自卑，要依靠自己的双手去创造属于自己的辉煌。如果你富有，那么更要记得，要谦卑，不要骄傲，更不要去践踏别人的自尊！

他的白发我的泪

他到我家那年29岁，我9岁。

他爱我妈及我，常常搂着我说："这辈子，你是我唯一的儿子！"我挣脱他的"魔掌"，咬牙切齿地想："自作多情，孔雀开屏。住我家房，抢我家娘，还白捡一儿子？等着瞧！"

周末，老妈上班。我捧一本《叮当》，郁闷地盘腿坐在沙发上。他走过来说："咱爷俩街上逛逛去？"哦耶！我心里雀跃，却朝他翻翻白眼说："不去，请我去打电玩我就考虑给你面子。"他像得了圣旨一样笑逐颜开，拉起我的手就走。我用力甩开他。他好脾气地对我笑笑。

走出小区50米，他突然止步挠头说："路远，我想回去拿本书。你跟这等我一下，可好？"我没好气地说："超过3分钟，我就失踪。"他迟疑了一下，龙虾似的撅着屁股往后退，看定我说："好！你千万别乱跑，我保证3分钟就到。"接着转身，撒腿开跑，一路冲刺。要知道，我家住7楼，一来一去，最少也得五六分钟。当他气喘如牛，弯腰扶膝，出现在我视线内时，我听见他怦怦的心跳。一边暗自偷笑，一边飞快向前跑，绝不给他喘息的机会。

打了5小时电玩，他一直寸步不离地边看书边守护我。我说饿了，他又殷勤地请我吃必胜客。回家路上，我们一前一后，他紧紧跟在我身后。

我知道，他是怕丢了我，人家会说他这个后爸“蓄意谋害”。于是，我故意在人堆里拐来拐去，一会儿慢吞吞走在人行道上，一会儿“嗖”地蹿进路边店，让他七上八下，心惊胆跳去吧！

突然，我眼前一亮，有人在卖寄居蟹。红的，绿的，黄的，可爱极了。“多少钱一只？”他向卖蟹人问价，真是我肚里的蛔虫呀！我开心地挑了一只绿的，一只彩色的。

回到家，我对他的态度友善了一些。

我说：“哎，给我讲讲，寄居蟹名字的来历吧！”

他一脸的受宠若惊，推推眼镜，说：“其实，这小家伙蛮可怜，一辈子只能住在别人的屋子里……”我打断他，大声接着说：“所以，它叫寄——居——蟹。”其实，你也是一只大寄居蟹！

瞬间，他脸涨得通红，窘在那里。我哈哈大笑。

妈妈推门而入，笑吟吟地问：“父子俩在玩什么呢，这么开心？”我站在沙发上，捏住一只寄居蟹，说：“妈妈，他，就是我们家的寄居蟹。”妈妈脸色骤变，像头发怒的狮子朝我扑来。他抢身拽住妈妈，说：“他小孩子，随嘴一说，你别想那么复杂……不过，咱这一室一厅，3个人住，确实小了点。我得努力，换个大房子。”妈妈愕然、愧疚地望着他，他平静地点头，轻拍妈妈的背。

他没有食言。我12岁那年，他在江南中学附近，买了套90平方米的公寓。我妈不满地说：“房价比别地高出800元一平方米，得多还两年贷款。”但他潇洒地说：“别光盯着钱。儿子读重点初中，既不用缴建校费，又不用住校吃食堂，多好啊！”我白他一眼，不屑地嘀咕：“切！男人不像男人，就知道讨我妈欢心。没出息。”

朝阳的主卧室，是我的房间，隔壁是书房。朝北的一小间，是他和妈妈的卧房。我大咧咧地说："这房一多半是我家旧房换的。"他笑而不语。妈妈温和地说："路远，叔叔和我商量好了，咱那旧房小，是你爸留给你的纪念，你将来自己处理。"我有些意外，但旋即说："是留给我独住吧？"妈妈呵斥我胡说。他拽拽妈妈说："他还小。"我讨厌他这副和事佬模样，你就装吧。大灰狼的尾巴，总有露出的一天。

9月，我升入初中。很多时候，晚上学习到11点，他还没有回家。翌日，我6点起床，他又匆忙走了。宽敞明亮的家里，只有我和妈妈，我感觉说不出的舒畅。希望他永远不出现才好呢。

日子就这样舒心地过着，不知不觉我将中考。每天没完没了地复习练习，让我又烦又累，憋着一股无名戾气。

那天，我吃过饭想看一集《喜羊羊》放松一下。妈妈祥林嫂似的叨叨："看书啦，看书啦，抓紧时间……"我心里的火，像被打开的燃气阀，"噗"地一下点着了。大声说："烦死啦！学学学，我不学，不考了！"妈妈吃惊地瞪着我。

"李嘉诚、比尔·盖茨，没有上高中，读大学，不照样……""啪！"妈妈甩了我一巴掌，颤抖着说："不上学就从这家里滚出去。"滚就滚。我摔门而去，满以为，不消一会儿，妈妈就会满世界哭着找我，求我回来。没想到，我卫星绕地球似的，在小区里无聊地转了一圈又一圈，3个小时过去了，老妈也没喊我回家睡觉，真是有后爹必有后妈。

夜，越来越凉。一扇扇窗后的灯光次第熄灭了。恐惧、无助、迷茫，裹着浓浓的寒意包围着我。我抱着胳膊，倚在一杆灯柱上瑟瑟发抖，不知如何是好。绝望中，忽然看到他背着公事包，匆匆走进小区。我心下一喜，本想悄悄跟在他身后，混进家门。可转念一想，这不正是考验他的机会么？看他对我的“失踪”，作何表现。于是，我竖起衣领，像一只壁虎般贴紧灯柱。

几分钟后，传来慌乱的脚步声。他巡逻兵一样，猫着腰，仔细搜寻每一个墙角。不一会儿，发现昏黄的路灯下，我窄窄、长长的影子。他欣喜地奔过来，我装出一副数星星的倨傲，哼唧说：“我不回家。”他不管三七二十一，把我夹进腋下。

一进屋，他吩咐妈妈熬姜汤。妈妈示意他和我谈谈。他说：“儿子冻了一晚，让他赶紧睡觉。明天再说。”

惬意地洗了个热水澡，勉强喝掉他端来的姜糖茶，反锁房门，一觉睡到自然醒，久违的幸福啊！

醒来，家里静悄悄的，我以为他们都不在。可踱进客厅，却发现沙发上蜷着他，瘟猫一般！我洗漱完毕，他伺候早餐，笑说：“路远，我替你请了一天假，我也请了一天假。这段日子，我对你关心不够。今天，咱爷俩好好聊聊。”我皱眉，厌恶地说：“请假？我妈没告诉你，我已经退学了？”

他笑说：“可是……路远，你还小，必须回学校学习。李嘉诚、比尔·盖茨确实成功了。可你知道，他们只是万分之一的幸运儿，就像买彩票中奖一样。他们背后的无数人……”

我挖苦他说：“人家没读大学，都奋斗成亿万富翁了。你一个研究生倒做了房奴，天天鸡叫忙到鬼叫。还好意思教训我？”他被噎住了，一屁股坐在沙发上，两手捋着头发，似在掩饰落魄，又似在思谋说服我的对策。

我用余光赏玩他的窘态，暗自得意。猛然间，我的眼光定格了：他的手指间，染了一层白霜。噢，那是一根根白发。天哪！他才37岁，男人的黄金季节，怎么就……心，从未有过的痛，丝丝、点点、隐隐的痛，仿佛那根根白发就是一把银针。

8年来，他一如既往地包容我，关爱我和母亲。为这个家，披星戴月、加班加点。而我，却一次次刻薄、恶毒地羞辱他。如果哪天，他真的累倒了，或被我气走了，妈妈会幸福吗？我会开心吗？我愧疚地说："叔，对不起！我……不该这么说你……"

他愕然、木鸡似的傻看着我。我像个犯错的学生，说："叔，你……现在……送我去学校上课好么？"他怔了几秒，转身朝卧室冲去。不用问，准是打电话给老妈报喜去了。我又忍不住窃笑他的没出息。

几个月后，我考取了市内的重点高中。暑假，他用加班得来的外快，带我和老妈去杭州旅游。美丽的西子湖畔，他对老妈说："儿子大了，懂事了，以后咱们少跟他唠叨，凡事让他自己做主。"

我抗议说："老大，你打算抛弃我？高中，是男人成长的关键期。你作为我的家长，必须把你半辈子积累的人生经验和阅历，无私地奉献出来，帮助我成长为社会的'房梁'。"

他和老妈既讶异又欢喜地盯着我。我张开臂膀，一左一右，幸福地搂紧他们。

文/吕麦

现实中，作为一位继父，首先得面对的就是孩子天生的敌意。文中的继父为此受了不少委屈，但他毫不介意，仍一如既往、默默无闻地付出，把全部的爱都给了孩子，使其拥有一个完整的家。他的白发是他终日操劳的见证，是他大海般父爱的见证！所幸作者最终理解了继父的苦心，变得懂事了。滴水之恩，当涌泉相报，何况是养育之恩。这笔亲情债，恐怕一辈子是还不完了。

我只允许你笨十年

自小起，我是个笨拙得要死的孩子。我生下来不会哭，熬到几日后才在父亲的巴掌下“哇”的一声叫出来。别人家的孩子会走路了，我却只能扶着桌沿勉强走上几步，然后跌倒在尘土上。

我自小成了别人家的比较对象。邻家的堂弟，比我小3个月，上学却比我早，学的东西也比我多。每每听到邻家的院落里传来堂弟均匀稳重的背诵唐诗的声音，父亲的脸上老是搁不住。总是一甩门，将无尽的失望甩在有声有色的世界里。

我不是块上学的料，只是一块种地的料——父亲对我下了这样的评判。因此，我在上学的闲暇时光里，便尾随着父亲，一声不敢反抗地将禾苗种进夕阳里。我也因此养成了默不作声的习惯。

我12岁那年夏天的晚上，父亲喝了酒，回到家里便开始与母亲吵架，吵来吵去的，焦点却是我。父亲去床上拽起正在昏昏欲睡的我，摆了满地的都是我考试不及格的分数，看得我有些心惊胆战。

父亲不顾母亲的劝阻，拉得我胳膊生疼，让我低头看分数，然后写检讨。后来我才知道，父亲去参加了一个朋友的宴会，宴会上有好几个像我这般年纪的孩子，他们的表演刺痛了父亲的神经。父亲自此以后，下定决心要让我聪明起来，他不顾一切地实施着自己的所谓美好方法。

他不再让我下地，而是让我没日没夜地看资料、温习功课。他狂热地请了几位家庭老师给我补课，不管我能否学得进去。在几任老师均收不到效果的情况下，他下定决心要重拾已经遗忘了几十年的课本，他说他要亲自辅导我，不信我成不了才。

母亲说儿子生下来就不是这块料，你不要逼迫他了。母亲又枚举了城市里多少学子，在父母的高压下上吊的故事，她说到痛处，禁不住失声痛哭。我推开门，斩钉截铁地对他们说道："不，就算是打死我，我也不会上吊。"那是父亲第一次正视着我。

紧张了一阵子后，一切均回归一种有序状态，但我却突然间感觉到，自己在高压政策下的一种潜力。原本对课本不感兴趣的我，现在喜欢上了它，先前是父亲在场时逢场作戏，直至后来变成了一种常态。

我开始认真地分析自己与堂弟的区别：他天赋好，看一遍资料就可以过目不忘。我呢，看几遍才记下来。我想着，笨鸟只能先飞了。我拼命地补习自己10年时光里遗落下的知识，以至初中毕业那年，我竟然破天荒地与堂弟一起考入了当地一所人人向往的学校。

父亲的高压政策并没有因此停止，每当学习成绩下发时，他总是像个孩子似的跑到学校里，拿起我的分数与堂弟的进行比较。但每次，他总是失望至极，抬起手来，好想将一记耳光赏给我。

我因此吃尽了苦头。晚上点着蜡烛看书已经是常事。鸡叫头遍时，父亲便将我揪起床，我的书桌上摆满了小学、中学的课本。父亲给我的硬性规定：全部看完，一年时间里。这对于我来说好似天方夜谭。

但我却做到了，一年时间里，我几乎读遍了以前没有弄懂的课本。虽然反应仍然不那么灵敏，但毕竟我回归了一种正常状态。我已经能够攀上班级的上游状态，我甚至看到了灯塔在前方闪耀着。

岁月不居，时节如流，一晃我便考上了大学，踏上了异乡的征途。

接到父亲病危的消息时，我正在宽敞的办公室里接待外宾。我马不停蹄地往家里赶，到时却见满院的白花白布，我跪在父亲的灵前痛哭流涕。

眼前又闪现出父亲倔强的面容，时光突然回转到10年前的那个黄昏。父亲喝醉了酒，一记耳光将我从混沌中打醒。

收拾父亲的遗物，看到了几个日记本，里面全是教育我的心得。在一本日记本中，我赫然看到了几个大字：我只允许你笨10年。

文/古保祥

一个人的智商高低，对其一生也许并不重要，重要的是有怎样的父母。从懵懂到明事，其实只有一桥之隔；这座桥，就是父母温厚的爱。就像黑云经过太阳的亲吻也会变成绚丽的彩霞，再笨的小孩，在父母的呵护下，也会成长为顶天立地的栋梁。

一辈子陪伴

我一直在思忖：要不要给父亲打个电话，要不要呢？

父亲一定是不在家的。他这时也许正站在5楼或者8楼的脚手架上奋力扔上了一块又一块砖，擦一擦汗的工夫，就被人拼命地吆喝。十几年了，人也上了五十，不知道他还受不受得了。

但父亲是心甘情愿又志得意满的，至少他每次与我说话都在努力表达这样的意思。而我，越发的不安。

我今年22岁了，父亲52岁。我4岁时母亲改嫁他乡，父亲和我就磕磕绊绊地活着。

父亲的智商比一般人要低一点，生活简单得像几条纵横的网格。很早的时候，别人扔掉一架破木车，他捡回来，敲敲打打，然后拖着上路了，沿途把别人扔下的酒瓶、废铁等破东西捡上车拖回家。时间久了，乡邻们也把不要了的东西放到他车上。我整天埋在那一堆破烂里翻翻拣拣，穷人家的孩子，六七岁就当了家。

父亲种的瓜菜都新鲜水嫩，我们两个人吃得很少，我就把大部分放到父亲的小推车上。乡里乡亲的婶子大娘谁要就从上面拿走，回去包顿饺子或者做顿汤面，也不说谢。偶尔记得，差他们的孩子送一碗给我，我微笑地接着，也不说谢。

吃百家饭穿百家衣，我沉默着、绚烂着，也成长着。每天最好的时光便是我踩在小凳上弯腰炒菜，父亲坐在灶前烧火，不时惊慌地去扶一下我脚下的小凳，见很安全了，就呵呵笑起来。现在去想那段日子，总是首先忆起灶间的那片阳光，10岁左右的时光，竟然是天长地久的样子。

这样的日子持续了多少年我已经不记得了。我用纸盒子里的钱交学费，买作业本，也偶尔买点肉做给父亲吃，是恬然的安静的感觉。这样的日子让人有种惯性的依赖，像一只鸟的飞翔，没有转弯和阻隔。

突然的一天，父亲拖着坏了很多处的车子从废品站回来，脸上青一块紫一块的，透着强烈的委屈和惶惑。钱被镇上的小混混抢了，父亲被打了。我安慰了他半天，最后还是忍不住哭了。这是第一次，然后是，接二连三。父亲越来越惶惑不安，吃饭越来越少，睡觉也很不安稳，经常半夜起来对着窗户呆呆地坐几个时辰。话也不说了，更不笑，眼神是不安的游移，就这样眼睁睁地消瘦下来。我不知道该怎么办。我知道他往日细缓如流水的生活突然碰上了巨岩，他缓不过神来，难受得紧。

那天，父亲去废品站很晚了还没回来。外面一片漆黑，心里一阵阵发毛的我跑出去沿路找。嗓子喊破了，像一面破锣，震得自己心里脑里嗡嗡的，却并没传出多大响声。夜里的村野风吹草惊，自己的脚步声和喊声总会引来一片陌生的声音。我毛骨悚然。最终在一个大水湾边看到父亲的车子，没有人。我立刻就大哭起来，感觉整个人都化成了水在不断地往外流，直到整个人都空了。

猛然听到一阵急促水声的时候，我吓了一跳，哭声被硬生生截断在喉咙里。我望着声音的来处，好久才看清楚有一个人从水里走过来，越来越近，像从水里长出来的一样，水被擦出一片哗哗声，有沉重的呼吸声，近了，又近了——是父亲，是父亲！

父亲跑过来喘着气抱住我，急急地问："我得活着跟你做伴，对不对？"

我使劲地点头，呜咽不已。父亲立刻笑了，像发现了真理似的说："怎么样我也不能死，我得活着跟你做伴。"说完就不理不顾地牵着我回家了。

一路上他莫名的兴奋对比着我的泪水。那一年我13岁，父亲43岁。这是我生命中最铭心刻骨的一段回忆。

父亲最终也没有去把那架车子捡回来。他不再去镇上了，就在周围转，谁家田里有草就帮忙拔，有什么活就帮忙干。只是每天都乐呵呵的。再后来，父亲跟着村里的一个民工小组去赶零工。他只扔砖头，从房底扔到房上，要恰恰扔到瓦匠手上，要快，要一时不停。他的胳膊红肿了起来，每天回来我就用热毛巾给他敷，但不很管用，后来学习家务一忙起来，也便放弃了。有时候夜里醒来听到父亲睡梦中沉沉的呻吟，心就一抖一抖地疼，泪流了一脸也不敢哭出声来。父亲很卖力气，对工钱也没有概念，给多少是多少，好在别人不太忍心欺骗他。

生活再一次走上正轨，我可以不用踩小凳子炒菜了，干活也利落了许多，不再需要父亲烧火了。他便转移了目标，每天我写作业的时候就抚一抚我的英汉大词典，咕哝几句"小闺女不简单，能看这么大的外国书"，脸上是羡慕和骄傲。我对他笑一笑，他就很欢喜地走了。父亲显然对自己过的日子心满意足，眉眼间都活络了许多。

高中我没住校，仍然延续着这种生活，但是日子一天天逼近高考，我开始发慌。

我试探着问他："我要到很远的地方念书了，你怎么办呢？"

"有多远？是不是有毛主席那么远？"他瞪大眼睛，脸上有我看不出来的表情。我局促地点了下头。他竟然很高兴："闺女能到毛主席那里去了，不简单，我，我在家里等你回来。"表情甚是雀跃。我不想把话题往深里引了，怕他难受，说："你要干活呢。"他说："好，干活。"

在上路之前的晚上，父亲变了卦，死活要送我去上学。他说，太远了就走丢了，说得切切真情，我没有办法说不，就这样拖拖拉拉出了门。

半天的汽车，一天一夜的火车。父亲一直兴奋着，他从来没见过这么多的人、这么大的车。下车之后更不得了，他被那么高的楼晃得头晕，自始至终只说一句话："神仙一样的咧！"

我始终小心谨慎地买票、转车、照看行李包裹、照看父亲，心里竟有种不可思议的平静，感觉竟像我在送父亲上学。

到了学校天就黑了下来，招待所父亲不住，说，他在哪里都睡得着。宿舍要关大门了，我被父亲塞进去。一夜无眠，一大早就在门里等着开门，而父亲，等在门外。拉开门的一刹，我看到他满身的泥灰，脸上也黑漆漆的，正朝门里紧张地张望，生怕我进了那扇门他就再也见不到了似的。我赶紧迎出去，问他怎么弄成了这个样子。

他说，没什么事呀，就是夜里冷了，看不见东西就随手扯了块布裹在身上。天哪，那一定是前面楼施工扔下的水泥袋子，上面是没倒干净的灰粉。已经是9月的天气了，一定冷得难当。我看着一脸是笑的父亲，深吸了一口气，仍是说不出话来。

学校招生处还没有上班。我揣着户口本在偌大的校园里转，满是四处无依、漂泊不定的感觉，心里很不踏实。但想到毕竟以后4年都要在这里生活了，总有点殷殷的期望。而父亲没有，一切对他来说是那么生疏，而生疏使他更显局促。在三四千里以外的异地，他听不懂别人说话，别人也听不懂他。他打心底里恐慌，一着急，就脱口而出："我回家吧，我想回去了。"

我拗不过他，只好送他去车站。这一年我19岁，带着年轻的梦想和莫名的迷惘进入了城市；父亲49岁，在城市的一角作惊鸿一瞥，然后带着满心的喜悦，穿着又脏又破的衣服离开了。

这是我跟父亲唯一的一次离别，一别至今。

为了赚取自己的学费，我每个假期都不得不留在这座城市打工。转眼，便是4年了。父亲在家望眼欲穿。我只在过节的时候把电话打到邻居家去，父亲跑来接，每次接的时候都是喜悦的，却不知道说什么好，就絮絮叨叨说谁家又给了他什么吃的，谁家又盖房子他去帮工。我在这一头捂住话筒抽泣，然后调整声音要求他晚上给自己做点好吃的。他会答应了回去做，很认真。我羡慕父亲可以用如此简单的方式表达他的珍惜，而我总是忍不住虚荣又愚笨地欲盖弥彰。

今天，父亲的小闺女长大了，她穿着职业装在城市的人流中匆忙行走。一个月后，领到第一笔工资的我，就可以回家看父亲了。

我们曾约定过，要一辈子陪伴的。

文/李吉琴

你的眼里是整个世界，而他的眼里只有你。都说父爱如山，其实，父爱也柔情似水。在父爱的支撑下，我们踏上追逐理想的征途，张开翅膀去飞翔，去拼搏，坚强地面对人生的起伏。回想那些不堪回首的年月，父亲不弃不离的坚韧、乐观，不正是我们现在所需要的吗？我们说好了，要相依相伴，慢慢走完这一生。

一生有个对不起的人

15岁之前，他有过一段锦衣玉食的日子。他的父母曾是小城里有头有脸的人物，伴随着他成长的当然尽是些夸奖恭维的话。直到有一天夜里，检察院的人敲开了他家的门。回头看见父母惨白的脸，他隐约感觉到生活从此会变个方向行驶了。

接下来的日子里，人们都像避瘟神一样躲着他。直到有一天，他放学，家门口坐着个人高马大的乡下女人。那是他的婶婶，在爷爷的葬礼上他看到过她。

她利索地拍去身上的土，粗声大气地说："小海，我是来接你的。"他一下子蹲在地上哭了起来，这些日子以来，从没有人给他个好脸色。女人扳了他的肩膀，说："大小伙子，哭啥嘛，天又没塌，有手有脚的。"

他跟着她来到了那个依山傍水名叫北兴屯的地方，走到一间仿佛一脚就可以踹倒的低矮的草房前，她回头对他说："到家了。"然后高一声低一声地喊"二丫"。他愣了，这样的房子也能住人吗？草房里走出来两个人，一个是喝得有点儿晕头转向的叔叔，一个是又黑又瘦的女孩，松松垮垮地穿着件大布衫。很显然，那是婶婶的衣服。

婶婶一到家就拎了猪食桶喂猪，骂声也跟着响起来："我要是不在家，这猪就得饿死。我嫁到你们老吴家，真是倒了八辈子霉。啥福没享着，还得干这种替人擦屁股养孩子的事……”

想母亲的时候，他就拿她跟母亲对照。她抽旱烟，一嘴大黄牙，似乎是胃不好，吃过饭就不停地打嗝，几毛钱一袋的“盖胃平”她一把一把地吃。一家4口人挤在一个大火炕上，他很不习惯，尤其是她一沾炕，呼噜就打得山摇地动的。而母亲总是温柔浅笑，说话从来都没有大声过，就是训斥那些来家里的人，也都是微笑着，轻言细语，却能让来人冒出一头的汗。

很快，他到邻村的中学里上学了。小城里的教学质量好，他的成绩在村中学里自然是最好的。

接下来的暑假，她扔给他一把镰刀，说：“别在家吃闲饭，玉米地里的草都吃苗了。”

他第一次进入一人高的玉米地，玉米一根根枝叶相连，整片玉米地就像个密不透风的蒸笼，人进去闷得喘不过气来。她割完了3条垄，他连半条垄都没割出来，她返回来，嘴里骂：“真是你们老吴家人，干啥啥不行，吃啥啥不剩！”他听了，一声不吭，疯了一样抡起手里的镰刀割草。

暑假结束时，他已经像屯子里的孩子一样晒得黝黑了，细细的胳膊也变得粗壮了。他照着她家碎了半边的破镜子想：或许这辈子，就得在北兴屯里当个庄稼汉了吧！

接下来，平时吝啬得一分钱都要掰成两半花的她扯出一张50元钱的票子给他，说：“你去街里贩点儿冰棍回来卖卖，不然下学期你花啥。”

他犹豫着，二丫接过钱，说：“哥，我跟你去。”

50元钱贩了足足一袋子冰棍。他第一次背那么沉重而且冰冷的东西，背到村里的时候，又累又冻。接着，他就挨家挨户去卖。那次，除了还她的50元，他还挣了30元。这是他这辈子第一次挣到钱，只是，那钱在他兜里还没焐热，就被她要了去。看到她沾着唾沫数钱的样子，他在心里鄙视，从没见过这么低俗贪财的女人。

在他眼里，她最大的爱好就是数钱，她说："攒够了钱，我也盖3间大瓦房，让屯子里的人都看着眼红。"叔叔在旁边嘿嘿地笑。她一脚踹过去，"要是你少喝几瓶马尿，我的房子早起来了。"

他父母的判决下来了，父亲是无期，母亲是15年。这就意味着，在成年之前，他只能待在她这里。听到这样的判决结果，她又骂"倒了八辈子霉"的话。他更加沉默，低眉顺眼。

纵是日子难熬，他还是考上了县里最好的高中。回到家，他迟迟不肯说。那样拿钱当命的女人，怎么肯再花钱送他上学？

那天，她风风火火地从外面回来，一把揪住正在剁猪食菜的他的耳朵，说："小兔崽子，老黄家二小子考高中的成绩都发下来好几天了，你不会是啥也没考上吧？"

他手里的刀一偏，剁到了手上，血淌下来，眼泪也淌了下来。她转身，从灶台里扒出一点儿灰，帮他按上，仍问："天又没塌下来，有手有脚的，你哭个啥？到底考没考上？"

他把书包里的通知书扔给她看，她的脸上立刻绽开了一朵花，出门站在院外穷显摆："我家小海考上县一中了，比老黄家小子高出100多分，啧啧！"

高中开学前那天晚上，她给了他一卷子毛票，说省着点儿花，我可不像你爸妈，不开银行，没有人送。他抬头，看着她硕大的一张脸，说："你让我上高中？"

她说："是啊，我上辈子欠你们老吴家的，这辈子还账呢，你们这帮要账鬼都快把我吃了。”

他的日子有了盼头，只要考上大学，申请了助学贷款，他就可以永远离开北兴屯了。这儿的风景美都是城里人说的，让他们来住一天两天行，让他们住一年半载试试。

他上了大学，每个假期都借口留在学校打工，不回去。

她开始向他要钱，以各种各样的借口。他做了一个项目，挣了一笔钱。在存钱的时候，他心思一动，拿出10000元，写了她的名字寄回去。从此，他们之间两清了，终于可以不再跟她有瓜葛了。可是他并没感觉到轻松。

这世界上，从此再无亲人，不知为什么，他忽然有种无依无靠的感觉。转身看见一个农家菜馆，他进去，要了一盘酸菜炖土豆。上来，全然不是她做的味儿。他想起接到录取通知书后，她出去了几天，风尘仆仆地回来，从三角兜里掏出一沓钱，说：“你爸你妈总算没白混，他那些狐朋狗友凑了钱，让你上大学。”

他别过头，泪流了满脸。

有一次，他在城里遇到父亲昔日最好的朋友，他说：“谢谢你们凑的那些钱。现在我大学毕业了。”那人脸上一片茫然：“你上大学了？啥时候？”

他一瞬间明白了一切，那种酒肉朋友怎么会在没利的地方投资呢？

收到他的钱，她打来电话，张口就说：“兔崽子，你跟你那没良心的爸妈一样，就知道用钱砸。当初你爷爷临死想看他们一眼，他们都不来……”说着，她居然哭了起来。

他去了监狱，看到母亲，母亲早已没有了从前的颐指气使，而是叮嘱他：“小海，对她好点儿，她不容易啊！咱家好时，她来找过我，说想盖房，借点儿钱，我没借……咱家出事了，没想到她会把你接回去。就算是茅草棚，能让你住下来，能给你弄口饭吃，我也感激不尽了。”

他的泪也在眼圈里转，这些年，她自己舍不得吃舍不得穿，却从来没有缺过他的吃穿。

他回到北兴屯，见到那一脚就可以踹倒的茅草房，心里居然暖暖的。

她没在，院子里扔着没剁完的猪食菜。邻居说：“你回来啦，你快去吧，你婶快不行了。”

他的脚一下子就软了，那么有底气骂人的她，怎么会不行了呢？

他在医院的走廊里就听见她在骂大夫：“我姚美芬一辈子什么没见过，想糊弄我的钱，没门儿！我的钱那可都是有用的，我要盖3间大瓦房呢，背山的，清一色的红砖……”

他站在她面前，说：“婶，咱的房明天就盖，我找人盖。”

她盯了他几秒钟，仍是骂：“你这小兔崽子，我供你吃供你喝供你上大学，你一走连个信都没有，你还有没有良心啊？”骂着骂着，她的眼泪和鼻涕一起流了下来。

出来，阳光仍是明晃晃的，二丫跟在他身后。

他问：“她啥病？”

“胃癌。哥，你不知道我娘有多想你，你也不知道她有多疼你。她向你要的那些钱，她一分都没花，就是看病这么紧，她都不让动。我娘说，这是攒着给你成家的钱，她怕你没钱，也像大伯一样走歪路……”

他抬起头，以为这样泪就不会掉下来，可是，那些泪，经过了这么多年的蓄积，终于肆无忌惮地落了下来。

这一生，他注定有一个对不起的人！

文/金薇

心底的暖流在涌动，感恩的心在颤抖，最深沉的爱总是蕴藏在生活的点点滴滴之中。婶婶看似一个粗人，实际上是一个特别伟大的女人。她的宽容、勤俭以及无私铸成了一个大大的爱字，永远压在了他的身上。多年的误解，终于化成一行热泪。只可惜，他醒悟得太迟了。今生，他注定对不起她。

爱的种子

由于我是家中 4 个女孩中年纪最小的一个，所以每次家庭聚会的时候，照料露奶奶的担子就落在了我的肩上。露奶奶的全名叫露辛达·梅·哈米什，露奶奶只是她的简称。她是一个又高又瘦的女人，远远看去就像是一根又高又细的树干似的，她的脸型棱角分明，一头长长的灰白的头发梳成了一根麻花状的辫子。由于她曾经经历过经济大萧条那段艰难岁月，对于家中的废物她懂得如何二次利用，而且，她通常是把它们拿到她的菜园里再次利用。因此，在种植方面，她理所当然地是我们家中最优秀的园丁。

露奶奶每次来我家的时候，总会带几包她自己采集的种子，并把它们分别装在用过的信封里，信封上贴着播种说明。她写得非常认真，非常工整。而且，她给我们每个人的种子都不一样。通常，她给我的姐妹们的多是一些西红柿、胡萝卜和万寿菊的种子——非常好种又不需要特别照顾的那种。因为我的姐妹们对种植蔬菜一点耐性都没有，而且，对种下的蔬菜更是不闻不问，疏于管理。但是，她给我的却是那些比较难种的而且种下以后又需要精心护理的那种。

当我的二姐结婚的时候，露奶奶已经84岁了，仍旧是一个人独自生活，而且仍旧是自己亲自照料打理她那一大片菜园。和我三姐结婚时一样，她送给二姐詹妮的结婚礼物也是一个储物罐，装的是从她的菜园里采集来的种子。

在这个广口瓶里，装满了各种各样、五颜六色的种子，而每一类种子装一层。最底层装的是一些深土色的、圆润的大豆。大豆的上方是一层用粗棉布擦得像黄金一样闪闪发光的玉米种子。而在玉米种子的上方，则是一层扁平的黄瓜、南瓜和西瓜的种子，在这些种子之间，则点缀着一些毛绒绒的万寿菊的种子。在这个瓶子的顶部，则是一层用粗棉布隔开的优质的药材的种子，比如薄荷、罗勒等。这个瓶子的瓶口上是一个闪闪发光的黄铜盖子，而且还系着一条漂亮的缎带。就是这个普普通通的种子瓶，里面却盛满了一个人一生所需要的种子，以及整个菜园所能提供给一对新婚夫妇的所有食物。

两年后，露奶奶得了中风，这使得她不得不住进老年护理院。那年，虽然她不能来参加我的婚礼，但是，我却惊喜地发现在我手中的那些精美的贺礼中，也有一瓶她送给我的用储物罐装着的从她的菜园里采集来的种子。

但是露奶奶送给我的这瓶种子与送给我那3个姐姐的有着显著的区别。你瞧，那些五颜六色的种子只是很随意地混合在一起，就好像是把各种各样的种子一股脑地全都装进枕头套里，再把它们倒进这个瓶子里似的，一点儿也不像3个姐姐的摆放得那么整齐优美。就连那个瓶盖也像是事后猛然想起来，随便找来一个盖上去似的，因为它早已被用得锈迹斑斑，破烂不堪了。但是一想到露奶奶的身体状况，我仍然感到我已经收到了她衷心的祝福了，毕竟她还记得这个传统。

不久，我的丈夫马克在城里找到了一份工作，所以，我们就搬进了城里的一栋很小的公寓。这样，想要拥有一片菜园是绝对不可能的了。于是，我就把那瓶种子放在我的起居室里，借以安慰自己，也权当是我希望将来能够再回到那片菜园的承诺吧。

又过了一段时间，我生下了一对双胞胎，但是，就在那年，露奶奶也与世长辞了。到了我的儿子们开始学走路的时候，我把那瓶种子放到了电冰箱上，以免好奇的他们打翻我珍藏多年的宝贝。

后来，我们终于搬进了一所房子，但是院子里却没有足够的阳光来开垦一片真正的菜园。院子里到处长满了蒲公英，而蒲公英之间那狭小的缝隙里，勇敢的牛毛草顽强地拼搏着，不屈不挠地生长着，挣扎求存。面对此情此景，我所能做的就只有割割草，或者偶尔给它们浇浇水。

春去秋来，时光飞逝，转眼许多年过去了。不知不觉，我的儿子们都长大了，都各自离开我们，独立自主去了。这时，马克也打算要退休了。在每一个静谧的夜晚，我和马克都在计划着将来要到乡下找一块地方，在那儿，马克可以钓钓鱼，而我则可以拥有一片菜园，这样，我就可以播种露奶奶留给我的那些种子了。

但是，天有不测风云，人有旦夕祸福。在那一年之后，马克被一个喝醉酒的司机驾驶的汽车撞伤了，致使他从颈部以下瘫痪了。为了给他进行物理治疗，我们耗尽了所有的积蓄，马克的胳膊和手才勉强能够微弱地活动，但是，他每天的饮食起居却还是需要一个护士进行专门护理。

面对着眼前这一桩桩、一件件的烦心事，我感到心力交瘁，甚至连饭都不想吃。但是，詹妮——我那住在附近的二姐，每天都来看我，并且强迫我吃些东西。一天晚上，她带来一大锅烤宽面条给我吃。然后，我们一起整理着我那零乱不堪的家。她一边帮我整理着，一边高高兴兴地跟我闲聊着。但是，当她问起马克的时候，我再也忍不住了，不禁泪如雨下。我啜泣着告诉她说，马克就快要出院了，可是我们目前的经济状况却非常紧张。听我这么一说，二姐便提出要拿出她自己那微薄的积蓄——甚至她还提出要搬过来和我们一起住，好帮助我照顾马克。

但是，我知道，马克的自尊心是绝对不会答应的。

我低着头看着那盘味道鲜美的烤宽面条，却连一点胃口都没有。房间里安静极了，绝望就像是一位老朋友，又在晚餐时分来到了我的身边。最后，我极力控制着自己的感情，请求詹妮帮我收拾碗碟。她点点头，起身将吃剩的烤宽面条拿走放进冰箱里。当冰箱门砰然关闭的时候，放在冰箱顶部的那瓶种子倒下了，哗啦哗啦地滚到了墙边。詹妮连忙回头看着声音响起的地方。“这是什么呀？”她惊奇地问道，并且走过去拿起了那瓶种子。

我从洗涤槽里抬起头，看着那瓶种子，说：“噢，那是露奶奶送给我的那瓶种子。你还记得吗，我们结婚的时候，露奶奶不是每人都送了一瓶种子吗？”詹妮看了看我，然后开始仔细地研究起那瓶种子来。

“你是说你从来都没有打开过它，是吗？”她疑惑地问道。

“我想我至今还没有找到一块好得足以做我的菜园的土地。”

詹妮连忙一只胳膊抱着那瓶种子，另一只手抓起我那沾满肥皂泡的手。“快点，跟我来。”不知为什么，她突然兴奋起来。

詹妮几乎是连拖带拽地把我拉到了餐桌前。她使劲地旋转着瓶盖，连试了3次才把盖子弄松。然后，她打开了瓶子，把种子都倒了出来。那些种子仿佛获得了大赦一样，一个个活蹦乱跳地，顷刻间蹦得到处都是。“哦，詹妮，你在干什么?！”我大声叫道，连忙伸出双手想去抓住它们。最后，当一切都归于平静的时候，我们看见一个黄色的旧信封正静静地躺在那些已经褪成棕色和晒成黑色的种子中间。詹妮连忙把信封拿起来递给我。

“打开它！”她微笑地看着我说。于是，我用颤抖的双手打开了信封。原来里面放着五张股票凭证，每张都是一百股。看着股票上公司的名称，我们几乎都不敢相信自己的眼睛了，我们睁大眼睛，一遍又一遍地读着公司的名字，而当我们终于确信这一切都是真的以后，我们俩不禁激动得喜极而泣。

“你知道这些股票现在值多少钱吗?！”良久，詹妮才惊喜地问道。

此刻，热泪早已盈满了我的眼眶，并且恣意地在我的脸颊上流淌着。我颤抖着双手，捧起了一把种子，放在我的唇边。我闭上双眼，享受着露奶奶对我的这份爱，并且默默地为她祈祷着，不停地向她说着：“谢谢您，露奶奶，谢谢您！”

是啊，这些年来，露奶奶已经为我经营了一片菜园，并且连同她对我的爱都一起挤进了这个小小的储物罐里。

文/迪·贝里

作者回忆了一位善良、慈爱且充满生活智慧的奶奶。她给予孙女的礼物，不是什么贵重的珠宝钻石，但却比珠宝钻石更珍贵，因为这些五颜六色的种子，这些爱的种子，凝聚着她全部的爱。它们使人感受到爱的温暖，并给人带来无限的希望及无穷的动力。

从此做一棵柔软的藤

入学半个月的一天晚上，他正在宿舍看书，听见管理员扯着嗓子在楼下喊他，说有人找。

他下了楼，就看到她，穿一件蓝色T恤，拎了一小袋水果，笑吟吟地站在那里。

他有点不可置信，愣了半天才问："你，你怎么来了？"

"你们管理还挺严，男生宿舍还不让女生进，女生进怎么了？也占不了什么便宜。"她笑嘻嘻地扮个鬼脸。

她从小就是这样的个性，总拿话逗他。但这次他没心情跟她逗，扯住她的胳膊问："问你呢，你怎么来了？"她歪歪脑袋，"你来的第二天我就来了，你来上学，我来上班，不行啊？"

上班？他睁大眼睛，才刚刚留意到她的T恤上印了某商场的字样，看样子她说的是真的，可是……他还是不太确信。"你怎么不跟我说一声？这里人生地不熟的，你还是回家吧……"

她把水果塞给他，说："男孩子哪有你这么啰嗦的，我故意不跟你说的，就是想吓你一跳。你别瞎操心了，我可是有工作经验的熟练工，你就好好念你的书，并且……"她戳一下他的额头，"大一的时候不许谈恋爱啊，耽误学习。赶紧上去吧，我走了。"

“还说我啰嗦，你才啰嗦。”他终于被她逗笑，“那我周末去看你。”

“不用。我有空来看你，你别瞎跑。过几天我来拿你的脏衣服，要注意卫生，别穿得脏兮兮的，你是大学生了。还有，水果记得给同学吃，要团结同学……”她走了好远，还回头絮叨。他站在那里，看着她娇小的背影，鼻子忽然那么一酸。

回去，看到站在窗口的室友朝他狡黠地笑，他不明所以，笑啥。

室友过来拍他一下，说：“你小子可以啊，刚来几天就交上女朋友了。”他明白过来，“啥女朋友，我姐。”

“一看就比你小，还姐呢！不过现在姐弟恋也流行。”室友继续调侃。他无奈叹气，“真是我姐，亲的，我俩双胞胎。”

室友瞪大眼睛，依旧有些半信半疑。他也不再解释，拿出一个苹果塞进对方口中。

他没有撒谎，他和她，真的是双胞胎，她早出生十几分钟，所以是姐。幼年时，他们一般的模样，一样的高矮胖瘦。读小学时，她突然长得快起来，在一两年的时间里超过了他。为此，她有些得意扬扬，说姐姐当然应该长得高。可她只得意了很短时间，在他们13岁读中学那年，他几个月就超过了她，之后就越发比她高大强壮起来。到读完中学，他比她高出了一头多，两个人站在一起，她就显得格外娇小，甚至为此，他有时候不肯再叫她姐了。

可是她却一直很把自己当姐，他觉得，也许是母亲的缘故。他记得从很小的时候起，母亲就总告诉她，要让着他照顾他保护他，因为她是姐。

因为年幼，母亲自然是很权威的，他虽不服气却也无奈。何况，除了命令他管教他，她也跟母亲一样，事事宠着他让着他，好吃的好玩的都先给他。在外面，谁要欺负他，她肯定不会答应，一定像一个小大人一样跟人家理论，把比她自己高很多的他挡在身后……

他就这样被渐渐安置在了她的羽翼下，习惯了她的命令、管理和照顾。在他们15岁那年，母亲患了无法医治的绝症，离开前，虚弱地将他的手放在了她的手里，对她说："记住，你是姐姐，一定要照顾好弟弟。"

他已经哭得不能自已，她却在那一刻用非常坚定的口吻回答："妈，你放心，我一定会！"

在她说完后，母亲松开了手。他大声哭喊，她却只是默默落泪，然后把他紧紧拥在怀里，说："不怕，还有姐呢。"

就是那一刻，他领悟到了她在他生命中的分量。她看上去那么弱小，却足以让他依赖和依靠。

那一年，他和她都读高中一年级。她的成绩更好一些，在一班。他略逊一筹，在相邻的二班。为了供他们读书和偿还母亲治病欠下的债务，除了工厂里那份收入微薄的工作，父亲晚上还会出去打零工，格外辛苦。尽管如此，一家三口也只能维持温饱。

一年后，高二下学期，她没有跟任何人说，就离开了学校，应聘到县城新开的一家大型超市，当了一名营业员。直到老师找过去询问他，她怎么不来上课时，他才知道她不上学了。

父亲不同意她辍学，他也不同意，她成绩那么好，一直是年级的佼佼者。那天晚上，一家三口相对沉默了许久。她先开了口，对父亲说："爸，是我不想读书了。"

"不行。"父亲说了两个字，咳嗽起来。她站起来拍父亲的背，"爸，让弟弟念书吧！他是男孩子，多读点书总是有用的，我不想让你这样辛苦下去了。"她看了他一眼，缓缓地说，"爸，我们已经没有妈妈了，不能再没有你，我们都需要你好好地健康地给我们一个家。”

他不是小孩子了，知道父亲抚养他们太操劳。可是，即使要分担，也应该是他。他是男子汉。所以，在她说完后，他立刻反驳：“我去上班，你上学。”

她笑了笑，说：“我是姐，妈说过，你必须听我的，就这样吧，我已经跟超市签过合同了。”

她的态度很坚决。

那天晚上，他感觉到父亲好像哭了。他听到父亲对她说：“委屈你了。”

从那以后，家里生活改善了许多，虽然她的收入也不高，但总能在超市买回来许多打折的食品和生活用品。于是16岁时，他第一次穿了品牌的鞋子和衣服，虽然都是打折的，但足以让他这样一个少年偷偷地摒弃掉贫困带来的自卑。

父亲辞了那些临时的工作，可以早早回家做饭收拾家务，身体也慢慢好起来。并且，她还托人给父亲介绍了一个性情温和的女人认识。她说：“如果妈妈在天有灵，一定希望爸爸幸福。”

因为她，母亲去世后，那个家又慢慢回到了曾经的安逸。

知道她的辛苦，他学习加倍努力，何况她盯得也紧。在高三的一整年，她白天上班，晚上一定坚持陪他复习功课。他不睡，她也不睡，陪着他，给他做宵夜。

两个人共同努力，他终于如愿考上省城最好的大学。拿到录取通知书那天，他们一起去墓地。她站在母亲坟前微笑地说：“妈，你放心吧，我们都很好。”

他看着她，忽然发现，从母亲离开后，她就再不曾哭过。总是微笑，并喜欢哄他笑。复习时他们一起熬夜熬红了眼睛，她会说：“两只可爱的小兔子。”

他觉得她有一种韧力，是他所不能敌的。他也终于服气了，虽然早十几分钟，但到底不一样，到底，她也是姐姐。

就这样，他来了省城，没想到，她竟然也来了。他们每周最少会两次面。她来给他送吃的用的，拿走他的脏衣服，偶尔发了奖金，带他出去吃顿好吃的。如此，小地方来的家境平平的他，反倒被很多同学羡慕。

大三时，功课不太紧张，他对她说，课余时间干脆也找份工作，可以锻炼一下自己，也可以减轻一下她的负担。

她却不让，让他复习考研。她很坚决，不容他抗拒。于是空闲时间，他开始钻图书馆。

大学毕业，他顺利成为本校的研究生，而她凭借自己的努力，也做了超市的管理阶层。

因为成绩好，毕业后他顺利找了一份不错的工作。拿到第一个月的薪水，他一分没花，给她买了两条漂亮的裙子——这些年，他每次见她，她都是穿制服，那么娇小美丽的她没有穿过一条裙子。她生活在这个繁华都市里，但都市的一切繁华与她无关，她把一切的好都给了他。而这不过是因为，他叫她姐。

但是，父亲高兴喝多的那天晚上，他终于知道了他们关系的真相——她叫小藤，他叫小树。事实上，是他比她早出生十几分钟，他是哥哥，本该是她依靠他缠绕他而生存，可是思想传统的母亲偏爱男孩，并在那么多年里，一直引导她以姐姐的身份爱护他，照顾他。

那么多年，她也一直是这样做的，为了他，放弃了青春的绚烂，放弃了做一根原本该柔软脆弱、被疼爱被呵护的藤。

他说："妹，以后，让我做树，你做藤。"

她看了他良久，说："好，你做树，我做藤。"然后她笑起来，脆生生地喊了他一声“哥”。

他揉揉她的发，哭了。

文/玲珑　肖进

这是一个平凡家庭的一段不寻常的手足之情。俗话说：“长兄为父，长姐为母。”只因父母隐瞒，她和他一直都以为她是姐，他是弟。因为早出生十几分钟，于是她担负起了照顾弟弟的责任。本该是一根柔软脆弱、被疼爱被呵护的藤，却情愿坚强成一棵树，把最好的一切都给弟弟。当真相大白，他也成长为了一棵顶天立地的树，从此，让她做一棵柔软的藤。

老师的100分

邹老师给我们上国文课的时候，已经是70多岁的老人了。

邹老师春、夏、秋三季，都穿着同一件两截式灰布唐装，手里摇着一把纸扇；到了冬天，换上一袭藏青长袍，直到寒假。至于一双布鞋白袜，365天不离脚，很像是从中国水墨画里走出来的一位老仙人。

同学们似乎并不把老师放在心上，上课吵吵闹闹的。交代背诵的课文，没背；交代要写的功课，迟交；老师一开口，大伙就掩嘴直笑："好奇怪的口音哟！又没听懂。"

老师一口浓浊的乡音成为同学们理直气壮不用心听课的理由：反正是听不懂，听了不也是白听吗？

和许多满脑袋奇情幻想的中学女孩一样，上课的时候，我最是偏爱窗外。恰巧窗外的景色又是那样符合小说中的情境：一排绿杨柳迎风款摆，三两白蝶翩翩穿梭，天蓝得似一泓湖水，让我不想下课也难。

教室，一如囚笼，我，笼中的云雀，向往飞翔，飞翔。

也总是在这个节骨眼上，老师点起名来抽背书。

轮到我上台背书了，我赶紧起身，往讲台前跑去。抽背书的时候，课堂总算安静下来，我开始大声地背诵："晋太原中，武陵人捕鱼为业。缘溪行，忘路之远近……"我背得那么顺畅，那么流利，老师满意地闭上眼睛，摇头晃脑，跟着背诵的节奏打拍子。背完了，老师高兴得“好，好，好！真是好孩子！”赞个不停。才教的新课，不过一夜之隔，这孩子居然全读熟了。

我得意地走回座位。老师哪里知道，早在小学四年级，爸爸已教我背会这篇《桃花源记》了。

从此以后，每逢课堂抽背，老师一定喊我。如果是小学时爸爸教我背会的古文，我稍一温习固然就可以背诵如流；那些没有教过的课文，即使偷懒不背，我也照样轻骑过关。原因是，老师早已信任我了，只要我一上台，他就双目微闭，满心欢喜地听我朗声吟诵。殊不知，嘻嘻，我是照着他摊在讲桌上的课文，一字不漏地念一遍！

老师一向只管用心讲课，讲到国恨家仇，便紧握双拳，从右边教室门口一路跳到左边教室窗口；讲到忠贞之士可歌可泣的爱国事迹，就慷慨激昂，吟诗长啸。老师声若洪钟，中气逼人，往往一声暴喝，我们以为他生气了，吵得像菜市场的教室立刻安静无声，原来却是老师融入千古历史，正与乱臣贼子力搏呢。

我始终弄不明白，老师为什么不会生气，不严加管教我们这堆上课光会说话、传纸条、吃零嘴、提早啃便当的顽皮鬼？老师只是尽心卖力地教课，恨不得把肠子掏出、心剖出来，而且是那样激动，激动得一堂课下来非得从第一排跳到最后一排，来来回回无数趟。

尤其令我们又高兴、又不明白的是老师采取的“高分政策”。

国文是我们这所学校的重头课，特别是周记、作文，分量大，要求也严格。但奇怪的是，尽管老师批改的作文每篇都是密密麻麻的错别字一大堆，分数却都很高，即使作文再差，老师也通篇红圈，频频嘉许。（我是班上的学术股长，作文由我收齐交给同学，免不了有偷看比较的毛病啦！）

而在那个年龄，分数的高低对我们通常有着心理上的影响——一门功课，如果受到老师重视，分数一高，读书的兴趣和信心也就油然而生，否则，再努力再有兴趣也不过挣来六七十分，久而久之，一定生疏没劲了。

老师的“高分政策”，看来很有效，不少原本对国文缺乏信心和兴趣的同学，听见老师的真心美言，不禁惊喜交集，纷纷加紧脚步向前；而那些少数一心做着记者梦、作家梦的文学狂热者如我，更是受到无以名之的鼓舞和奋发，觉得自已真要好好努力，才不致辜负老师的期许，不禁凭着一股傻劲，天天埋头苦写。

翻开老师批改过的作文簿，上、下学年的作文竟是《别时容易见时难》《无题》《田园将芜胡不归？》《春去也》《知更鸟的故事》《天涯未归人》《春归何处》这一类伤春悲秋的题目，回想起来，这又是老师的教学法之一。上作文课，除了列举四五个题目在黑板上任同学选择，也可随我们自由命题，自由发挥。少年不知愁滋味的我，不但自以为美地无病呻吟一通，还瞎编胡写了好几篇中年口吻的爱情小说。说也奇怪，70多岁的老师，不但表示欣赏，还评为“写得情意缠绵，逸韵奇趣”呢！

记得有一年，幽默大师林语堂先生在联合报副刊陆续发表他对《红楼梦》的考证和评论，我也班门弄斧地在周记、作文本上发起谬论：“林语堂先生能写他敬佩的探春，我为什么不能写我欣赏的史湘云、刘姥姥？”

其实，《红楼梦》原是我小学五六年级时便有兴趣翻看的一本课外读物，加之爸爸书架上另有一本《红楼梦人物论》，两相参照，竟也看出些苗头来。

说真的，小小年纪，又哪里真懂什么红楼梦？大家都说林黛玉善感多愁，我也这般跟着怜惜；人家说王熙凤阴谋泼辣，我也就莫名其妙地讨厌起来；人家又说史湘云率真可爱，我看着看着果然觉得很可爱，也巴不得自己是她的化身了！

以致当我读到报纸上讨论的《红学》，就自然而然卖弄起来，把各家“参考”来的看法，东瞄一点，西挪一点，写了一大篇“很有两下子”似的“综合什锦炒面”。

没想到，老师看了我的“大作”，竟把我视为一颗新发现的彗星，不仅立即推荐到校长成舍我先生那儿，还把文章交给校刊发表，更令我睁大眼睛也不敢相信的是，作文簿上堂堂批着“100分”！

老师从此对我越发偏爱起来，学期结束，成绩单上的国文成绩，总平均竟然是一个不折不扣的100分！

虽然分数不能代表一切，何况是这看着简直过分的国文满分，但对我这样一个充满写作热情的小女孩来说，还有什么更能替代这100分所包含的意义呢？

这100分，代表着直追完美的精神标杆；这100分，洗刷了我曾经几何0分、三角32分的自卑；这100分，更赐给我追求成功、激励奋发的勇气！

当然，今天的我，仍旧十分怀疑自己究竟有多少能耐在文学的浩瀚烟海中出人头地，然而，也每在写作困境的边缘，不忘提醒自己曾经拥有这一个圆满的纪录！毕竟在这个世界上，真有这样一位仁慈的长者，赐给我全然的关爱与期望！

我也常反复回味，老师曾在学期结束后，特别在作文簿上留下的赠词：“满室芝兰吐异香，一枝独秀冠群芳。品高不与凡葩伍，文采风流叙雅章。”也唯有这帖激励剂，能继续支持我对自己的信心。

世事多巧妙，没想到，多年之后，我也返回母校任教国文。站在老师曾经站过的讲台上，重复老师曾经要我背诵的课文，我不禁一而再，再而三地咀嚼：老师那种只有宽容没有责备，只有鼓励没有压抑的教学法，是多么的温暖博大！

但我终究有很深的遗憾——对与老师有关的一切：家世、背景、兴趣、所学，甚至籍贯、年龄、住所——一无所知！

我所知道的，仅仅3个字，老师的姓名——邹子珍，和那早已泛黄的纸张上留下的几行清灵的手稿，以及，势必伴随我终生的精神标杆——100分！

文/桂文亚

作者为我们追述的，是她心中一份恒久的回忆——中学时代遇见了一位好老师邹子珍，他采取“高分政策”，赐给了学生们追求成功、奋发向上的勇气。的确，在我们的成长过程中，老师扮演着非常重要的角色，一位好的老师，就如同黑暗中的指明灯。作者一路走来，或许正是因为老师的青睐和鼓励，才能满怀信心地走过人生中的每一个坎坷，并脚步坚定地继续前行……

“窝囊”的父亲

也许，你的父亲并不富有，只是一个很普通的社会角色，工作卑微，不能带给你风光，甚至会让你觉得“窝囊”。但是，作为父亲，他的心，他的爱从不卑微，无论是否富有，无论社会地位怎样，对子女都是一样的爱。

父亲大半生没得过什么荣誉，没有做过一件值得大家夸耀的事，也没有一段让儿女们骄傲的精彩片段。从小到大，我和弟弟、妹妹都有意无意地冷落着父亲，甚至对父亲充满了轻视。

父亲的“窝囊”在村里是出了名的。他不善言辞，胆小怕事，遇到困难就流泪。小时候，我是个非常顽劣的孩子，天天逃学。每到年终，父亲总是站在家门口，眼巴巴地望着邻家的孩子捧回一张张三好学生的奖状，而我总是两手空空地回家。上四年级的时候，有一次年终考试，我的数学考了个“大鸭蛋”，语文也不及格。班主任老师怕我拖了班里的后腿，劝我留级；而学校勒令我不用去上学了，让家人前来办理转学手续。当我将这个消息告诉父亲时，没有一点思想准备的他顿时惊呆了。继而，蹲在地上“吧嗒、吧嗒”地抽起了旱烟。

第二天，父亲提着一篮鸡蛋领着我来到了校长家里，任凭父亲磨破嘴唇，可校长还是坚持让我转学。校长劝我们回去。这时，令我终生为父亲感到屈辱的一幕出现了：父亲“扑通”一声跪下，流着泪说：“您就看在我这张老脸的份上，将我这娃留下吧！下学期他拿不到三好学生奖状您再开除他行吗？”

父亲这一“壮举”，虽然使我免遭转学的厄运，但我却认为父亲给我丢尽了脸。父亲下跪的事很快就像长了翅膀，传遍整个校园，我成了人们嘲笑的“跪读生”，那一段时间我发了疯似的学习。

第二年，当我把平生获得的第一个三好学生的奖状交给父亲时，他竟像喝醉了酒似的，在那间巴掌大的小草房里转来转去，对母亲不停地唠叨着：“贴在哪里好呢？”最后，父亲决定贴在他炕头的墙上。父亲用图钉摁好后，反复摸着我的头问：“山子，什么日子你的奖状能把这面墙贴满呢？”

以后的岁月里，我每年都能带回几张奖状，父亲总会庄重地一一贴好。土墙上的奖状，成了那两间穷得连一张年画都没有的小草房里唯一的风景。家里来了客人，父亲总是把人领到那面墙前“参观”，摇头晃脑地给人家念上几张。有时还拿到村上去向人家炫耀。父亲的这些“表演”，使我感到滑稽可笑。

高一那年，我在全县语文竞赛中获得了一等奖。当我将奖状交给父亲时，一向不善言辞的父亲竟像着了魔一样疯疯癫癫地跑到街上到处吹牛：“我儿子考了全县第一名，将来绝对能考上大学。”

“别吹牛了，难道你忘了为儿子下跪的事了？”有人趁机揭父亲的疮疤。“我儿子有这个奖状为证，你儿子有吗？”父亲不服气，举起奖状和人家吵起来。想不到一生谨慎、胆小怕事的父亲，这次竟和人家动起武来。这是他有生以来第一次和人打架。老实的父亲被人打得肋骨折了几根，最后住进了医院。

事后，我不但不同情父亲，反而认为父亲是自作自受。待父亲出院回到家后，我多年的怒火终于爆发出来，吼道：“你往后不要再这样丢人现眼了行不行？你被人家打成这样，还不都是你吹牛惹的祸！”父亲低着头一声不吭，那表情像是一个做错了事的孩子。我越说越气，随手从墙上撕下几张奖状，撕得粉碎。这时，我发现父亲的眼里蓄满了泪水……

第二天，令我惊异的事情发生了，我发现昨天被我撕碎的奖状又被人一点点地粘了起来，重新又被人贴在原来的位置上。母亲告诉我说：“你别跟爹过不去了，他窝囊了一辈子，你又不是不知道。为了这几张撕碎的奖状，你爹流着泪整整拼了一个晚上。”听了母亲的话后，我心想，父亲“窝囊”了大半生，没得过什么荣誉，大概是借儿女的奖状来满足自己的虚荣心吧！

数年后，我成全了父亲的愿望，考上了大学，父亲收集奖状的劲头也就更足了。待我参加工作后，那面黑乎乎的土墙已被父亲用花花绿绿的奖状和证书贴满了。每当看到这面土墙，我就想，这些年来，父亲辛辛苦苦地摆弄这些奖状到底是为了什么？我甚至怀疑父亲是不是有点心理变态。

但真正使我认识父亲的，却是家里发生的那一场火灾。

据母亲讲，那场火灾是因为邻家的孩子玩火，不小心点着了自家的房子，我家的房子也跟着遭了殃。当时，父亲刚从田里回来，二话不说，扔下锄头，便闯入了那两间烈焰腾腾、浓烟滚滚的小草房里。母亲和周围的邻居都惊呆了，都在想：窝囊了大半辈子的父亲怎么会突然这么勇敢、果断？难道这几间破屋里藏着比他生命还重要的宝贝不成？大约过了八九分钟，父亲满身是火，摇摇晃晃地跑了出来，一双胳膊紧紧地护着胸口，好像怀里揣着一件稀世珍宝似的。就在父亲跑出来没几步，忽然身后“轰隆”一声闷响，那两间草房惨然倒下，父亲也昏厥过去……待母亲和周围的邻居把父亲抬到安全的地方，父亲已不省人事，唯有额头上那凸起的血管恰似一条条蠕动的蚯蚓。当母亲小心翼翼地挪开父亲那双瘦骨嶙峋的胳膊时，发现父亲怀里揣着的竟是一摞发黄的奖状——那是我从小学到今天获得的全部荣誉。

我永远忘不了在医院见到的情景。父亲昔日那浓浓的眉毛，稀疏的头发，乱蓬蓬的胡子全烧焦了，身上也被烧伤了多处，原来的肺病更重了，不停地咳嗽。他睁开那双苍老的眼睛，慈爱地注视着我，用微弱但坚强的声音告诉我："山子，你的那些奖状一张也没烧着，待我们房子盖好后再重新贴上……"

我的眼泪掉了下来。那一刻，我终于明白，儿子本身就是父亲的作品，儿子的每一点成绩，每一分进步，都是贴在父亲心头的奖状，儿子的成功就是父亲终生渴望、梦寐以求的莫大荣誉。

这时我才明白，父亲原本并不"窝囊"，为了儿女的前途，那父爱何计生死荣辱呀！

文/张正直

文章主要讲了在儿子眼里"窝囊"的父亲，为了儿子的学习和成长，付出了很多，到了最后，儿子才真正明白父亲对他的爱。这位伟大的父亲，为了儿子的学习，他可以放弃自己的尊严，给校长下跪；为了儿子的荣誉，他可以放弃面子，和别人打架；为了儿子的奖状，他可以放弃自己的生命，冒着被烧伤的危险。这个一直默默无闻的父亲，为了儿子，做出了无法形容的牺牲。这样的一个父亲，值得我们去敬佩，去爱戴，去关怀！

妈妈装饰了我童年的梦

夜里，听着室友均匀的呼吸声，我却睡不着。记忆如一串风铃，每一颗铃铛里都盛放着一个故事。我随意打开一颗便看见了那年夏天骑着自行车在山间公路来去的母女二人。

那年，我大概12岁。暑假开始后我无所事事，炎炎夏日让人做什么都提不起劲。我勤劳的妈妈想趁农闲时节做点小买卖，于是选择了做鸡蛋的小生意。那时候人们都很喜欢吃土家鸡蛋，觉得圈养鸡下的蛋没什么营养。所谓土家鸡蛋就是农家放在菜园子里或者果园子里放养的鸡下的蛋。这在大自然中自由奔跑成长的土鸡下的蛋个儿大，蛋黄也浓。而外婆家乡是远近闻名的柑橘之乡，那里简直是放养鸡的天堂。于是妈妈决定从外婆家乡买来新鲜的土家鸡蛋回家乡古镇卖。

我的家乡有一处古镇，小巧别致，明净幽雅，每年都有不少人到这里避暑养心。这些娇贵的城里人吃惯了大鱼大肉，来到这样淡雅的小地方自是个个都想过过清粥小菜的淡雅生活，所以水灵灵的野菜和土家鸡蛋简直供不应求。

经不住妈妈每天一个大冰棍的诱惑，12岁的我毅然踩上自行车跟着妈妈每天40里路来回地跑，风雨无阻。常常是头一天和妈妈下午4点出发直到太阳落山，骑三四个小时才能到外婆家，一路上山高坡陡。然后第二天一早外婆陪妈妈去市集买好土家鸡蛋，吃过午饭，稍做休息，又是下午4点出发回家。接着睡觉然后早起卖鸡蛋，周而复始。整个暑假我都陪着妈妈在蜿蜒的山间公路上来来去去。

妈妈总是在路走到一半的时候给我买根冰棍，而且每次都在同一家买，所以那个大娘也认识我了，偶尔还送我两颗糖。我总是坚持给妈妈一颗，妈妈很辛苦，4毛钱一根的冰棍都舍不得吃，渴了就喝家里带来的井水。而另一颗我则会装进口袋并小心翼翼地拍拍口袋生怕它丢了。这一颗是要给弟弟的。他总是很羡慕我能跟妈妈跑来跑去，有好几次他追着要来都被爸爸拉回去了。如果他知道妈妈每天都会给我买一根大冰棍，他一定会哭的，怨妈妈偏心。对于农家小孩，拥有一根冰棍是整个夏天最大的梦想。

其实每天踩40里路是非常累的，但在我现在所有的记忆里留下的都只有对那个夏天不尽的怀念，并没有一点苦累的痕迹。我想是因为我的妈妈。我的妈妈是这个世界上对我影响最大的人。她从小好学却因为推荐入学体制而与梦中的象牙塔失之交臂，为此她癫狂了一年，清醒后更是书不离手，每晚必要看了书才能入睡。她看书很杂，有字的都看，有一段时间没书看了甚至每天抱着我的初中历史课本睡觉。那个暑假妈妈为我开启了文学的宝库，她给我讲了很多故事，那些故事我都差不多已经忘却，但我从此和文字结下了不解之缘。前不久在图书馆看到《许茂和他的女儿们》，我的心里充满了思念，我清楚地记得许茂和他的女儿们那年夏天曾陪伴铿锵的母女二人走了无数里山路。

妈妈除了为我开启了文学宝库，还无意中向我展示了她的思想和梦。她本是多愁善感的女子，时时吟着“夕阳无限好，只是尽黄昏”，“同是天涯沦落人，相逢何必曾相识”这样的雅辞丽句，无限感伤。沿途我们经过无数山，她常常会把自行车放在山脚，拉了我在夕阳里爬山。我永远都忘不了她站在山顶痴痴地望着山那边依然绵延不绝的峰峦时的表情，那里面盛满了复杂的情绪，只有一种我能读懂，那就是渴望。那时的妈妈圣洁得令人颤抖，我常常痴了一样望着这个在晚风中糅合了悲凉和激情的妩媚女子，心中的弦奏着美妙的音乐，好美！让人叹息的美！如同身在油画里的美！我爱她，好爱好爱这样的妈妈！

长大后的我每每忆起这个画面，都会想起卞之琳的《断章》：

“你站在桥上看风景，
看风景的人在桥上看你。
明月装饰了你的窗子，
你装饰了别人的梦。”

那时候，秀雅脱俗的妈妈装饰了我整个童年的梦。她没有被生活磨灭了激情，她有自己的思想自己的梦。我想这就是她始终乐观、坚强、生命力旺盛的法宝吧！拥有自我的人是不会老的，所以她如今依旧美丽，依旧令我着迷。

夜风起了，该说的话都说了，心里静静的，很温馨。

文/胡梦娜

母亲长满老茧的双手有我们快乐的童年，斑白的双鬓有我们成长的足迹！正所谓，人生设计在童年，童年生活对每个人的人生都有着很大的影响。作者的母亲给了她开启文学宝库的钥匙，并用乐观坚强的精神给了她极大的鼓舞。作者最后引用卞之琳的《断章》，使文章意蕴丰富，隽永深沉，在语言上增强了文章的文采，优美了语言；在主题上，深化了主题，突出了表现的中心思想，使人读后余韵无穷。

花开无声

Family=Father and Mother, I Love You！这就是家最好的诠释……亲人、朋友，甚至是路人，都是我们生命中盛开的花朵……

花开的瞬间，寂然无声，就像一片零落的晚霞，只留下生命的一片灿烂，对大地最后的人文关照。我不知道在生命中的某一阶段，当我一转身，一回首时，我会看见什么，我想唯有花开与花落，而在这花落中有我生命最真实的印记，它仅仅属于我个人，一个自己需空守一生的秘密。而花开却不是，我把它比拟我生命周遭的人，同路过的人，远离过的人，或在远处望过我的人，都是曾对我生命有过关照的人。如同花开瞬间，那一片晚霞。

在别人总是侃侃而谈他的童年或者少年经历的趣事的时候，我总是讷言，因为我的记忆好像有着不同的规律，总是记住零星的片断，或者一幅幅印象朦胧的画面，而不是一整部电影，最多的也只是抽象的电影镜头的意象组接。每每想起时，眼前晃起的却总是阳光，而把平日所有的阴霾全部驱散掉了，我看见一个个身影在我走过的路上冲着我微笑，那微笑充满着天使的善意，他们像花一样悄然开放，在我的身上绽放花香。我把他们定义为我的亲人、朋友以及陌生的冲我善意微笑过的人。

第一瓣花香：我的父母。曾经在一本书中看到过这样的定义：Family=Father and Mother , I Love You！看到时，我有感动的泪光在眼前闪烁。我记起，三毛对父母的比拟“天使的翅膀”，记起张洁记叙母亲生死交界上的情感体验，一声声地控诉自己的“不孝”与对母亲的缺少关怀，她写道：“我们总是欺负那些爱我们胜过我们爱他的人。”所以有了我们对父母的种种叛逆，种种不如意时无忌地发泄，并一概当作理所当然。我总是遗忘了父母亲的情感体验，只是因为他们爱我胜过我爱他们。直到懂得这个最简易的道理为止，却突然发现母亲的额头又添了许多的皱纹，父亲的身体已大不如从前，他们开始讨论华发以及逝去的往事。

他们是我生命最早的缔造者与引路者，带我来到这个世上，并给予我第一瓣阳光的醇香，让我知道爱的含义即奉献。而这花开却悄然无声。

第二瓣花香：我的朋友。走在路上，总觉得并不孤单，无论何时想起近前的或远方的朋友，都会有一阵欣慰与温暖涌上心头。还记得每次大家在信中、在QQ以及校友录留言上对我的嘘寒问暖，远在异乡求学的孤单便消逝了许多。橙黄的灯光下，发黄的旧照片上，浮现的永远都是他们青春的笑容。在你跌倒时拉你一把，在你受伤时，可以毫无顾忌地趴在他们身上号啕大哭，而不用去压抑与掩饰，甚至可以被他们用尽心思的话语弄得破涕一笑，转忧为喜。或者几个性情中人一起静静走在下雨的屋檐下、初雪的花园里，品尝情感深处的孤独，在那个年龄的雨季中成为一种别样的释放。今年过年时，因为生日，朋友送我一本海子的诗集，并且提笔写道：“往昔峥嵘毋相忘，共笃人间有知音。”翻看时懂得朋友的用心良苦，懂得我们互相对这一份情感的珍惜。总是感谢这些朋友默默地走进我的生命中，并扮演朋友的角色，忍受我倔强的脾气，不求回报地一直给予我安慰、关怀与用心。想起时，总会让心里湿润地感动一片，却又是花开的一处寂静无声。

第三瓣花香：陌生人的微笑。转身、回首、展望，总看见一个个陌生人的身影，在我的记忆的底片上不断曝光、重现。他们或是在我旅行途中，帮我将沉重的箱包于头顶高高的物品架上放好的人；或是在你骑车跌倒上前扶你一把的人；或者是偶尔碰见，对你善言善语交谈的人。总之，就像早上的第一道阳光，让你感到这世上除了阴霾之外，还有许多的美好，并且在这世上你并不孤单。这本身就是一种多么强烈的温暖，来自最本质对心灵的触动。而仅仅是想求回报吗？当然仍旧不是。因为陌生，只是想给同样陌生的你以安慰，成为又一处的花开无声。

我的花开无声还有许多处、许多景，它们在我的记忆中形成一道生命不曾蜕变的风景，也许用一生也是道不完、说不尽的。因为它一直是我生命的支撑与行进步伐坚定的原因。仅仅如此，我觉得活着是值得的，即使只为这些花香四溢以及无声言语。

文/尚香钰

有的人，我们与他照过面，然后便擦肩而过，再也忆不起他的音容。有的人，曾在我们生命中驻留，但在某一天仍旧离去，而最后的结局是我们共同拥有一段或悲或喜、或浅或深的回忆。有的人，一辈子在我们身边，陪我们哭，陪我们笑，陪我们疯，陪我们痛，陪我们度过生命中最脆弱的时光。在我们生命中出现过的每一个人，都是上天赐予我们的礼物，让我们在这个世上不再孤单，不再流浪，找到安稳。很多离去的人就不要再去牵肠挂肚。要对自己好一点，因为一辈子不长；要对身边的人珍惜一些，因为下辈子不一定能够遇见。

老小一世绵长

8岁前，她一直都跟假小子一样，跟邻居的男孩子爬墙上树，掏鸟窝，往人家锁眼里塞铅笔芯儿，往女孩子的兜里塞毛毛虫……坏事干了一箩筐。有家长领着孩子来堵到门上告状，爷爷叼着旱烟从屋子里出来开始骂林林，骂的花样很多：要欺负，你就欺负山里的虎、水里的龙，那么小绵羊似的丫头你欺负她有什么劲？你看你把人家这脸挠的，打人不打脸，你照屁股上踢呀……

林林把脸扭过去冲墙，偷偷乐，肩膀一晃一晃的。那孩子妈听出了门道，拉着孩子嘟嘟囔囔走了，她跟自家的孩子说："以后离林林远点。难怪出了小霸王，老霸王惯的。"

那边爷爷拉长了声喊林林："去给爷把那瓶五粮液拿来。"

她噘着嘴不动弹，她知道爷爷并不是真的想喝酒，他只是想让大家知道他是喝得起五粮液的，想欺负他，想欺负他眼珠儿一样的孙女，没门儿。

8岁上学的第一天，她就不高兴了。老师安排值日表，有好几个男孩举起手报告说自己根本不会扫地擦桌子，那不都是女人干的事吗？

新来的扎马尾辫的老师很生气："咱们乡下还重男轻女，不让男孩子做家务，这是错误的，男孩女孩都一样……”

有调皮的男孩子突然插话：“老师，我知道啥叫重男轻女了，林林家就是。她爸她妈生了小弟弟就不要她了……”

她的大眼睛眨了眨，突然小老虎一样冲向了那个男孩。一只手抓到男孩子脸上，脚也没闲着，使劲踢，嘴也没闲着，不知咬哪好，胡乱咬。男孩被打得鬼哭狼嚎。

这回跟爷爷告状的是马尾辫老师。老师义愤填膺地说：“太过分了，一个女孩儿家，怎么能上来就打人呢，还那么凶？”爷爷看了看头发散开，脸弄得花猫一样的林林，说：“那孩子该揍，我没在，我在，他屁股准开花了。我家林林宝贝着呢，谁说没人要了？”

爷爷一句话惹出了她眼里的滔天洪水。

那晚，爷爷蒸的鸡蛋羹她一口都没吃，爷爷长吁短叹。

她坐起来，眼睛肿成了桃子，她说：“爷，是不是你们都喜欢弟弟？”

她是在爷爷最宝贝的皮夹子里看到弟弟照片的。大头大脑，那脖子上戴着个大大的银锁，那银锁她在村子里最有钱人家的孩子身上见过。

爷爷搂着她，说：“林林，很多事，长大了你就明白了。”

爸爸妈妈是在第二天傍晚时赶来的。爷爷发了火，他说：“孩子那么小不在爹妈跟前多屈得慌啊，还有，她在这村里上学能有啥出息……”

爸爸说：“我们是想把林林接回去了，不是怕您……”

爷爷敲了敲烟袋，说：“为了我孙女，我也进城。”

她趴在门缝听大人们说话。她知道爸爸来劝过多少回让爷爷进城，爷爷就是不肯，他舍不得这片林子，也舍不得村子里几十年交情的老哥们儿。

可是，这一回，他答应进城了。

尽管爸爸是个孝子，但是爷爷和她还是很拘束。妈妈那么干净，这不让动，那不让放的，她觉得那么干净的房子那么多好吃的东西都不是她的。爷爷给她撑腰："吃，这是你家你怕啥？"

5岁的弟弟已经知道欺负人了，踢她，抢她拿到手里的好吃的，妈妈总是说："林林，弟弟小，你让着他点儿。"她便很客气地把东西让给弟弟。

妈妈很看不惯她的作风，洗手怎么不用洗手液呢？睡觉怎么都不换睡衣呢？还有，那么漂亮的红皮鞋穿一天就弄得花了脸，去耕地了吗？妈妈说："林林，你别总像个野孩子似的没收没管，这回到爸妈身边，就得学着淑女些。"

这还都是次要的。最要命的是，爸爸妈妈不让她管他们叫爸妈，而是叫叔婶。他们跟邻居说："大伯出车祸死了，这孩子没爸没妈特可怜，一直跟着爷爷，所以接了来……"

邻居们赶紧摸着她的头感叹这孩子命不好，赞扬爸爸妈妈心善。

他们说这些话时，她总是睁大眼睛看着他们的脸，她想："大人说谎怎么脸都不红呢？"

爷爷那些日子总抽闷烟，他跟她说："你爸你妈都是干部，生二胎是要被罚的……"她没说话，眼泪噼里啪啦地往下掉。

那些天，爷爷总是早出晚归的。终于有一天，他在饭桌上跟他们说："我跟林林搬出去住！"

那一晚，她躺在小床上，听到他打的呼噜声，她想："真好，家里又是她和他了。"

她慢慢长大了，跟父母的关系缓和了许多。去吃饭，向他们拿学费和生活费，甚至跟弟弟玩一会儿，像串了个门儿。

他老了很多，腰弯了，头发几乎都白了，更要命的是他总是咳嗽，一咳嗽起来就像是在拉风箱，喘气声时断时续，她害怕得要命。端水，拿药，站在一边轻声叫："爷！"她知道他是不适应城里的空气。她说："爷，要不咱们搬回去吧？"

他敲掉烟袋里的烟灰，说："咱那儿没中学，你回去看林子？"她又说："要不，你回去，村里那些爷爷肯定想你了。"

他叹了口气："你都在这，爷爷能去哪啊？而且算卦的给我算了，我能活到80岁呢，我还得看着我的林林结婚、生孩子，我当老太爷呢！"

她娇嗔地叫了一声"爷"，眼泪又白花花的了。

她很争气，一路大学、研究生、博士上了过去。爷爷总是往老家打电话，跟那些老哥们儿炫耀孙女给他买了外国玩意儿。事实上，他已经吃不下什么了，瘦得穿上什么都像是麻秆支了件衣服。

他咳出了血。爸爸给她打电话时，她在南方一座温暖的城市里考察一个项目，爸爸哽咽着说："林林，你爷爷……肺癌。"

她买了最快的航班赶回家，看到爷爷躺在床上，瘦得一把骨头架子。他拉着她的手，呜呜地哭。她克制住眼泪，说："爷，你赶紧好起来，咱们回村子，给咱村里的人看看你多有福，有小汽车坐，有名牌衣服穿，对了，把五粮液当水喝……"

他笑，脸上的褶子那么多，那么深，气管里全是杂音。

有一天，他睡觉，她在他身边帮他剪指甲。突然他睁开眼，他问："你恨我吧？"

她睁大眼睛，说："爷，我哪会恨你？"

一滴浑浊的泪从他树皮一样粗糙的脸颊上往下流，又是一阵喘，他说："当初……当初是我让你爸妈要小树的……"

她的眼泪很不听话地往出涌。她扭过头，擦干了眼泪，转过身笑着对他说："爷，还记得人家来跟你告我的状吗？你骂着骂着我，就骂别人那去了，一点儿都不讲理……"

他跟着她笑了。

好一会儿，他又说："你有30岁了吧？"她说："爷，我都三十二了。"

他说："那些小伙子眼睛咋都瞎了呢，我这么好的孙女……"

那天下午是深秋难得的暖和，他跟她断断续续地说了很多话。

那个夜里，他走得很安详。

他走了，很奇怪，她一直没有眼泪。

弟弟跪在她身边，他说："爷爷走之前跟我说过，如果你姐找不到中意的对象，就都别逼她。她的心一直很孤单，以后，你们要多陪陪她……"

那一刻，她的眼泪决了黄河的堤坝。那一刻，她明白，这世上再没有像他这样重男轻女，最后却把全部的爱都给了孙女的爷爷……

文/金薇

每个人的生命中都有着几个值得怀念的人，在作者的记忆中，留念着她的爷爷。这个爷爷，是一个矛盾的综合体，只因他是一个不能逃避世俗眼光的人。他重男轻女，却又把全部的爱都给了孙女。通过弟弟的转述，充分表达了爷爷对孙女的关爱之情。相信他会在天堂一直看着孙女结婚，生子，再老去。这种血浓于水的永存的连接，哪怕天人相隔，也可以感知。

让阳光拐个弯儿

几年前，我生了一场大病，在医院里住了3个多月。病房里有4张病床，我和一个小男孩占据了靠窗的那两张，另外两张床，有一张属于那个姑娘。

姑娘脸色苍白，很少说话，长时间地闭着眼睛——只是闭着眼睛，不可能是睡着。她身体越来越差，刚来的时候还能扶着墙壁走几步，后来只能躺在床上。

我只知道：那姑娘是外省人，父母离异了。她随母亲来到这个城市，想不到一场突然变故令母亲永远离开了她。她在这个城市里不再有一个亲人，也没有一个朋友。她正用母亲留下来的不多的积蓄，延续年轻却垂暮的生命。是的，她只是无奈地延续生命。一次，我去医护办公室，听到护士们谈论她的病情。护士长说："治不好了，肯定。"

小男孩也生着病，但非常活泼好动，常常缠着我，要我给他讲故事，声音喊得很大。每当这时，我总是偷偷瞅那姑娘一眼，也总是发现她眉头紧锁。显然，她不喜欢病房里闹出任何声音。

小男孩的父母天天来，给儿子带好吃的，带图书和变形金刚。小男孩大大方方地把这些东西分给我们，并不识时务地给姑娘也分一份。如果姑娘闭着眼睛假装睡着，他就把东西堆放在她的床头，然后冲我们做鬼脸。

一次，我去医院外面买报纸，看见小男孩的父亲抱着头蹲在路边哭。我一连问了他好几遍，他才说儿子患上绝症，大夫说他儿子活不过这个冬天。

一个病房里摆着4张病床，躺着4个病人，却有两个病人即将死去，并且都是花一样的年龄！我心情十分压抑。

一切都是从那个下午开始改变的。

小男孩又一次抱着一堆东西送到姑娘的床头。姑娘心情好一些了，正在听收音机里的音乐节目。她对小男孩说“谢谢”，还对小男孩笑了笑。小男孩得意忘形，赖在姑娘的床前不肯走。

小男孩说：“姐姐，你笑起来很好看！”

姑娘没有说话，再次冲小男孩笑了笑。

小男孩说：“姐姐，等我长大了，你给我当媳妇吧！”

病房里的人都笑了，包括那姑娘。看得出来，那是很开心的笑。

姑娘说：“好啊！”她还伸出手摸了摸小男孩的头。

小男孩问：“你的脸为什么那么苍白？”

姑娘说：“因为没有阳光。”

小男孩想了想，很认真地说：“我们把病床调换一下吧，这样你就能晒到太阳了。”

姑娘说：“这可不行，你也得晒太阳！”

小男孩仔细地想了想，拍拍脑袋认真地说：“有了！我让阳光拐个弯吧！”

所有的人都认为小男孩在开他那个年龄所特有的不负责任的玩笑，包括我。我想，也应该包括那姑娘。可是，小男孩真的让阳光拐了个弯。

小男孩找来一面镜子，放到窗台上，不断地调整角度，试图让阳光反射到姑娘的病床上，不过没有成功。我以为他要放弃的时候，他又找出了一面镜子接着试。午后的阳光经过两面镜子的反射，终于照在姑娘的脸上。我看到，姑娘的脸庞在那一刻如花般绽放。

整整一个下午，姑娘静静地享受那缕阳光，虽然还是闭着眼睛，却不断有泪水从眼角淌出。她试图擦去，却总也擦不干。

从那以后，小男孩起床后做的第一件事，就是仔仔细细地擦拭那两面镜子，然后调整角度，将清晨的第一缕阳光洒在姑娘的病床上。而此时，姑娘早就在等待阳光了。她浅笑着，有时将阳光捧在手上，有时把阳光涂在额头。她给小男孩讲玫瑰和蜗牛的故事，给他折小青蛙和千纸鹤。慢慢地，姑娘的脸不再苍白，有了阳光的颜色。

有时，小男孩会跟姑娘调皮，故意把阳光反射在墙上，照在姑娘抓不到的高度。姑娘会撑起身体，努力把手向上伸，靠近那缕阳光。小男孩总是在姑娘想放弃的时候把阳光移下来，移到她的手上或身上。那段时间，病房里总响起他们的笑声。

我还记得医生惊愕的表情。每天，医生为他们检查完身体都会惊喜地说："又好些了！是的，小男孩与姑娘的身体都在康复。这是奇迹！"

我出院的时候，姑娘已经可以下地行走了。她和小男孩手牵着手一起送我。两人的脸庞沐浴在金色的阳光下，那是两张快乐并健康的脸。

几年后，我见过那姑娘，当然她没有给那个男孩当媳妇。她说，她每天都在感谢那个善意的玩笑。说这些的时候，她刚出嫁，浑身散发着新娘独有的幸福芳香。她说，是那个小男孩和那缕阳光救活了她。那段日子，每天睡觉前，她都要想，明天一定早早醒来，迎接小男孩送给她的清晨的第一缕阳光。她说，她不想让天真、善良的小男孩在某一天突然见不到她。她说，那段日子一直有一缕阳光照在她的心里，给她温暖和希望。她还说，她不敢死去。

我也见过那男孩。他长大了，嘴边长出了褐色的细小绒毛，有了男子汉的模样。那天，我坐在他家的客厅沙发上，问他，那时他知道自己已经被判死刑吗？他说，知道，只是还小，对死的概念有些模糊，却仍然害怕，害怕得很。他说，好在有那个姐姐，那段日子，每天睡觉前，他都要想，明天一定早早起床，让清晨的阳光拐个弯，照在姐姐的脸上，因为她要当我媳妇呢！说到这里，男孩笑了，露出纯洁、羞涩的表情。

不过是一缕阳光，却让奇迹发生了。我想，每个人的心里都有这样一缕温暖的阳光，你给予别人的越多，剩下的就越多。

文/熊夏明

生命是一种回声。你对她笑，她就对你笑；你对她哭，她就对你哭。你播种什么，你就收获什么；你给予什么，你就得到什么；你越吝啬，你越一无所有。你把最好的给予别人，就会从别人那里获得最好的。你帮助的人越多，你得到的也就越多。

第四辑　脚下是今天，眼里是明天

漫漫人生，每一天都是一份礼物，每一天都是上帝对你的奖赏，一分一秒都是来之不易的。你不能预知明天，但你可以把握今天。明天的任何可能的不幸，明天的负担，明天的诺言和表现，我们都无法控制。但是，明天的太阳会升起，不论是阳光灿烂，还是被乌云遮盖——它都会升起。

98级爱的台阶

8 层楼，每层14级台阶，正好98级。每天男人要往返数次，背着女人，或者扛着女人的轮椅。男人并不强壮，他戴着眼镜，修长孱弱，文质彬彬。他的身体弯成弧线强烈的弓，他的脑袋几乎碰触到自己的膝盖。他的后背始终是湿的，他的脸上亮晶晶一片。

女人在一年前遭遇了车祸。她低头往前走，心里想着事情，货车就俯冲过来。女人听到骨头被折断的声音，然后，人就昏迷过去。醒来已是第三天中午，太阳高高地挂着，男人守在她的身旁，紧握着她的手。他欣喜地说："你醒过来了，你终于醒过来了！"女人挣扎着扭动身体，却无比惊恐、无比悲凉地发现，她的腰部以下毫无知觉。

两个月以后，男人把女人接回家。女人默默地坐在轮椅上，面无表情。两个月以来她几乎哭干了眼泪，那么修长圆润的腿，怎么会在转瞬之间变成两段朽木？他们的好日子才刚刚开始啊！就在一个月以前，男人付了首笔购房款，买下全新的三室一厅。几年来两个人一直租住着别人的贮藏室，他们早计划买一套房子。

没搬进去的时候，听男人说，他们购买的是8楼，最高层。女人来了脾气，说："我这个样子，8楼怎么行呢？"男人说："不怕，我可以背你上下。"女人问："你为什么不买一楼呢？一楼，轮椅可以直接进出。”男人笑着说：“难道你还想一辈子坐轮椅不成？8楼有什么不好呢？空气好，光线好，等你腿好了，还可以锻炼身体……”女人不说话了。她当然不希望自己坐一辈子轮椅，可是她对自己，对自己的腿，好像并没有信心。

每天黄昏，男人都要推女人去小区花园散步。他把女人的轮椅从8楼扛下来，放好，再返身上楼，将女人小心翼翼地从8楼背下来。然后，他一边推着他的女人，一边同女人轻轻地交谈。落日余辉给两人镶上淡淡的金色轮廓，女人的脸上，盈满幸福和感恩。回家时，男人先把女人背上8楼，然后返身下来，扛回女人的轮椅。每上一级台阶对男人来说都是困难的，可是他那张脸，分明是笑着的。“生活已经给我们太多磨难，没有必要再跟自己过不去。”男人这样说。

只要没有特殊情况，黄昏时男人和女人必会准时出现在花园里。甚至那一天，天空中飘洒了蒙蒙细雨，他们仍然撑了伞，说笑着在小区花园里散步。伞开得鲜艳热烈，就像小雨里一朵骄傲的花儿。

他们出来散步，并不仅仅是为散心。我注意到每一天临回去以前，女人都会扶着男人，艰难地练习走路。她走得很丑陋，很笨拙，可是她在认真地努力。8层楼，98级台阶，女人希望自己有一天可以不必伏在男人的后背，一个人走上去。

可是我知道，最初男人并没有买到8楼那套房子。那套房子已经被售楼公司卖给了我，整栋住宅楼只剩下一楼的一套住宅。可是男人找到了我，商量将我们的楼层对调一下。他可以多加些钱，男人对我说，他需要8楼。

我不解。既然女人已经坐上了轮椅，那么男人应该选择一楼才对，怎么会看上8楼呢？

“假如我们住到一楼，我妻子也许会对自己失去希望的。”他接着说，“她会以为自己真的从此站不起来。”难道不是吗？——她的男人已经为了她，买下了没有障碍的房子。

“可是你相信她会站起来吗？”我问。

“我当然相信。”男人说，“8楼会给她信心……我会告诉她，之所以买了8层，是因为当你的腿好了，当我们年岁大些的时候，爬爬楼梯就等于锻炼了身体。”顿了顿，男人又说，“即使她真的永远站不起来，我也不后悔。我愿意一辈子背着她，上楼，下楼，上楼，下楼……”为了她心中仅存的希望，我认为这一切都值得……

两年以后，出乎意料地，女人真的可以一个人站起来。那天，她终于鼓足勇气，拄着双拐，一步一步往楼梯上爬。她拒绝了所有人的帮助，她说她可以……为了她的丈夫，她可以。当她终于独自爬完98级台阶，她与男人站在自家门前，紧紧相拥，喜极而泣。

我不知道这是医学的奇迹还是爱情的奇迹。可是我宁愿相信后者。

文/周海亮

一个人爱一个人真不容易，尤其是一辈子的爱，更是双方互相磨合、互相呵护的结果。故事中的她不幸遭遇车祸，从此坐在了轮椅上，无法自理，更别提照顾自己的爱人，而他勇敢地承担起了爱，并用一种特殊的坚持来鼓励她重新站起来，而她真的出人意料地站起来了。支撑她站起来的是爱的力量，也是爱情的力量。在人世间，爱能够创造出生命的奇迹。

幸福在哪里

“幸福”是我们这个时代最重要的关键词，也应该成为每个人生命中最重要的关键词；希望人们在辞旧迎新之时，不仅要祈求快乐、健康和平安，更要努力追寻幸福。

2006年的最后一天，我去301医院看望季羡林先生。到达时是上午，而很早就起床的季老，已经在桌前工作了很久。他在做的事情是：修改早已出版的《佛教十五讲》。他说：“对这个问题，我似乎又明白了一些。”

话题也就从这儿开始，没想到，一发不可收，并持续到整个聊天的结束。

“您信佛吗？”我问。

“如果说信，可能还不到；但我承认对佛教有亲近感，可能我们很多中国人都如此。”季老答。

接下来，我好奇的是：快速前行的中国人，现在和将来，拿什么抚慰内心？

季老给我讲了一个细节。有一天，一位领导人来看他，聊的也是有关内心的问题，来者问季老：主义和宗教，哪一个先在人群中消失？

面对这位大领导，季老没有犹豫：假如人们一天解决不了对死亡的恐惧，怕还是主义先消失吧，也许早一天。

看似平淡的回答，隐藏着一种智慧、勇气和相信。当然，“早一天”的说法也很留余地。

和季老相对而谈的这一天，离一年的结束没几个小时了，冬日的阳光照在季老的脸上，也温暖着屋内的其他人。

那一天，季老快乐而平静。

我与周围的人同样如此。

又一天，翻阅与梁漱溟先生有关的一本书《这个世界会好吗》，翻到后记，梁先生的一段话，突然让我心动。

梁老认为，人类面临着三大问题，顺序错不得。

先要解决人和物之间的问题，接下来要解决人和人之间的问题，最后一定要解决人和自己内心之间的问题。

是啊，从小求学到三十而立，不就是在解决让自己有立身之本的人与物之间的问题吗？没有学历、知识、工作、钱、房子、车这些物的东西，怎敢三十而立呢？而之后为人父为人母为人子女，为人夫为人妻，为人上级为人下级，为人友为人敌，人与人之间的问题，你又怎能不认真并辛苦地面对？

但是随着人生脚步的前行，走着走着，便依稀看见生命终点的那一条线，什么都可以改变，生命是条单行道的局面无法改变。于是，不安、焦虑、怀疑、悲观……接踵而来，人该如何面对自己的内心，还是那一个老问题——我从何而来，又因何而去？去哪儿呢？

时代纷繁复杂，忙碌的人们，终要面对自己的内心，而这种面对，在今天，变得更难，却也更急迫。我们都需要答案。

如果更深地去想，又何止是人生要面对这3个问题的挑战？

中国30多年的改革，最初的20多年，目标很物化，小康、温饱、翻两番，解决人与物之间的问题，是生存的需求；而每一个个体，也把幸福寄托到物化的未来身上。

这些物化的目标陆续实现，但中国人也逐渐发现，幸福并没有伴随着物质如约而来，整个人群中，充满着抱怨之声，官高的抱怨，位卑的抱怨，穷的抱怨，富的也抱怨，人们似乎更加焦虑，而且不知因何而存在的不安全感，像传染病，交叉感染。上面不安，怕下面闹事；下面也不安，怕上面总闹些大事，不顾小民感受；富人不安，怕财富有一天就不算数了；穷人也不安，自已与孩子的境遇会改变吗？就在这抱怨、焦虑和不安之中，幸福，终于成了一个大问题。

这个时候，和谐社会的目标提了出来。其实，这是想解决人与人之间的问题，力图让人们更靠近幸福的举动。不过，就在为此而努力的同时，一个更大的挑战随之而来。

在一个13亿人的国度里，我们该如何解决与自己内心之间的问题？我们人群中的核心价值观到底是什么？精神家园在哪里？我们的信仰是什么？

都信人民币吗？

我们的痛苦与焦虑，社会上的乱象与功利，是不是都与此有关？

而我们除了幸福似乎什么都有，是不是也与此有关？

幸福，成了眼下最大问题的同时，也成了未来最重要的目标。

可是，幸福在哪里？

幸福在哪里暂且不说，痛苦却是随时可以感受得到。

这个社会的底线正不断地被突破，奶粉中可以有三聚氰胺；蔬菜中可以有伤人的农药；仅仅因为自己不舒服便可以夺走与自己无关人的性命；为了钱，可以随时欺骗，只要于己有利，别人，便只是一个可供踩踏的梯子。理想，是一个被嘲笑的词汇。

这样的情形不是个别的现象，而是随处可见。

没有办法，缺乏信仰的人，在一个缺乏信仰的社会里，便无所畏惧，便不会约束自己，就会忘记千百年来先人的古训，就会为了利益，让自己成为他人的地狱。

有人说，我们要守住底线。但早就没了底线，或者说底线被随意地一次又一次突破，又谈何守住底线？可守的底线在哪里？

如果是简单的坏，或是极端的好，也就罢了，可惜，这是一个人性最复杂的时代。

医生一边拿着红包，一边接连做多台手术，最后累倒在手术台上；教师一边体罚着学生，坚决应试教育，另一边多年顾不上家庭，顾不上自己的孩子，一心扑在工作上；官员们，也许有的一边在腐败贪污着，另一边却连周末都没有，正事也干得不错，难怪有时候百姓说："我不怕你贪，就怕你不干事！"

其实，说到我们自己，怕也是如此吧。一半海水一半火焰，一边是坠落一边在升腾，谁，不在挣扎？

对，错，如何评价？好，坏，怎样评估？

岸，在哪里？

有人说，13亿中国人当中，有1亿多人把各种宗教当作自己的信仰，比如选择佛教、天主教、基督教或伊斯兰教，还有1亿多人，说他们信仰共产主义，再然后，就没了。也就是说，近11亿中国人没有任何信仰。

这需要我们担心吗？

其实，千百年来，中国人也并没有直接把宗教当作自己的信仰。在这方面，我们相当多的人是怀着一种临时抱佛脚的态度，有求时，点了香带着钱去许愿；成了，去还愿，仅此而已。

但中国人一直又不缺乏信仰。不管有文化没文化，我们的信仰一直藏在杂糅后的中国文化里，藏在爷爷奶奶讲给我们的故事里，藏在唐诗和宋词之中，也藏在人们日常的行为礼仪之中。于是，中国人曾经敬畏自然，追求天人合一，尊重教育，懂得适可而止。所以，在中国，谈到信仰，与宗教有关，更与宗教无关。那是中国人才会明白的一种执著，但可能，我们这代人终于不再明白。

从五四运动到“文化大革命”，所有这一切被摧毁得荡然无存，我们也终于成了一群再没有信仰的孩子。这个时候，改革拉开了大幕，欲望如期而至，改变了我们的生活，也在没有信仰的心灵空地放肆地奔腾。

于是，那些我们听说和没听说过的各种怪异的事情，也就天天在我们身边上演。我们每一个人，是制造者，却也同时，是这种痛苦的承受者。

幸福怎么会在这个时候来到我们的身边呢？

每一代人的青春都不容易，但现今时代的青春却拥有肉眼可见的艰难。时代让正青春的人们必须成功，而成功等同于房子、车子与职场上的游刃有余。可这样的成功说起来容易，实现起来难，像新的三座大山，压得青春年华喘不过气来，甚至连爱情都成了难题。

青春应当浪漫一些，不那么功利与现实，可现今的年轻人却不敢也不能。房价不断上涨，甚至让人产生错觉：“总理说了不算，总经理说了才算。”后来总经理们太过分，总理急了，这房价才稍稍停下急匆匆的脚步。

房价已不是经济问题，而是社会问题、政治问题。也许短期内房价会表态性地降一些，然而往前看，你会对房价真正下跌抱乐观态度吗？更何况房价动不动就三万四万一平方米，它降不降还跟普通人有关系吗？所以，热了《蜗居》。

而《暗算》的另类流行，又暴露着职场中的生存不易，论资排辈经过短暂退却，重又占据上风，青春，在办公室里只能斗智斗勇不敢张扬，不大的年龄却老张老李的模样。

至于蚁族们，在高涨的房价和越来越难实现的理想面前，或许都在重听老歌："外面的世界很精彩，外面的世界很无奈……"当你觉得外面的世界很无奈，或许逃离北上广，回到还算安静的老家才是出路！

浪漫固然可爱，然而面对女友轻蔑一笑之后的转身离去，浪漫，在如今的青春中，还能有怎样的说服力？

如果一个时代里，青春正万分艰难地被压抑着，这时代，怎样才可以朝气蓬勃？如果人群中，青春中的人们率先抛弃了理想，时代的未来又是什么？

改革开放30多年，我们进步了太多，这一切，都有数据可以证明。

而新闻进步了多少？又用怎样的数据证明着？

当然，这并不是一个可以用数据证明的东西，但是，依然有太多的标准，比如，是否有真正优秀的人才还愿意把自己的理想在这里安放；再比如，不管经历日复一日怎样的痛苦，仍然隔一段时间，就会在社会的进步中，感受到一点小小的成就感。

假如并非如此呢？

假如真正有理想、有责任的新闻人，永远感受的是痛苦，甚至在领导的眼里，反而是麻烦的制造者，并且这样的人，时常因理想和责任而招致自己与别人的不安全，那么理想与责任可以坚持多久呢？

而如果理想主义者都在生活巨大的压力和诱惑之下，变成现实主义者；如果现实主义者都变成功利主义者，而功利主义者又变成投机分子……希望是否变成绝望？理想是否成为空想？

当然，这仅仅是一种假设。然而，它依然如同噩梦一样，虽然虚构，却会让醒着的人们，惊魂未定。

新闻事业的前行，同样需要信仰。

社会有社会的问题，我们又都有自己的问题。

上世纪的战乱时代，偌大的中国，放不下一张安静的书桌，而今日，偌大的中国，再难找到平静的心灵。

不平静，就不会幸福。也因此，当下的时代，平静才是真正的奢侈品。

想要平静与幸福，我们内心的问题终究无法回避。

文/白岩松

在这个浮躁喧嚣、物欲横流、尔虞我诈的当代社会，快速的生活节奏，快餐的爱情，充满铜臭的教育产业，功利的国考，要人命的食品安全……感觉人都疯狂了，背后隐藏的是社会安全感的缺失，于是幸福成了天上的星星，一眨一眨，看似很多，其实摸不着。幸福是什么？少年时有自由、无拘的教育环境，中年时有为之奋斗的事业，老年时有无障碍的养老环境，家庭和睦，学有所成，心有所属，家有所系，事业成功，老有所养，寥寥数语，幸福其实很简单。但幸福又是那么遥不可及，正如作者所言：社会有社会的问题，我们又都有自己的问题。如果没有一颗平静的心灵，幸福只怕永远不会到来。孵一窝小鸡要21天，种一季水稻要小半年。幸福感需要时间来滋生，急是急不来的。

一个乡村小姑娘的当官梦想

一位10岁的乡村小姑娘正向记者诉说她的梦想。

小姑娘说："老师说他最大的梦想就是我们好好学习，我们走出大山就是他最大的心愿。我们不能叫老师失望。如果我走不出去，当不了官，那么我们肯定也有孩子能当官。"

记者问："为什么想当官？"

小姑娘说："我当了官以后就能给我老师转正了。"

记者又问："你怎么会有这么一种想法？"

小姑娘说："我如果不给我的老师转正，那么我们这些娃娃都没有地方上学去。"

"如果不给我的老师转正，那么我们这些娃娃都没有地方上学去。"这就是一位乡村小姑娘的思维逻辑，实现梦想的唯一方法是，有朝一日当了官好为教自己读书的老师转正，好让他继续教自己读书。

这是多么幼稚卑微的梦想！

那么，使得小姑娘发此"宏愿"的老师是怎样一个人呢？

李小棚是陕西的一位乡村代课教师，一人管着一二三四年级共17个学生。即使在那个穷乡僻壤的大山里，他也算得上穷人：40元的工资一拿就是十来年，后来涨到100元，却已经两年没有拿到工资。无奈之下只能靠寒暑假到火车站装卸水泥赚钱补贴家用。他的父亲在他读高中那年干活时被砸断了腰，母亲患腰椎炎下肢瘫痪多年后去世，妻子重病，数次手术又患上了精神分裂症。代课老师李小棚至今欠着6万元的外债。

使这位老师引来社会关注的是几个月前发生的一件事：那天他捡到一个钱包，发现包里有4000多元。在路上苦等3个多小时未见失主后，根据钱包里的身份证地址，借了30元路费找到西安将钱包交给失主。返程时剩下的钱已不够买票，单从县城到村里这段路就步行了5个小时。

此事经由媒体辗转调查并报道出来，感动了许多善良百姓。但也有人说李小棚的行为纯属作秀，他想借此吸引媒体注意，然后给乡里施加压力，目的是把自己的代理教师身份转正。

我是从电视上看到这个故事的。画面中的李小棚形容憔悴，有着庄稼人一样的黑瘦面孔，他正举着远方客人送来的香蕉教孩子们怎样辨认和剥皮。山里的孩子平生第一次见识如此美味，李小棚说："大家都尝一下，看是什么味道。要好好学习。我常给你们说，走出大山啥好吃的都能吃到，有了知识，有了工作，就能吃到很多好吃的东西。"

按时下的标准，这几句话算不得崇高，似乎不符合通常人们对一位优秀教师的想象。一个老师就用这样的语言激励孩子们努力向上？但孩子们对老师的劳动做出了这样的评价："原来老师在的时候，我们的成绩最高的是80分，低的还有五六分的，最低的是3.5分。李老师来了，我们都有99分的，多一半都是上了80（分）的。"

就是这样一个勤勤恳恳、正直善良的老师却迟迟不能转正。我们一直在宣传中国经济获得了突飞猛进的发展，但李小棚却在两年中连区区的100元工资都无法拿到，那么多钱都用在了什么地方？

一篇题为《公车消费、公款吃喝、公费出国一年耗掉9千亿》的报道中这样说："据资料显示，2004年，中国至少有公车400万辆，公车消费财政资源4085亿元，大约占全国财政收入的13%以上。与公车消费相联系，据各种资料显示，全国一年的公款吃喝在2000亿元以上，二者相加总数高达6000亿元以上。如果财政收入按3万亿元计算，几乎相当于财政收入的20%左右。再据2000年《中国统计年鉴》显示，1999年的国家财政支出中，仅官员公费出国一项消耗的财政费用就达3000亿元，2000年以后，出国学习、培训、考察之风愈演愈烈，公费出国有增无减。"

这真是一条让人郁闷的消息。

我在20多年前出版的长篇小说《新星》中曾写过一位乡村教师。那天，县委书记李向南去公社视察，看到年轻的女教师正在昏暗漏雨的窑洞中为孩子们上课。他在内疚与感动中走到台前对孩子们讲了如下几句话："第一，你们不怕刮风，不怕下雨，学习齐努力，你们都是好孩子；第二，你们会有一个很大很亮的好教室；第三，你们长大以后，不要忘记，你们现在有个最好最好的老师。"

20多年过去，很多山区孩子的境遇并未见多大改善，很大很亮的教室仍然是一种想象，而农民因培养大学生再度返贫的事情屡见报端。

我有一位当教授的朋友，出身贫寒，20世纪60年代以全县最高分考入北京大学，其间一直享受着最高助学金直到完成学业。他早已成了城里人，他的孩子也完成大学学业并出国留学。他曾多次对我感慨，以当下的教育现状，他的父母当年不可能供他读书，他和他的子女只能永远生活在乡下。

2004年，年轻的大学生徐本禹只身走进大山，志愿为那里的穷孩子教书。他的行动感动了中国，也带动了一批理想青年走进大山。

然而，在肯定徐本禹的价值和意义的时候，必须看到，社会教育的成功要有制度的保证。当徐本禹们走进大山时，要能够保证他们的基本生存需求，要让他们活得温饱而有尊严，不至于在寒暑假打水泥做苦力。这固然需要觉悟，但绝不能仅仅依靠觉悟。只有充分的物质保障，徐本禹才能坚持，也才会有源源不断的新鲜力量加入其中。

我想，靠着李小棚的努力，那些大山里的孩子也许真有一天能当上官。但愿当官的他们还能记住李小棚曾经的言传身教，记住这位恩师曾经在怎样的困苦中坚持，记住是他帮助他们走出了大山，从而改变了命运。希望那时的他们还能记得儿时的当官梦想，记得帮助李小棚这样的老师。

还是在《新星》中，我曾这样写道："在我们这个社会，老师是最应该受到尊重的，因为一切应该受尊重的人都是他们培养出来的。"

文/柯云路

翻开历史，"代课教师"是个沉重的时代符号。将近一个世纪来，民办教师、代课教师、公办教师一起挑起了民族的脊梁。毫无疑问，代课教师为我们的教育做出了极大的贡献，在历史的天空中应该为他们写下庄严的一笔。然而，所谓"再穷不穷教育"大多只是口号上的光鲜，并没有真正落到实处，反观公车消费、公款吃喝、公费出国却耗费巨资。如何让代课教师活得温饱而有尊严，是我们这个社会应该反思的问题。

该为孩子们做什么

近来屡被问及，儿子出生，你有何变化?

想了想，说：我对这个世界的爱忧成倍增加。爱，是内心对生活的肯定，也是本能。忧，是因为这个时代，这个不完美的现实，这群不称职的父辈，为新生命埋伏了许多敌人，设置了无数险境和障碍，而婴儿却蒙在鼓里。对他们来说，只是满心欢喜地跑来，并无时空和身份意识，其嘴角的笑靥，来自十个月的胎儿梦，来自母亲的子宫和温柔乡，那儿没有门第、贫富、纠结与冲突，只有甘露、温泉、肌肤和儿歌，那是完美的大自然母腹，是最柔软的乌托邦。

婴儿的特征，即“小”和“新”，这让他有了种神圣和无辜的气质，你会有一种甜蜜的沉重和责任感。自从把儿子抱回家，室内空气即变了，多了股栀子花的香味，这芬芳来自田野，来自阳光、牛羊、乳汁和无边无际的爱。

想起林徽因那首给新儿的诗：“你是一树一树的花开，是燕，在梁间呢喃，——你是爱，是暖，是诗的一篇，你是人间的四月天！”

博客上，有网友留言：“你头像的娃娃照片和我家娃娃特像！”我回复：“婴儿都非常像。我觉得，婴儿是天下人共同的孩子……”是的，生命在很小的时候，都非常像，他故意让你分不清谁是谁家的，这很好，如此，孩子能轻易缴获天下人的爱怜。自从儿子降生，我看每个幼儿，目光都一样，心里的柔软都一样。这甚至波及到了工作，节目解说中，我多次使用类似的话："每个孩子，都是时代的孩子，都是天下人的孩子，都是这个生存共同体的财富。亏待孩子，就是亏待未来。""每一个失踪的孩子，都印证着社会的失明。一个孩子在受难，就是文明在受难。"

看婴儿的眼睛——那汪从未滑过阴影的眸水，会增添你奋斗的冲动和正义感，你会陡然觉得自己像一棵树，高大而正直，身披霞光。

在家庭单元内，在一对成人和亲子之间，爱，显得崇高而结实。每个人都爱怀里的幼儿，孜孜以求他的前途和未来设计，皆甘愿舍己哺子，以自己的亏损来滋补孩子。但若换个角度，跳出血缘和家族，论及所有父母和所有孩子、一代人和下代人之间的关系时，荒谬即来了，这群父辈竟是最自私、冷漠、贪婪和不可理喻的。睁眼看看吧，他们决心把一个怎样的世界交付后代呢？疯狂地采掘、排泄、挥霍、毁坏、透支，江河、土壤、森林、矿产、能源、海洋乃至大气……除了亿万吨垃圾，他们可曾想给后代留下什么？几年前，一位环保总局官员悲愤指出：三分之一国土被酸雨污染；主要水系的五分之二沦为劣五类水；45种主要矿产15年后将只剩6种……这仅是中国，全球呢？资源越有限，竞争越残酷，也许将来，连新鲜空气都要像牛奶一样装进袋子里了，谁有钱谁就多吸几口。难道我们今天对孩子的期许，对其学业和智力的督促，就是指望在未来的生存大战中，自家孩子能优先享受那袋空气吗？

天下父母，能给孩子的大爱是什么？不是房产、门第、存折、股权、绿卡，是尚能提取的蓝天、净水、江河、森林、矿产之大自然库存、之祖宗家底！是一个被健康的规则、契约、道德、秩序所扶正的时代！否则，你能保证他继承的钱袋不被收费、通胀、恶市、骗子和权势洗劫一空吗？你以为他躲得过贫困即能躲过毒大米、毒豆芽、毒牛奶、毒空气吗？你能保证他不被户籍、入学、就业、种种潜规则所拖累甚至得抑郁症吗？你能保证他不会在某个拐角撞上孙伟铭、药家鑫、“李刚儿子”或直接成为他们吗？你能保证他未来的孩子不会成为“小悦悦”、不被拐卖或下落不明吗？

是时候了，我们要换一种大视野和大逻辑，用“家园”替代“家庭”，用“家国”替代“家族”，让爱在天下父母和天下孩子之间重新铺开。

天下父母，应以大爱的名义、决心、共识和紧迫感，为天下孩子尽一项集体义务，即：缔造一个公正、自由、安全有序的时代，一个温美、平和、良性循环的社会！凭此承诺，我们才配做父母，才是怀揣真爱的父母，才是光荣的一代父辈。有些任务应在这代人身上完成，否则在未来人眼里，我们将不是让人尊敬的老人，我们将配不上岁月的爱戴。

只有担责的一代父辈，才能分娩出下一梯队的美好人生，我们对子孙的祝福才不会成为谎言。天下父母，请走出自家门户，来到高高的山顶之上，把许愿和承诺抛向天下的孩子吧，而我们的亲生儿女，即在其中。

文/王开岭

青少年是祖国的希望、民族的未来，我们到底该为孩子们做些什么呢？粗略而言，首先是让孩子吃上放心食品，让毒奶粉、地沟油、瘦肉精、染色馒头、膨胀西瓜远离他们；其次，让校园多点阳光雨露，老师是个神圣的职业，应平等地对待每一个孩子，将爱无差别地洒到每一个角落；然后是父母的言传身教、率先垂范，学会与孩子平等对话；从社会层面来说，则应该缔造一个公平、自由、安全的社会环境，让天下的孩子健康快乐地成长。为了孩子的未来，我们每个人都应该尽自己的一份力。

女儿，老爸教你谈恋爱

我亲爱的宝贝：

原谅爸爸，一直没有给你写过信。自你来到这个繁杂的世界，爸爸从来没有长时间离开过你。我的出差，一般两三天而已，离开你最久的一次，是拍摄《大内密探零零狗》时，我去了11天……

我亲爱的女儿，我在猜，你收到我这封信的时候，会是多大。我希望是18岁，因为，从18岁开始，我再没有任何借口阻止你跟男孩子进行一种超越普通友情，进而深入迅速发展的交往——恋爱。

我亲爱的女儿，你喜欢什么样的男孩，当然是你自己的事情，爸爸妈妈不可以干涉也干涉不了。所以，我已经做好准备，做一个合格的参谋。宝贝女儿，爸爸根据多年的经验，给你一个参考的标准。

女儿，男人真的不必太帅，男人一旦长得标致，便会突然模糊了和女孩子之间应有的界限，这是一个问题，一个爸爸认为比较严重的问题。而且，在爸爸的阅历里，一旦男孩子长得帅了一些，难免会莫名地骄傲起来，孤芳自赏、自以为是、自鸣得意……最可怕的是以自我为中心，任何事都从他自己的角度去思考，容易偏颇、容易钻牛角尖……总之，这样的男孩子要不得。

女儿，男人真的不必要太大方。我所谓的大方，不是指普通意义上的慷慨，而是指舍得为你花钱。舍得为你花钱当然不是坏事，但他花的是谁的钱？你们这个年龄，再有钱也不是他自己的，花父母的钱算什么本事！别忘了，他能够用他父母的钱为你买的东西，你自己的爸爸妈妈也能够买给你，咱不稀罕。关键要看的是他有没有构筑未来的能力，你要跟他一起度过的，不是他的过去、他的现在，而是他的未来。怎么才能了解他是否拥有构筑美好未来的能力呢？我的女儿，不怕你不爱听，这个，还真得听爸爸妈妈的意见，我们一定看得比你清楚。

女儿，在和男孩子交往的过程中，不必介意去拜见他的父母大人。我认为这是一种礼貌，恰如我和你妈妈也很急切地想知道，你和什么样的男人交往一样，人家的父母也想搞清楚他们的儿子到底在和什么样的姑娘交往。满足一下人家父母的渴望吧，对于你，女儿，没什么损失。我的意见，这个过程不是一种选择，而是一种必须。这是观察对方、了解对方最直接最简单的方式。因为爸爸始终坚信，家教对一个人成长的重要性，从他父母身上一定能够窥见这个男人未来的影子，从男人如何对待父母的方式，也可以看出他的修养。和他父母见面，一起吃一顿饭，是观察男人不可多得的机会。

女儿，你还要学会如何对待男人的甜言蜜语。我不反对甜言蜜语，我对你妈妈也用这招。我想提醒你的是，甜言蜜语就是甜言蜜语，也仅仅是甜言蜜语，它注定只是一道可有可无锦上添花的甜点，绝对当不了主食，绝对不可当真，尤其不可当成他对你的承诺，姑妄听之，仅此而已，只有行动才能说明一切。不会说甜言蜜语的男人也许是不可爱的，但是，整天把甜言蜜语挂在嘴边的男人一定是不可靠的。说和做之间拥有一种微妙的平衡，说的多了，做的必然会受损。这不是我个人的意见，这可是你妈妈的经验之谈。

好了，对你说一句所有父母都会对孩子说的那句话吧：爸爸妈妈都是为你好，爸爸妈妈是不会害你的。

永远爱你的爸爸

文/刘仪伟

父亲爱孩子的举动，也许不是一个温情脉脉的抚摸和拥抱，或者柔情款款的低语，父亲的行动是，以他的视角和经验，传授给你认识社会、辨清是非、吸收能量、享受快乐的技能。年轻人常常为了爱一意孤行，最后痛苦不已。在这个世界上，只有父母对子女是最真诚的，男人可以伪装，让你上当受骗，但是父母不会害自己的孩子。古语云："姜还是老的辣"、"旁观者清，当局者迷"。父亲是社会过来人，有着丰富的人生阅历，听取父亲的意见并不是什么丢脸的事，只会让你受益匪浅。

把这份情传下去

我和太太、两岁大的女儿，被困在俄勒冈州红河谷露营地。那地方远离尘世、冰天雪地，我们的车子却出了故障，动弹不得。

我们原本是为了庆祝我完成第二年的主治医师训练课程，才出外旅行的，不过我刚刚接受的医学训练，却没办法用来对付出故障的旅行车。

这已经是20年前的往事了，但在我脑海中，这件事仍像记忆中的俄勒冈蓝天一般清晰如昨。当时我刚醒来，摸索着打开电灯开关，却发现自己仍陷在一片黑暗里。我试着发动车子，没有反应。我爬出旅行车，口中已忍不住开始咒骂起来，幸而车外滔滔的白浪掩盖了我的咒骂声。我和太太讨论后认为，我们的车子一定是电池没电了，既然我的腿要比我的修车技术可靠，我决定徒步走到几英里外的高速公路上求救，她和女儿则待在车里。

两小时后，我跛着扭了足踝的脚抵达高速公路，拦下一辆载运木头的大卡车，那卡车一到加油站就让我下车，继而弃我而去。

我走近加油站时，忽然心一冷，想起当时是星期天早晨，加油站是关的，幸好那里还有个公共电话亭和一本破旧的电话册。我拨电话到下个镇上（大约20英里外）唯一的一家汽车修理公司。

鲍伯接了电话，听我讲述我的困境。

“没问题。”他说，我把地点告诉他，“星期天我通常休息，不过我大概半小时可以到那里。”听见他要来，我松了一口气，但我又担心他会狮子大开口，到时候不知要向我收多少钱。

鲍伯开着闪闪发光的红色拖车翩然抵达，我们一起开着车子回到营地。我跳下拖车转过身时，才十分惊讶地发现：鲍伯必须靠夹板和拐杖的支撑才能下车，他的下半身根本就完全瘫痪。他拄着拐杖走向我们的旅行车，我脑海中再度浮出一堆数字，不知他这次善行要花我多少钱？

“喔！只是电池没电罢了！只要充一下电，你们就可以自由上路了。”鲍伯把电池拿去充电，利用中间的空当，他还变魔术逗我女儿，甚至从耳朵中掏出一个两毛五铜板给她。他把接电的电线放回拖车上时，我过去问他该付多少钱。

“喔！不用了。”他答，我愣在那里。

“我该付你钱的！”我坚持。

“不用，”他又说了一次，“在越南的时候，有人帮我脱离了比这更糟的险境——当时我两条腿都断了，但那个人只叫我把那份情传下去，所以你一毛钱都不欠我；只要记着，有机会的时候，要把这份情传下去。”

时光拉回20年后，回到我忙碌的医学院办公室，我时常在这里训练医学院的学生。一个从别州学校来的二年级学生辛蒂，到我这里来实习一个月，顺便和她母亲一起住一段时间，她母亲就住在医院附近。我们刚刚一起探望过一个因酗酒、吸毒而入院的病人，正在护理站讨论可能采取的疗法时，忽然间，我注意到她的眼中满是泪水。

“你不喜欢讨论这类事情吗？”我问。

“不是，”辛蒂啜泣着，“只不过那个病人有可能是我母亲，她也有同样的问题。”

午餐时我们单独躲在会议室内，探讨辛蒂母亲长期酗酒的悲惨历史。辛蒂一把鼻涕一把眼泪，很痛快地掏心掏肺，把她家人过去几年的愤怒、尴尬、仇视都说给我听。我请辛蒂的母亲来治疗，燃起了她的希望。我们还安排她母亲去见一位训练有素的心理医生。辛蒂母亲在其他家人的强烈鼓励下，总算同意接受治疗。入院几个星期后，她整个人焕然一新、彻底改变。辛蒂的家庭原本濒临破碎的边缘，但这之后，他们第一次见到了希望的曙光。

“我该如何报答你？”辛蒂问。

我想起被困在雪地里的那辆旅行车，以及那位下半身瘫痪的善心人士，我知道自己只有一个答案：“就把这份情传下去吧！”

是的！请把那份情永远地传下去！让这个社会更加幸福！

社会将因你做了一小件光明的事，而向希望之光前进一大步。

文/唐汶

社会黑暗吗？不，当然不是。社会光明吗？不，当然也不是。不黑暗是因为其中有些人，正在做光明的事；不光明也是因为其中有些人，正在做黑暗的事。但是，社会需要的是光明而不是黑暗。所以，你正在做光明的事吗？社会将因你做了一小件光明的事，而向希望之光前进一大步。如果每个人都能这样做，世界将充满爱，每个人也都能得到温暖。

你打算什么时候从重复中惊醒

生活一直在睡觉与工作中重复，但突然有一天你会意识到，你的生活正因为这种重复而失去光彩。你，打算什么时候从习惯中惊醒呢？

2007年9月到2008年6月，我大四，全职实习。每天早晨我坐两个小时公交车上班，忙忙碌碌的一天之后，再两小时下班，看尽三环一路霓虹闪亮回到宿舍一般在晚上9点，吃饭，打闹，写点作业，上床睡觉。后来，我搬到离公司近的地方租房子住，每天浑浑噩噩地上班，下班，回家洗衣服、擦地板、和同屋的女孩聊天，然后睡觉，第二天又开始了。时间久了，我总是觉得似乎有什么地方不太正常，好像我的生活全部都是工作，除此以外我没有任何能干的，跟不同的人交流总是有障碍，我对社会不了解，而别人对学校的事情没兴趣。这个时候我意识到一个问题，我没有平衡好我的工作和生活，除了工作，我的生活没有一点颜色。而这个时候朋友在加拿大交换上学，经常打电话告诉我她那里的钢琴房是多么梦幻，那里的枫叶多么漂亮，连那里街头的雪景都分外让人觉得艳羡。这让我纠结的心更加纠结。

我一直想要学钢琴，一直想要开一个博客来写下自己成长过程当中点滴的思索和进步，一直想要做公益来让自己成为一个内心幸福的人……可是我一直都在等，似乎在等一个更好的时机，也似乎是在等有钱的时候，或者是在等我内心准备好了吧。想着，等着，不停地把自己的想法告诉更多的人，我要这样，我要那样，却迟迟无任何行动。

6月看自行车大王标哥的专访，80多岁的老爷子说的最多的一句话就是“有些事情，现在不做，一辈子都不可能再做了”。那时候我一个人在酒店的房间里上网八卦，和同学描绘自己的各种想法，扯得群情激昂的，可是就在那一瞬间，这句话突然惊醒了我。我腾地坐起来打长途回北京，找到早就预约好的钢琴老师，请她开始给我排课程。我打开曾经写到2008年12月就停止了半年的新浪博客……

回到北京后，我火速定了去四川的机票，开始托很多人给我找一些需要帮助的小孩。我开始将自己工资的一部分建立起一个小小的基金，每月一点点的钱，希望时间久了可以多一点去帮助别人。同时我开始用心去旅游，每月存固定的旅游专用基金，好让我在有时间旅游的时候能够走得远一点，看得多一点。我找了斋老师给我普及古典音乐和股票知识；开始用心扩大自己的人脉，邀请别人吃饭来交流沟通；开始学着鼓励别人、赞美别人，而不是像以前不喜欢的就不理，理也是打击别人。我把书架里的英语书拿出来开始背单词、看英文电影、看美国电视台的节目，到书店买各种书来读做笔记，开始着手很多一直在计划里的事情。

现在，我能坐在钢琴前面完整弹下Kiss the Rain，甚至可以听简单的曲子自己写谱子，老师说我让她很诧异；我开始跟着斋老师听古典音乐，用心体会阿巴多的精湛；我开始学着看股票的走势，读财商的书籍，学看年报，尽管我好像还不太能看出什么门道；我成立了“星光成长计划”公益项目，已经有了4个私人捐助的项目，并且得到斋老师的慷慨相助；我开始写博客，写成长、写职场、写生活，关注的人越来越多。我认识了精彩各异的朋友，创立了自己的品牌和风格，甚至每天会收到至少10个网友的邮件，文字也慢慢地能成为文章直接发表了。

我看到了外滩银光闪闪，我看到了重庆灯火辉煌，尽管这地方很多人出差过，但是我没有出差机会，那我自己花钱走。我始终记得一句话，“如果环境不动，那我自己走”。

我认识了很多不同领域里特牛的人，向其学习受益匪浅；也认识了很多不那么牛但是很善良、温良的人，感受信任与真诚的味道；而我一直最重视的英文从听不懂公司开会内容，别人笑我也跟着笑，而又不知道为什么笑的地步到和外国人沟通自如，甚至学会跟外国人吵架发脾气。

美国爷爷说，他印象里我是个特别努力工作的人，因为每次找我吃饭我都很忙很忙。可是现在我更忙了，除了工作还有那么多要忙的事情。我告诉他，我没有觉得很忙，和他失去联系的一年，我做了好多的事情，我学会了把每件事情安排得井井有条。

当生活的天平中除了工作又有了别的内容，工作和生活才可能变得平衡。他惊异地看着我，看着我在他面前慢慢地喝着咖啡，浅浅地微笑，说着比去年流畅得多的英文，笑起来比去年真心又美好。这一年，我迅速地长大，因为我真正开始行动，生命才发生了质的变化。

很多时候我们以为有了很好的工作，生命就有了意义和保障。可是生活不是只有玫瑰色，很多时候我们需要站在玫瑰色上伸头去看看别的颜色，并时不时地把别的颜色拿过来和玫瑰色搅和一下，看看能出什么花儿。

工作的8小时，决定了你的专业知识，你赚钱吃饭的能力，以及支撑你成为一个社会人的全部支点；而工作外的8小时，才能决定你究竟会成为一个什么样的人。

文/赵星

人生短短几十年，我们总是被时间推着走，一天一天似乎毫无知觉。我们总是想的多于真正去做的。我们忙着学习，忙着工作，忙着赚钱，所以那件想了很久的事总是一推再推。我们总是在想，下次吧，再等一下吧，以后有空了再说。可是下次在哪里，以后是什么时候。有些事现在不做，真的一辈子都不会做了，不是因为没有了时间与机会，而是再没有那样的心境。也许这些事所能带来的，只是一段短暂的安宁，让人想起已经有点陌生甚至淡忘的情感、习惯、目标，再找到曾有过的美好与期盼。从现在开始，珍惜时间，让生活充实起来吧！

你的一生如此漫长

在你年幼的时候，你刚刚开始懂得这个世界，你会害怕黑暗，害怕分离，害怕所有未知的旅途，害怕死亡，害怕如此短暂的一生。而多少年过去后，你明白了，你的一生将如此漫长。那些你所害怕的东西，它们才是这个世界上永恒的存在。

于是你慢慢地闭上眼睛，唱起了黄昏里久远的歌曲。那些音符在时间的河流里被冲刷得洁净清香。你想起了下着小雪的黄昏，还有秋天里沉甸甸的麦田。

白云又慢慢地飘过天空了。

该如何开头，才会显得不那么做作。这个问题我思考了很久。

关于这个世界的最早的一瞥，是黑夜里乌云翻滚的天空。那个时候的自己，在母亲的怀里沉睡，额头滚烫，母亲抱着我深夜走往医院。父亲在旁边举着伞挡在母亲的前面，大半个身子暴露在瓢泼的大雨里，湿淋淋的衣服贴在身上。他们心急如焚地在黑夜里穿行。闪电在瞬间照亮一大片天空。

于是好多年就这样过去了。

这样的夜晚在我幼年的岁月里无数次地上演。

而更多的年月过去之后，父亲依然撑着伞，挽着母亲在街上走着。他们身体里的时间像夕阳一样流进遥远的地平线。他们并没有像当年一样，脚步急促地走在大雨里。

他们在黄昏绵密的细雨里，沉默而依偎地前行。

而随着我的成长日渐老去的那个小城，却在灰烬里慢慢变得灰蒙。出租车的起步价格依然停留在5块钱的标准，好像差不多10块钱就可以跑遍所有街道。小城除了变得灰蒙，好像也没有更多的变化。

除了出现了两个新建的四星级酒店，还有一些突兀地播放着刀郎混音版电子乐的夜店。

门口常常都可以看见化着浓妆的女生弯腰张口呕吐，眼影在眼眶周围化开来，被眼泪冲散。

而当年他们怀里的那个小孩，现在远在东面的上海。他裹着被子在沙发上看一本《德语课》。房间里除了他自己低沉的呼吸外，还有挂钟滴答滴答的声响。

我最近总是回忆起以前的自己。非常非常频繁地发生这样的情况。

想得多了，往往会半夜起来上网搜索自己以前的讯息。看到很多当时的新闻，看见很多曾经的痕迹，看见留着黑色刘海的自己，对着镜头紧张地抿紧嘴巴。看见19岁的自己穿着平价的衣服站在镜头前面假装成熟假装见过世面般的镇定。看见在无数刀剑拳脚下轰然倒地的自己。然后又看见他擦了擦额头上的泥土，然后慢慢站了起来。

在这样的时候，往事总是像是被闷热的雨天逼迫着搬家的蚂蚁一样，从幽暗的洞穴里排队爬出来，整齐地从我的心脏上爬过去。

它们路过的时候，都会转过头来怜惜地看着我，伸出它们的小手摸摸我的头。

它们说：我都懂。

它们说：要加油。

念初二的时候，我有了第一双“LINING”的运动鞋。

我开始觉得“佐丹奴”和“班尼路”是名牌的衣服，那个时候还没有“美特斯·邦威”，也没有“森马”。曾经用存了很久的零花钱，买了一件98块钱的“佐丹奴”背心。

在同样的这一年里，我在杂志上发表了一首很短很短的诗歌。

当我怀着按捺不住的激动把杂志翻到有我文章的那一页，指着我的名字给我同学看的时候，他眉飞色舞：“哈哈，好巧，和你同名同姓呢。”

我们都会说，只要一路撒满了面包屑，就可以在飞鸟啄食干净之前，沿路寻回当初的道路。但是我们却忽略了，每一粒细小的碎屑，其实和灰尘并没什么两样，揉进眼里，都同样可以流出泪来。

有时候我把自己编造的故事规矩地写在红色的稿纸上，装进沉甸甸的信封然后投进邮筒。

那个时候非常不容易买到红色的正规稿纸。那个时候的学生都开始用花花绿绿的信纸来写信。那个时候开始有了西瓜太郎的铅笔和韩国的笔记本。学校门口的文具店老板，每次都会从角落里抽出一叠很厚的落满灰尘的稿纸卖给我。我把它们塞进我的书包。

之后每天都会去学校的信箱看看有没有自己的信。

一个月，两个月，四个月过去。最后终于确定又一次地石沉大海。

我在夕阳西下的时候，站在学校的信箱前踮起脚尖往缝隙里看。

影子安静地拓印在水泥地面上。

风把它吹得摇晃。

下午六点安静的校园。零星的人群缓步走过我巨大的失落和泪水。

这些都是被揉进了眼睛的面包屑。

参加新概念作文大赛的时候，父母并不知道，学校也不知道。

周围的同学和朋友却知道。

他们有各种各样的表情，有鼓励的、加油的，也有讽刺的、嘲笑的、冷漠的。

我并不会像其他的获奖者说的那样，自己随便写写然后就拿了大奖。

我是很认真地想要拿第一名。用尽全力地，朝向那个最最虚荣的存在。我写了整整7篇5000字的文章。我买了7本杂志，剪下7张报名表。

我在6个月后一个人背着黑色的巨大书包飞向上海。

那是我第一次看见飞机巨大的机翼，在黑色的夜空里翅膀前端闪烁的灯光，牵引着我心脏跳动的频率。

后来我的故事被放大在镁光灯下，记录在文字、照片和视频里。

你是一个什么样的人已经不重要了。

重要的是，你在扮演一个什么样的人。

你要穿着华服，你要温文尔雅。

你要宠辱不惊，你要容忍包容。

一路丢盔卸甲，却在同时为内心装上更坚固的铁壁。

也不是没有过想要放弃的时候——在很多个晚上，因为写不出来而把键盘重重地摔向地面。

在很多的场合，被镁光灯照得睁不开眼的同时，却又被突然迎面刺来的攻击问题弄得措手不及。

在看到我的读者冲到我面前，举起我的书，然后用力撕成两半的时候。

在曾经低潮的时候，面对着签售台前三三两两的冷眼旁观的读者不知所措的时候。

在面对突然从签售人群里冲到面前来指着我说“你有没有觉得自己很不要脸”的时候。

在看见自己的文章被人稍微改动几句，然后贴在网上说是另一个作者文章里的句子，引出的结论是“这就是郭敬明抄袭她的证据”。在哑口无言的时候还有更深的愤怒，不知情的人在回帖里尽情地表达对我的羞辱。我自己明白那个作者的原文根本不是这样，但并不是所有人都知道。我之所以那么清楚，是因为那个他们认为我抄袭的作者叫七堇年，那篇他们叫嚣着被抄袭的文章是我审核出来发表在《岛》上的《睡在路上》。在把鼠标重重地摔向墙壁的时候，我的眼泪还是流出了眼眶。

在被密密麻麻关注的目光缠绕拖曳，拉向更寒冷的深海峡谷的时候。

有很多很多这样的时候，悲哀的事实掩藏在那些看似漂亮的虚假表面之下，像是被锦缎包裹的匕首，温暖而又无锋。

我人生的第一场签售会是在我20岁的时候。

《幻城》的出版在当时引起了轰动。包括我自己在内，谁都没有想过《幻城》可以成为当年横扫图书市场的年度畅销书第一名。

那个时候出版社问我是否愿意签售，我必须要说，在那个时候，我并不是很清楚签售的意思。

而当我背着自己的背包，走进会场的时候，我在下意识里一瞬间抓紧了自己的书包。

有很多的形容可以去比喻，去模拟。

轰鸣声。飞机起飞的震动声。

海啸声。飓风卷过森林的涛声。

面对台下潮水样起伏的人群和他们口中呐喊的我的名字，20岁的自己没有学会甘之如饴。

我谨慎地签着早早就练好的签名，为每一个人写上他们的名字，还有他们期望的，从我这里得到的所有相关的祝福。

有写下过“希望拥有永远纯净的心”。

也有“恭喜发财”。

那个时候的自己，没有助理，没有经纪人，自己独自坐在书店的休息室里，采访我的记者随便问了我几个问题就匆匆离去。剩下一个在报社实习的中学生，非常有兴趣地留下来采访我。

那个时候我结束了签售会后会留在书店里看书，蹲在书架前面翻阅，周围的人也不太会认得我。也可以和几个留下来的读者一起逛街，有几次还和他们一起唱过歌，在狭小的KTV房间里，我们一起吃水果，大家抢着麦克风。

那个时候我还会站在学校的信箱面前看里面的来信，看见陌生人的信封我依然特别激动。

那是4年前的我。

而现在公司的桌子上堆着一座小山一样高的信件。我每次望向它们，都会听见那种类似倒计时的声音。它们在说，开始倒数。

那个时候自己眼里潮水一样多的拥挤人群，和后来的，没办法比。

当我被更多人喜欢，我却发现，我开始没有机会去回报这些喜欢。

当年我还可以从容地写下每个人的名字，而现在，我却只能匆匆地签下自己的名字，刚刚抬起头想要对对方微笑，而对方年轻的面容已经消失在保安围绕起来的安全界线之外。

依然是轰鸣声，海啸声。

飓风卷过森林的涛声。

还有心里不知道从什么时候开始的，滴答滴答的倒计时声。

……

文/郭敬明

人的一生，好像是一条缓慢安静没有波浪的河。我们都是以怎样的方式在不自觉地成长着。如同蜂鸟每分钟不知疲倦地扇动80下翅膀，划出无穷，或者昂扬地停下，10秒之内必死无疑。在所有的假设里，结局都是模糊不清的。你会慢慢变老也好，或者真的就越来越完美得遥不可及。我们所期待的未来依旧是我们小心翼翼踩下的，每一个脚印。即使岁月毫不留情。

请在对岸等待一只落单的角马

角马，不过是只肥胖的牛羚

在这个学校，几乎每个人都知道我和数学老师牛连生是不共戴天的死对头。可我万万没有想到，这个可恶的家伙，在关键时刻会对我下如此狠毒的黑手。

那天我光荣地站在校级优秀作文的颁奖台上向同学们挥手致意。我知道，那是我生平拿到的分量最重的一块奖杯，全校作文大赛的一等奖。我相信我那两颗盖不住的小虎牙一定在闪光灯的照射下熠熠生辉，而的确，当牛连生连咳带喘呼哧呼哧闯上领奖台的时候，我还没有来得及合上嘴。

我的预感没有错，牛连生一脸的严肃，显然，是来砸场子的。

“我宣布，这次比赛的结果无效。”牛连生抢过主席台的话筒，这个意外的举动，让嘈杂的会场一霎时变得沉寂。

“这位同学的文章是抄袭的，除了名字之外，和这本作文手册的第五篇文章一字不差。”牛连生“啪”地把一本书摔在领奖台上，“得意”地走了下去。

我不知道那一天我是怎样在一片唏嘘声中从台上走下来的，满脑子的懊恼和羞辱让我一整天都觉得天旋地转。

从那以后，我很少接触周围的同学，他们也很少联络我。

终于，我成了一只落单的角马。

是的，我的外号叫“角马妹”。我从小就皮肤黝黑，身体肥胖，所以你应该知道，角马并不是什么马，而是一种体壮如牛的羚羊。它的另一个名字，是牛羚。

你不会知道那点小小的虚荣对于一个体态笨拙、家境又不好的女孩有多重要，而我更不明白，如此残忍地伤害一个女孩的自尊究竟会给牛连生带来什么好处，所以我在心里一遍遍地发誓：牛连生，走着瞧！

这算不算世上最失败的报复

其实我和牛连生的过节由来已久，好多次班主任想把班干部的头衔交给我的时候，牛连生总会在背后拆我的台，“那个学生平时连自理能力都差，怎么去领导别人？”而我也会在学校对老师的问卷调查中给他挑出鸡蛋里的骨头，“数学老师不讲卫生，一进教室就一股葱花酱油味。”

我们的矛盾愈演愈烈，甚至最后不惜用极端的言辞去揭对方的疮疤。他说你这种不知努力的学生永远也有不了什么出息，我说祝你这个邋遢的老师一辈子找不到老婆。

是的，到现在，牛连生也还是单身。从他穿的那件早已掉了颜色、袖口扯了一尺多长的破毛衣就能看得出，他那光棍日子也过得安逸不到哪去。

其实，牛连生在其他同学那里，口碑还是不错的。可有一次，我还是听到了一条足以令我震惊的小道消息。

“知道吗，听说数学老师谈恋爱了，是个教育局离异的女领导呢。”

我“嗖”地凑到那个传播八卦的同学面前，张大嘴巴，塞进满满一捧爆米花。

“真的！千真万确！”他满有把握地朝我点头。

是的，牛连生，你要知道，这个复仇的机会，我已经等了很久了。

牛连生在两个礼拜后的数学公开课上出糗了。先前准备好的一道道数学公式软件，被篡改成了他和那个女领导的私人电子信件，一张张地投放在大屏幕上。老师们开始一个个地从后门离开，而牛连生只能涨红着脸，尴尬地挂在讲台上不知所措。

我嘲讽的目光已经很清楚地告诉他：“牛连生，你也有今天！”

可我最终在这场战斗中失败了。一个星期后，牛连生逐个给同学们发喜糖，厚着脸皮说反正也没有什么秘密了，我和你们的师母已经公开相处了。

我偷偷把那块喜糖扔到脚底踩个稀烂，望着窗外，倔强的泪水还是忍不住地滴了下来。

牛连生，我这辈子都不会原谅你

初三的紧张生活让我没有太多时间去和牛连生作对。是的，这一年，我要拼尽所有力气考入重点高中，挽回自己的尊严。我不想被人看成一只一无是处的角马，尤其不想被牛连生看不起。

牛连生的身体日渐消瘦，有时候会在课堂上咳得喘不过气来。每在那个时候，我的心底总会突然生出一丝怜悯：其实，牛老师也不是那么坏。

我的文化课成绩在一路飙升，可在大多数人看来异常轻松的体育加试却成了我的致命伤。想了再三，我还是厚着脸皮找到了牛连生。

“那个……牛老师，我的800米长跑怕是坚持不下来的，你能不能和我的师母说说，在教育局给我走走关系……”

我想这次牛连生应该不会拒绝我的，作为老师，他应该知道这场体育加试对于我人生的意义。

可牛连生还是把事情做绝了，我的请求遭到了他的断然拒绝。体育加试当天，他还亲自到场，防止有老师为我作弊。

最终，我的体育成绩比平均分低了30多分，和文化课成绩加在一起，最终以2分之差和重点高中失之交臂。

那天我指着他的鼻子说：“牛连生，你公报私仇，我这辈子都不会原谅你。”我号啕着跑到母亲的坟头，诉说着满心的委屈。

事后牛连生找到了我，说那所重点高中看上了我的文化课成绩，如果我愿意，开学前会给我一次体育补考的机会。

暑假里，我白天顶着烈日练习长跑，好几次几近虚脱，晚上会流着泪拿起那团红色的毛线，去织一件毛衣。

请在对岸等待那只落单的角马

我叫牛玲，刚好和角马的另外一个名字谐音，加上粗壮的肢体，所以从小到大，一直被人叫做“角马妹”。我的母亲早逝，在我的印象里，父亲带给我的，只是一次次的伤害，而我，最终还是原谅了他。因为那天在母亲的坟前，他给我讲述了角马过河的故事。

角马生活在非洲的东部和南部，为了寻找新鲜的食物，他们会随着季节的变化群体迁徙。而每一次迁徙，他们都会遭遇湍急的马拉河，有大批角马会在渡河过程中溺水而死。有一年10月，马拉河的一段河水异常清浅，当大批小角马想从浅处涉水时，却被老角马死死挡住，小角马不得不从深水过河，而老角马眼睁睁地看着一只只小角马的尸体被河水冲走。

老角马之所以如此残忍，是因为他们深深地知道，这种清浅的河水是多少年都不会有一次的。如果这次小角马从浅处过河，来年当老角马不在的时候，小角马根本没有渡过湍急河水的能力。

老牛最终没有能看到我送给他的礼物，当我准备把那件叠得整齐的毛衣和那封重点中学的录取通知书送给他的时候，他已经不在了。为了不让我分心，他把肺癌晚期的病情隐瞒了整整一年。

好多次我都会从睡梦中哭醒，在梦里，我看到老牛穿着我给他织的毛衣精神地站在讲台上，身上再也没有了葱花味。

是的，老牛，请在生命之河的对岸等我！请相信这只坚强的小角马，一定会勇敢地穿过人生中一道道湍急的河流！好多年好多年以后，我会像你一样拼尽所有气力游到河的对岸，向你说声：“爸爸，我爱你！”

文/于小鱼

生活中，母爱的伟大常常使我们忽略父爱的存在以及他的意义所在，但是对于许多人来说，父爱一直以特有的方式影响着我们。父亲往往是深沉而严肃的。父亲留给我们的印象更多的是严格，所以我们很难从严格的教导中感受那份掩藏的爱。对父爱的感受，是需要一点悟性的。作者算是开悟了。

让每个人都认识你

从大四下半年开始，我就开始穿梭于各种人才招聘会，到每一个摊位送上应聘材料，半年奔波下来，我却依旧两手空空，饭碗还没着落。眼看着几个家庭颇有背景的同学在宿舍里稳坐钓鱼台，却都已经签订了就业合同，我打心眼里对“中国就是一个熟人社会”这一灰色论调有了切身的体会。

父亲打来电话，说大城市就业竞争压力自然比较大，还是实际一点，回到咱们小城里试试吧，也许会好点。再说，回到家里有吃有住的，就是暂时找不到工作也不着急。

没有办法，我只好听从父亲的建议回到家乡，但对找到一份合适的工作却几乎没抱有什么太大的希望。我的家庭只是个普通的工人家庭，亲戚朋友也都没有有权有势的，都是普通的工薪阶层。我的父亲是名公交车司机，他一辈子的工作场所就是狭窄的驾驶室，虽然因为工作出色曾被评为公司的劳动模范，但这在帮我找工作的问题上恐怕起不了任何作用。一切，还要靠我自己。

每天我都买来报纸看招聘广告版，但是几乎找不到跟我专业对口的岗位。在金融危机祸及全球的情况下，每个单位对应聘人员的苛刻程度超出了我的预期，更何况我学的本来就是冷门专业。后来我找了家快餐店送外卖的工作占着手，一有时间我还是奔波于各种招聘会上，希望能找到一个条件稍微好点的工作。

让我意外的是，在去齐鲁春酒厂应聘的时候，他们的人力资源部主管竟盯着我看了好一会儿："如果我没猜错的话，你姓乔对不对？"我有点惊讶："是啊。不好意思，我还真记不起来在哪里见过您。"他呵呵地笑："你当然记不起来，因为我们根本没见过面。我知道你姓乔，只是因为你跟你父亲长得太像了。"我问："你认识我父亲？"他点点头："当然。"

虽然最终因为专业相差实在太远，我又一次遭到了淘汰，但父亲也有熟人这一事实让我对自己的前途陡然有了新的希望。回到家里我问父亲："你再想想，是否有能帮上忙的熟人？"父亲想了老半天，坚决地摇摇头："没有，真的没有。"

事实证明，父亲说了谎。海尔销售部门的一位经理就很突兀地问我："你父亲还在开4路公交车？"我说："开4路公交车已经是很早以前的事了，后来他又开过32路、16路，50岁那年公司调整，让他到后勤部门工作了，再过两年就要退休了。"他点点头："是啊，日子过得很快，十几年前的事了。"

我脑子里灵光乍现，及时抓住这根救命稻草套近乎："我父亲还经常跟我提起您呢。"他哈哈大笑："怎么会呢？我认识他，他却并不认识我。"

虽然碰了我一鼻子灰，但在随后的招聘程序中他却对我很是关照，最终帮我顺利地得到了那份工作。在以后的工作中，对我也是时时处处比较照顾，让我很快在新的岗位上安定了下来。他时不时鼓励我："有其父必有其子，你父亲就是一个热情勤恳的人，我相信你也错不了。"回到家里跟父亲谈起部门经理，他还是沉吟了半天摇摇头："真的不认识。"

渐渐跟经理熟悉了，我忍不住提出心中的那个疑问：“你真的认识我父亲？”

他点点头：“是啊，当年我几乎每天都坐他开的车呢。他不就是那个乘客一上车就问‘早上好’，下车时会说‘一路平安’的乔师傅吗？那个时候我们这些乘客都特别喜欢他，对他印象特别好。像他这样彬彬有礼的公交车司机，恐怕在整个青岛都绝无仅有的吧？每天坐他开的车，心情也格外好呢。你的样子，跟他年轻时很像，所以一见面我就认出了你。”

原来是父亲的热情爽朗，以及对工作的无比热爱，感染了身边的每一名乘客。他虽然没有几个熟人，但是他却成了大家的熟人。

就是从那以后，我开始对遇到的每一个人微笑，跟大楼的保安打招呼，跟小区的大妈拉家常，跟每一名客户或非客户彬彬有礼，给每个认识或不认识的人以尽可能的帮助，我的销售业绩也渐渐跃居公司的前列。我想这应该感谢我的父亲，是他以实际行动告诉了我：你不可能认识每一个人，但有可能让每一个人都认识你。你不可能喜欢每一个人，但有可能让每一个人都喜欢你。

文/冬冬

在人才辈出、竞争日趋激烈的今天，机会一般不会自动找到你，但机会对每个人都是平等的。要想在生活中取得成功，就要抓住每一个展现自己的机会。只有敢于表达自己，让别人认识你，吸引别人的注意，才有可能寻找到机会。

人生路，莫慌张

很高兴来到这儿跟大家见面，大家把掌声送给我的时候，我把我的掌声也送给在座的所有朋友。为什么呢？因为我们的人生是需要自己鼓励的。来，掌声再来一次。

今天，我来这儿没有做任何准备。上场之前，制片人跟我说，会有10位非常优秀的朋友坐在我面前，我当时觉得我是在参加电影学院的专业课考试，一下紧张起来了。因为我最害怕的莫过于竞赛型的或者表现类的东西，我从小到大一直是一个比较蔫儿、比较自卑的人。2008年之前，我都不是特别爱说话。没想到2008年之后，我变成了一个话痨，这绝对是真的。那么这个变化来自什么地方呢？来自我内心力量的转变。每个人都看到了陈坤以前忧郁的样子，“忧郁”这两个字好像已经是我身上扔不掉的后缀词。但在我内心深处，我要告诉大家，我是多种颜色的，我想要把我身上大家看不见的多种颜色呈现出来。

我是“75后”，水瓶座，B型血，非常自恋、非常骄傲，同时也非常脆弱和自卑。到现在我还是这样，经常会感到紧张。有些时候我也会表现出非常轻松的样子，更多的时候，只要听到大家给我的掌声，我就会觉得很开心。

同样，在某一个角落里面，我的细腻和敏感使我会注意到某一个人没有给我鼓掌，我心里就会难过。就好像前两天发生在我身上的一件很小的事情：我们“行走的力量”团队，想要去帮助一个新疆的小朋友，为他捐几万块钱。我们在微博中把这件事发出来后，很多朋友给了我们鼓励，但是我在看微博评论的时候，反倒因为有些人质疑我，心里很难过。这时我弟弟说了一句很棒的话，他说：“你为什么没有看见90%的人在为你鼓掌，为你加油，为你呐喊，给你支持，你偏偏要看到一些尖锐的话呢？”其实这个就是今天我要讲的话题，我们应该用什么样的视角去看待生活中的每一件事情。而今天我所能讲的，也只是把我自己经历过的一些事情，跟在座的朋友们分享，希望对你们有用。因为连我都能做得到的事情，大家只要开始做，一定会做得比我还好！

我是看《封神榜》长大的小孩。小时候，我身边所有同学都在看《红楼梦》《水浒传》《三国演义》或者其他世界名著，如巴尔扎克的小说、莫泊桑的中短篇小说等，而我从小到大都只喜欢看《封神榜》，因为我不怎么爱说话，脑子里老是想一些很奇怪的事情。我是跟外婆长大的，有两个弟弟，在我们家乡那个小城，我是少有的单亲家庭的孩子，从小不爱说话，人比较蔫儿，加上又长得比较好看，老是被人欺负。这样一个成长的过程给我很大的压力，让我变得软弱。我不知道自卑来自哪里，可能是来自家里没有父亲，或者我母亲工作也不容易。但是我非常感激，感激那个时候的软弱，因此我可以一直沉浸在非常开阔的《封神榜》的世界里。我经常会在放学走回外婆家也就几分钟的路上，一直在想，如果比干的眼睛被挖掉了之后，给他两个丹药放在眼窝里面，那会不会伸出两只手来，上面还长了两只眼睛，可以上看天庭，下看地狱，太酷了……回到家后，我脑子还停不下来，还在想：一个7岁的孩子，吃了一个桃子，长出了一对翅膀，变成了雷震子，他可以挥起他的棒子，去救他的父亲……

其实那个时候，在我柔弱的外表下，已经孕育出了一个非常强烈的属于自我的世界。我想说的是，用什么样的眼睛看你生活的世界，你就会得到什么样的回馈和内心感受。这是我从小时候逃避到另外一个假想空间再到今天进入现实世界的过程中，一直强迫自己学习和练习的事情。后来我渐渐发现现实没有那么残酷，所以我现在比以前快乐了。

在学校的时候，老师经常会说："你们问过自己吗，你们是谁？"好像我们都被问过，但当时大都是随便那么一问。但我还是很希望大家能认真地问一下自己：在你心里，你是谁？你想成为一个什么样的人？

在我们的生活里面，不会出现一个完美的人，我们最多只是想成为一个完美的行进者。所以我希望你们在找爱人的时候，或者是面对你们的父母、你们的孩子、你们的伙伴、你们很崇拜的人的时候，都不要给他们一个后缀——他是完美的，这样你才不会那么快失望。而当你发现所有人都在朝一个好的方向往前走，只是跟你前后脚的时候，你会带着一颗更宽容的心。你在宽容他们的时候，也在宽容你自己。

文/陈坤

现实中，相信每个人都有此感受——一些我们苦苦追求的东西是自己真正需要的吗？我们真正需要的是什么？当你安静下来想想这些问题，在思考的过程中，很可能就有了新的收获。陈坤对"人生路，莫慌张"的妙语总结，相信对你会有点启发。现实中所有人都在跑，我们可能本不想跑，但却已加快了脚步，同时心也跑了起来。人生苦短，放下该放下的，坚持该坚持的。人生其实是场加减法，懂得加也需甘愿减，人生路，莫慌张，因为人生总会有不可能的可能。

我在滚石，我很重要

我从来没有想过我这一辈子会离开滚石，就像我从来都没想过我会进滚石。

很多歌手认识流行音乐都是从西洋音乐开始的，而我，却是从听滚石的歌开始的。小时候，家里人听包娜娜、姚苏蓉，后来姐姐们听民歌。而我，第一次自己进唱片行买的唱片就是滚石潘越云的专辑。滚石对于青春期的我来说，不只是一家唱片公司，而更是一种“音乐”。

我后来学了古典音乐，但是对于流行音乐，我始终怀着一种偏执的激情。高中时念的音乐班不准听靡靡之音，我曾经因为被查到CD Walkman里放着黄韵玲的《蓝色啤酒海》（滚石发行），而遭记警告一次。这种处罚我甘之如饴，就像因为写情书被记过。

我求学期间没谈过什么像样的恋爱，陪我度过无数苦涩怀春日子的是李宗盛、罗大佑、黄韵玲、齐豫、张艾嘉、潘越云、陈淑桦的歌声。我当时常常想：这是一个什么样的公司，可以同时招来那么多我的知音。别人喜欢的音乐遍及古今中外，我的心声却千篇一律归向一家唱片公司。

说是我的运气，不如说是心诚则灵——我签进了滚石唱片公司。我还记得第一次进公司，紧张到连路都不会走。当时的滚石在光复南路的麦当劳楼上，我走上去看到的第一幅画面是海报上的苏慧伦躺在地上对着我微笑（《寂寞喧哗》专辑）。另一头衬着黄色的底，贴着两行斗大的字“我在滚石，我很重要。”

当时我血管里的液体想必都滚了起来。我不敢相信我竟然有这么一天能进这家公司工作，而且想必我有一天应该也会变得“很重要”。因为既然这里的每一个人都很重要，音乐也很重要……那么这里将不只是我的工作地点、我的事业，滚石也是我的怪兽电力公司，是我最终的庙堂。

就凭着这样的情怀，我在这里待了12年。从小制作助理，到一个“资深歌手”，大家叫我“奶姐”。这12年，我还记得多少个除夕夜，大家在家吃完年夜饭就迫不及待地回到公司聚会。整个旧历年，工作室的灯通宵亮着。

这是一个比家更接近家的地方。很多人说滚石有一种魔力，进来了就出不去。甚至就算真离开了，也都会再回来。这个传说我是一直深信不疑的。

这一两年，我慢慢发现过去陪伴我一起成长的人渐渐不见了，过去我深信的音乐态度在这个行业里慢慢要消失了。现今的音乐人似乎不再有做音乐给自己听的奢侈，大家想的都是：“怎么在不赔钱的情况下还能在这个行业继续混下去。”

看着一群怀有音乐梦想的人，开始卑躬屈膝、浓妆艳抹地去迎合环境的改变，这对像我这种信徒来说是极为痛苦的事。这种霎时令人手足无措的变化，有人说是因为盗版，也有人说是因为音乐人不争气。无论如何，过去将我牢牢迷惑住的魔力开始一点一滴地流失。而我，跟很多音乐人一样，面临着离开或留下的抉择。

我从来没有想过我会离开滚石。如果没有别家唱片公司愿意接手我的案子，说服我，这个行业仍然可为，也许我反而会快乐一点。这样我就可以完全不用去面对离开滚石的可能性。

但我终将要离开滚石。既然我是一个信徒，我就必须忠于我的信仰。1000多年前的唐朝人，前仆后继地从中国各地到西域修习佛法，风餐露宿，数十年如一日。他们的动力不是可以去旅行或赚更多钱，因为可以想见那一大片荒漠高山，在当时是多大的考验。这个比喻可能有点不伦不类，但我的心情跟朝圣者是一样的。

为了要追寻我心中仍有的那一点点激情，我必须离乡背井去接受考验。我带不走的，是我最纯情的梦，以及对音乐最真诚的信仰。在我的心目中，“滚石”仍然是巨大的磁石，集美丽与力量于一身，永不止息地滚动着，不仅不生苔，而且希望能越滚越大。

旧历年前的某一天，我如往常一样进滚石开会。虽然对前途感到惶惶，但我似乎感觉那会是最后一次进滚石，以一个滚石歌手的身份来开会。我坐在那里跟勇志和小艾开会，突然三毛总经理走了进来，他问我要不要喝一杯红酒。这是我进滚石12年来，总经理第一次这样问我。这也是第一次，我觉得他把我当一个大人。

我说“好”，他坐下来，啜着酒，缓缓地跟我们说起那个属于“滚石黄金年代”的记忆，属于那个时代的音乐。我终于觉得像是滚石的家人了。什么样的编剧，也很难给我一个收场，表达得出我当下的感觉。12年来，我像是卑微地暗恋着，而到我该离去的那一天，我才知道原来我的爱已经被接受了。

那天出公司时已是傍晚，我上车放了李心洁的《谢谢你给我的爱》。我相信这绝对不会是滚石最后一次感动我。结束12年的婚约是悲惨的，而结束时你仍然热爱着对方，就不知道言辞如何形容了。

海报上苏慧伦甜美的笑容没有骗我，滚石始终令我有宾至如归的感觉。那8个字的标语也没有骗我，现在的我，果然比12年前的我相信自己可以是重要的。

文/刘若英

“我在滚石，我很重要！”当年，这句贴在滚石唱片办公室的口号，曾激励了华语乐坛无数好声音：潘越云、陈升、周华健、张艾嘉、齐豫、罗大佑、李宗盛、陈淑桦、刘若英、梁静茹、莫文蔚、五月天……不是国际化的唱片公司，资源和资本都不具备优势，但就是这样的滚石，凭借独树一帜的音乐态度、优质的创作群体及独到的选拔眼光，在30年的光阴里造就了一大批优秀的音乐人、歌手及经典歌曲，更成为了一种精神，一种刻骨铭心的“滚石精神”。它在人们成长的时代，提供了值得纪念的歌曲，成为了许多人生命中很重要的记忆。

第五辑　往事并不如烟

往事如烟，往事又并不如烟。我们怀念过去，不仅仅是因为那些逝去的日子难以忘却，更多的是因为那些逝去的岁月留给我们太多的遗憾。我们怀念过去，不一定是因为那些往事有多么美好，而是那些往事难以忘却。掸去时间的浮尘，重温那些不寻常的岁月，许多的喜悦，许多的苦闷，许多的缺憾，许多的感悟，连成一条线，丰富了我们生命的底蕴。

永不启封的爱

想当年，蓝月是个柔娆清曼的美丽女子，腰如纨素，目澄秋水，柳姿荷逸，极清极妍。

做了20年演员，拍了一些或好或烂的影视剧，未曾大红大紫，却也小富即安。

如今，年过不惑的她退出了娱乐圈，专心在家相夫教子。虽有制作人请她出山，却均被她婉言谢绝。

对于名利场的光鲜，她天生不予萦怀，大有“任他风生水起，我自气沉丹田”的淡泊。

月华流彩的秋夜，闲来无事，她上网。在某论坛一角瞥到一帖。

发帖人躲躲闪闪地猜测着16年前那部武侠剧中，作为主演的她和那个男二号乔砂之间隐隐约约的情愫。

而为数不多的回帖，皆以嬉笑口吻反驳了发帖者的看法。16年前的旧剧，谁还愿意无聊地捕风捉影呢？

蓝月默然良久，抚摸着冰冷的键盘，用马甲ID跟帖道：“天空没有翅膀的痕迹，而她已飞过……”

旧剧，隐退的演员，没有料的话题，于是，再无人回帖。帖子很快沉了……

谁也无法想象，在16年前那个万里无云的寻常日子，在拍完那部武侠剧的最后一个镜头时，蓝月在想什么？而乔砂，又在想什么？

犹记剧组开镜时，是初见。

那时的他们，正当韶华。

其时，柔和的阳光静静穿梭在她身上，舒展，漫长，阳光下，似一道纤绝的尘陌，呢喃着天真，充盈着清灵。

乔砂对蓝月微笑，心里却说："这个美女，我曾见过。"

而蓝月，触及乔砂目光的一刹那，感到有一道光芒陡然间亮彻心扉，竟霎时间有了心曲相通之感——何以眼熟到如此？他，是我前世的亲人吗？……

这是活脱脱的宝黛初遇时惊鸿一瞥的范本。如他们一样，皆因前世的纠缠，才给记忆的死角留下一丝挥之不去的身影。

彼时彼地，剧本里描绘的那个男子，含笑施施然向她走来，轻袍缓带，白衣胜雪，他的身后，是翠色欲滴的草原。

一切都是那样纯净、超逸。

他走近了，五官是那样美好，她从未见过这般俊美的男子……

乔砂爱蓝月，可他不敢说。他在蓝月心无旁骛的眼神里看不到任何特别的信号。

但他不知道的是，蓝月也爱了。

美丽的女子，邂逅俊雅的王子，爱恋——是多么合乎常理的一件事，何必藏掖？

只因彼时，她有家，有爱人。

他多么想不顾道义地当众追求她，她又何尝没想过为他颠覆人伦？

但是，这仅仅是想想。

身份的矛盾，是难以调和的，具有宿命论色彩。

拍摄接近尾声的那段日子里，薄施粉黛的蓝月婷婷伫立在数台摄像机前，清逸如莲。棚里灯光骤起，顿时，无尽热泪涌上，生生停在眼眶里。

乔砂走过来，跟她搭戏，互接台词，而蓝月，面对这个与自己灵犀相通的俊美男子，千言万语，皆和着清泪滚滚而下。就像是她早已晓得这是今生唯一的一次合作……

谢谢这部戏，给了她爱一回的机会和力量。但是同时她也告诉自己：当剧组封镜时，她不再爱，不再哭，不再想，一切，到此为止。她的如清风一般淡远的爱，就让它烙着女主角的印记，永远封存在这部武侠剧中吧！今生，永不启封……

导演和在场人员皆惊叹于他们精纯自然的演技。悲情戏里如此纹丝合缝的默契，他们都以为，是专业好演员的素养所在。

而这部戏，也在第二年的本土影视剧评选中，因为出色的演技，获得了最佳女主角和最佳男配角的提名。

也许只有他们自己知道，这一切，不仅仅是“入戏太深”，还有灵魂深处不为人知的小小情愫，那么婉转，那么脆弱，那么细小，以至于别人都没有察觉……

“兰心蕙质”这个词，于蓝月，再恰当不过。冰雪聪明的她，早已洞晓了尘世的种种机缘和真谛。羞怯破土的爱的幼苗，在她别致的呵护下，就那样静静沉睡在心的一角，不发出任何动静，不做任何挣扎，甚至丝毫不打扰她接下来的生活和工作。

该具有怎样淡泊的心态和怎样清明的智慧，一个正当韶华的多情女子，才能将一份破土的爱，优雅从容地摆放在心底，做到永远不再去碰触……

他们不再是小孩子了，不能幻想不顾世俗地牵着手去世界尽头听海天相击的声音了。他们早已各自坚定了许多准则，这些准则伴随成长深深植入骨髓，容不得半点动摇。

所以，现实是——那一年的拍摄期，什么都没有发生，一切都是那样宁静，死寂。

时至今日，仍然有许多影迷捏着那些旧报中的只字片语企图寻找哪怕一丁点儿的情愫的痕迹，但是，从未有一人找到过明确的证据。

那年的他和她，要有何等成熟的心态，才能做到如此的片叶不沾衣？

故事就那样发生了，但是却注定谁都改变不了结局。

你是我前世的亲人，却与今生无关，不是吗？……

剧组解散那天，天空明媚得不合时宜。

他和她背向而行。

一个专属于女人的小秘密，就这样封存在了那个寻常的日子。除了她自己，没有人知道，没有人做证。

她再也没有接过有他参演的戏。他也没有。

日月去似流水。

乔砂已是儿女绕膝的慈父，与爱妻合力经营着一家影视公司，曾经桀骜的眼神漫上了日渐宁静的圆融。

而蓝月，隐退在遥远的海岛上，平时弹弹琴、写写字，离群索居，怡然自得。

就像两条直线，永远只有那么唯一一次的交集，之后便一个天之涯，一个地之角……

某日深夜，百无聊赖的蓝月无意中看到电视上的一档访谈节目。

屏幕上，鬓有华发的乔砂面带微笑，对着镜头淡淡地说："在我年轻时，曾深爱过一个女子，彼此却没有缘分，这是宿命……但我并不遗憾，只是希望她想起我时，就像想起前世的亲人，因为我想起她时，便是如此……"

那一刻，电视机前的蓝月，泪水滂沱而下……

文/也荻

对的时间，遇见对的人，是一种幸福。对的时间，遇见错的人，是一种悲哀。错的时间，遇见对的人，是一声叹息。错的时间，遇见错的人，是一种无奈。回忆的花瓣掠过心湖，泛起片片涟漪。爱不是千言万语，也不是朝朝暮暮，爱是每当午夜梦醒时，发现内心牵挂的依然是远方的你！

初　恋

我记得阳光怎样轻抚她的头发。她转过头来，我们四目交投，在那个喧闹的教室里，灵光突然一闪。我感觉心底仿佛受了一下重击。就这样，我的初恋开始了。

她名叫雷琪儿，从那时起，我小学和中学都是在精神恍惚中度过的。只要一见到她，我便心如撞鹿，在她面前更是张口结舌。在今天，还有人会在黄昏的阴影下，像只倒霉的夏虫那样，给窗子——她的窗子里淡淡的光所吸引而流连忘返吗？那种神魂颠倒、朝思夕想和纯情的倾慕，使我像个傻子，连嗓音也变了。这一切，现在看来有如一场痴梦。我知道当时我确实很苦恼，但却难以真正相信记忆中我做过的事，那就是甜蜜地忍受痛苦。

我看到她沿着一条林阴小径步行去学校或回家，整个人顿时会不听使唤。她永远表现得那么从容，那么自若。在家里，我会回味我们每一次的相遇，而想到自己那么窝囊又会懊恼非常。即便如此，我们步入少年期之后，我就感觉到她在温柔地容忍着我。

我们还没有成熟到互把对方视作情侣。她那正统犹太教徒的教养和我自己的天主教徒顾忌，使我们二人都守身如玉，尽管我们怎样渴求，连只是亲吻一下也是个渺茫的希望。有一次，我终于有机会搂着她起舞了——当然也是有监护人在场的。

在我的轻拥之下，她咯咯咯地笑了起来，这种表示对我完全信赖的笑声，使我对自己的遐想感到非常惭愧。

无论如何，我对雷琪儿的爱仍然只是单恋。中学毕业以后，她继续上大学，我则参军去了。当第二次世界大战时，我被派到海外。有一阵子我们互有书信往来，接到她的信成为那段难熬的漫长岁月里的大事。有一次，她寄来一张穿泳衣的小照，使我妙想天开。在下一封信里我提到了结婚的可能性，自此之后，她的复信便越来越少，也没有那么亲切了。

我回到美国后，第一件事是去找雷琪儿。她的母亲来应门，她已不住在那里，嫁了一个大学里结识的医科学生。“我还以为她已写信告诉你了。”她母亲说。

在等候退役时，我终于收到她那封“断情”信。她婉言地解释说，我们是没有可能结婚的。现在回想起来，我一定很快就恢复过来了，虽然在最初的那几个月，我相信自己痛不欲生。后来，我像雷琪儿一样，找到了另一个人，而且学会了和这个人相亲相爱，长相厮守，直到今天。

岁月如流，事隔40多年后，我最近又得到雷琪儿的消息。她的丈夫已经去世了，现在她路经此地，从一个朋友那里知道我的地址。我们相约见面。

我又好奇又兴奋。最近几年来，我再也没有想到她，因此，那个早上她突然来电话叫我吃了一惊。待真正见到她时，我更惊愕不已。餐桌前这个白发苍苍的老妇，就是我梦寐难忘的雷琪儿，照片上的婀娜美人鱼？然而，时间已使我们更互相了解和尊重。我们像老朋友般叙旧，很快就知道大家都已做了祖父母。“你还记得这个吗？”她递给我一张残旧的纸。那是我在中学时写给她的一首诗。我细看那些格律既不工整、韵脚又不铿锵的诗句。她看着我的脸，突然从我手中抢回那张纸，放回皮包里，好像怕我会把它撕掉。

我告诉她，打仗时我一直把她的照片带在身边。“那是行不通的，你知道。”她说。“你怎么那么肯定？”我反问她，“啊，姑娘，那可能是天衣无缝的搭配——我的爱尔兰人良知和你的犹太犯罪感！”我们的笑声惊动了邻桌的人。后来我们一直只是在偷眼看对方，不敢彼此正视。我想我们在对方身上看到的，否定了我们一度所深信的想法，那就是我们以为自己永远不变。

我送她上计程车之前，她转过身来对着我。“我只是想多见你一次，告诉你一句话，”我们的目光相遇，“我多谢你曾那样爱我。”我们亲吻了一下，她就离去了。

我的影子在一家店铺的橱窗玻璃中瞪着我——一个上了年纪的人，灰白的头发在晚风中飘动。我决定走路回家。她那一吻留在我唇上的热感仍未退去。我感到软弱无力，便在公园的长椅上坐了下来。四周的草木在夕阳梦幻般的余晕下闪耀着。

我如释重负。一件事圆满结束了，眼前的景致那么美丽，我巴不得喜悦地高歌和大叫大跳。

正如凡事都是逆旅过客一样，这感觉也很快便过去了。不久我便能站起来，走回家去。

文/（美）约翰·沃尔特斯

初恋对我们来说是什么呢？是第一次的心跳，是第一次的彻夜无眠，还是第一次牵手时的颤抖？初恋的开始可能莫名其妙，结束同样不需要明明白白。人的一生，时常会面临很多选择，有时需要放弃的可能是一个特别心仪的朋友，有时需要放弃的又是一种没有结果的感情。当你能够坦然地与初恋说再见，也是你人生的成长，能够留下美好的回忆，已经足矣！

春树流苏

我在高中时做的每一件事都是为了女生。我希望我有更崇高的动机，但我没有。事实上不只我有这个问题，我周围的男生都是荷尔蒙的奴隶。我们是学校中最平庸的一群，过胖、过瘦、过多青春痘。最羡慕的是学校篮球队的帅哥，女朋友多到买花时可以打折。

下午放学，看到顺眼的女生，我会跟踪她走到金石堂书店。她拿起席慕蓉的《七里香》，我拿起三毛的《撒哈拉沙漠》，和她保持一个书架的距离，跟着她的步伐移动，希望能看到她的学号和班级，回去再请同学的表姐打听。“林小琪同学收”是信封上写的，信上我这样写着：“那天在金石堂看到你，不知道能不能和你做个笔友……”是的，笔友。17岁，我们不懂爱，只懂用花哨的文字实践供过于求的感情。

我们当然也渴望身体的碰触。西门町冰宫，我们靠着栏杆，嚼着口香糖，欣赏女生的黑裙子在冰上飘荡。“一条龙”时，我们抓住前面女生的腰际，捧花瓶一样小心。女生跌倒时我们暗自叫好，却装出同情的目光：“我教你‘刹车’好不好？”离开冰宫时她说：“为了谢谢你教我‘刹车’，我请你吃‘谢谢鱿鱼羹’！”在狭窄的桌上，她伸过手来擦掉你衬衫上的酱油，你放下筷子为她挽起过长的衣袖。她上公交车，跑到后座来和你挥手，你倒退走路，得意忘形而掉进水沟。

最神气的要算去女校听音乐会。有帅哥在吴倩莲（她那时叫吴茜莲）成名前就在中山女高听她唱过《乘着歌声的翅膀》。第二天节目单在课堂上流传，传到后排时吴茜莲的照片竟被人剪掉了。看着有破洞的节目单，我们为上面的歌词谱上自己的曲。“亲爱的吴同学，”我们拿出天头印有诗句的香水信纸，“我为你的歌谱上了新曲，不知道能不能和你做个笔友……”

学校的合唱比赛也是我们盼望的。为了提高参与率，班长会找女校的女同学担任伴奏。放学后，班长到校门口接她，骄傲地带她走过操场，趴在3楼栏杆上的男生会以长达3分钟的口哨和纸飞机欢迎。班长说：“各位同学，这是林小琪，她要为我们伴奏。”接下来的3个月，我们有了集体情人。大家忙着猜测她的血型，班会的临时会议大家在争吵送她什么礼物。排练休息，众人争相送上饮料。比赛结束，我们拿歌谱请她签名：“你有男朋友吗？”“我喜欢肖邦。”“肖邦？”我们愤愤不平，“他是哪一班的？”

合唱比赛完了通常都有班际郊游。星期天一大早，出发时我们一圈圈聚集，假装热烈地讨论化学习题，眼睛却在偷瞄女生并暗下评语。除了分组烤肉，郊游的另一个保留节目是丢手帕。女生把手帕丢在你背后，你得赶快拿起来追着她跑。这个游戏没有任何意义，却让你对出席者一览无遗，待会儿要电话时比较有效率。回台北的路上，漂亮的女生总是和别人坐在一起。偶尔你幸运了，她却已在你的肩上睡着。发丝飘到你鼻下，你冲动地拔下一根。因为你知道有一天她会嫁给别人，对年少的情怀矢口否认。她不会记得你曾经花了30分钟为她烤一根肥香肠，用掉半个初恋和一整瓶沙茶酱。

到了高三，我们仍希望在补习班抓到一点情意。第二排那个中山女校的怎么没来？第四排那个景美女校的换了手表？是的，我们注意到手表，甚至手臂上的汗毛。半学期过后，终于鼓起勇气传纸条：“吾欲与君相知，长命无绝衰。”她转过头，我们立刻埋头于书本。下课后我们等在电梯门口：“听说她男朋友是附中的。”“揍他！”但这只是嘴巴狠，骨子里我们是脓包，不敢为心爱的女孩干架。她走出来，扶着眼镜看我们一眼，我们又立刻血脉贲张：“那个附中的个子大不大？”

我终究没有找到那个附中的。后来，我进入台大外文系，女与男比例十比一。对我来说，高中时代匆匆结束。那个迷信永恒、交浅言深的年代，那个席慕蓉、三毛、吴茜莲的年代啊！坐在外文系教室，我梦想了3年的一切就在眼前，不知为什么，我竟寂寞了起来。

文/王文华

中学时代，是最纯真的时期，这时的任何感觉都是最纯洁的，或许对于青春年少的我们来说，“爱情”这个词语真的太模糊，只要是那种想要在一起的感觉就够了——天天可以见面，一起学习，一起努力，尽情享受那种“在一起”的感觉！这样就好。有一天，等我们成熟了，再回头看看这份所谓的“爱情”，那应该是回忆起来满是甜蜜的感觉……另外，对于许多人来说，高中时代最珍贵的是认识了那么多可爱的人，到现在尤其能发觉他们对我们的人生所产生的积极影响。他们不是人生里匆匆的过客，而是值得我们铭记一生的人。

错 爱

恋人和哥们

王小懒夸我是高富帅的时候，我正在请她和万丽吃冰淇凌。我知道王小懒一到有人请客的时候嘴巴就特别甜，不过我还是很高兴，因为王小懒能当着万丽的面夸我。

万丽是校花，从大一开始，就有很多男生在追万丽，只是还没有人成功。我很自信，但是，我也很失败，不敢在骄傲的万丽面前表白。通过观察，我采取了另一个方式，先讨好她的闺蜜王小懒。

跟漂亮的万丽比，王小懒就显得很普通，尤其是脸上的雀斑，更衬出万丽姣好的面容了。不过，万丽似乎很喜欢跟王小懒在一起，王小懒看起来也很喜欢跟着万丽。很多追万丽的男生，不喜欢碍手碍脚的王小懒。在我看来，王小懒在这场爱情追逐战中可以发挥重要作用。

所以，王小懒说："刘川，在所有傻男人里面，你是最聪明的。"

我笑得合不拢嘴，问王小懒："这么说，你是愿意帮我咯？"

"那……要看你表现如何了。"王小懒伸着懒腰。

于是我在一个月里主攻王小懒，请她吃饭。她的要求也不高，火锅、冰淇凌、地方小吃，她都吃得挺开心的。月末的一天，她突然说，万丽和她想看电影了，我急忙订好电影票。看电影的时候，王小懒坐中间，我和万丽坐两边。我看着电影，第一次觉得王小懒碍手碍脚的，我都没法跟万丽说句话。王小懒很坦然，晚上，她发短信给我：“刘川，表现不错，我决定助你一臂之力。”我看完短信，兴奋得整一晚没睡。

王小懒是个言而有信的人。她向我准确报告万丽的行踪，她会在恰当时机借口离开。于是，我会很巧合地在食堂碰到万丽，一起吃饭；也会在去操场的路上碰到万丽，然后一起在操场边上散步、聊天。

在聊天中，我发现万丽喜欢打篮球的男生。我当即决定把丢了很多年的篮球拣起来。我需要一个陪练，王小懒正合适。她是体育特长生，很会打篮球，而且是年级女子篮球队的队长。我向王小懒求救，如我所料，她没有拒绝，很哥们地表示全力支持，当晚就要开始特训。

就这样，我和万丽走得越来越近，相互也都越来越有感觉，我们开始相约一起吃饭、散步，当然，这样的时候，已经不需要有王小懒出现了。后来，我和万丽顺利地成为一对恋人。我挺感谢王小懒的，她说帮我就做到了。

高富帅成穷光蛋

情人节的时候，我手捧99朵玫瑰，跑到女生宿舍下面去等万丽。当万丽下来的时候，周围的人都在看我们。我听到王小懒声嘶力竭地喊：“抱一个，抱一个。”于是，大家都开始起哄。而我和万丽，在众人的围观下，紧紧地抱在了一起。

相爱容易相处难。我和万丽甜蜜相处的时光并不长，我们开始吵架、生气。我知道，所有的情侣都会遇到这样那样的问题。但是，让我觉得很不舒服的是，我总觉得爱情是不能和物质挂钩的，万丽却坚定地认为没有物质的话爱情形同虚设。

万丽喜欢买东西，有时候逛街，她会要求买很贵的东西。当然是我在埋单，老爸给我的生活费不少，够我谈恋爱、满足万丽的消费，但是，我时常觉得，万丽在摆阔。我跟万丽说过这个问题，但是万丽不以为意，她觉得她需要吃好的、穿好的，一定要让其他女生嫉妒羡慕恨。有一次，我气急了，就拿王小懒跟她比，让她学学王小懒的朴素。万丽却是一脸不屑，她的话很刺耳："王小懒穿得再漂亮也还是丑小鸭，她算有自知之明，知道自己穿啥都不好看，索性穿朴素点。"我忽然觉得，万丽跟自己想得太不一样了，我心里很不舒服。

我们不欢而散。回到宿舍，我不由自主地给王小懒发短信，诉说我的不满。王小懒回得很快，帮万丽说了不少好话，让我多理解万丽的小姐脾气。她说，毕竟女生是用来宠的。我却觉得，万丽并没有那么爱我，或许，她爱钱胜过爱我。

我和万丽吵得越来越多，冷战时间越来越长。大三下半年，老爸生意不顺利，我的零用钱缩减到最低，我根本不能再帮万丽买那些东西了。我们终于大吵了一架，万丽狠狠地说我是个穷光蛋，还装高富帅。我气得直哆嗦。就这样，我们两个不再联系。

几周后，王小懒来找我，看到垂头丧气的我，她说："刘川，去打球吧，我陪你。"王小懒费尽力气把我拉到了球场上，看到篮球后，我突然有种想狠狠打球的欲望。就这样，我和王小懒一对一地在场上拼抢，当我晃过王小懒灌篮的时候有一种释放感。我使的力气太过，很快就把自己累倒了。我躺倒在场边上，王小懒喝着水，忽然对我说："万丽，好像有新男友了。"我没吭声，看着天空，努力不让眼泪流出来。

我生万丽的气，更生自己的气，失去万丽，让我极度消沉。我开始旷课，耗在网吧和游戏厅里度日。我不再去图书馆，不再打篮球，甚至晚上也不回宿舍。王小懒常常会发短信、打电话问我在哪，我都不回答她。有一天深夜，我喝了很多酒，一个人站在北门外吐。吐过后，有些晕，我无力地靠着电线杆。王小懒突然地出现在我面前，她很着急地问我怎么了，我却不知道要说什么。

好福气？

后来，王小懒打车把我送到了医院。因为酒精中毒，我昏昏沉沉地一直睡到第二天，醒来的时候，我看到趴在床边的王小懒。望着王小懒，我忽然很想哭。

我轻轻地摸了摸王小懒的头，把她惊醒了，她慌乱地问我是不是很难受。我哽咽地说："王小懒，谢谢你，谢谢你！"

后来，王小懒成为了我的女朋友。起初，她很不愿意，她觉得我因为失恋、内心空虚、耐不住寂寞，找她当女朋友是为了转移注意力。我坚持对王小懒说，和她在一起是因为喜欢她。其实心里到底怎么想的，我也不知道。最后，王小懒答应了。

和万丽在一起的时候，是我宠着万丽，而和王小懒在一起的时候，则是她宠着我。大家都说："刘川，你好福气，有一个那么爱你的王小懒。"可是偶尔看到万丽，我还是难过得顾不上别的。我常常在想，要是我一直有钱就好了，那样万丽就不会离开我，就会像从前一样快乐。回想起过去，我为万丽买这买那，她那张笑脸让我很开心。

现在，王小懒为我买了不少东西，可我并不开心。有时候，我和王小懒在篮球场打球，她总是让着我，当我闪过她灌篮进球，她显然笑得很开心。看到王小懒的笑，我挖苦她："你笑得傻呆呆的。"王小懒一点都不在乎，笑着说："刘川，只要你开心就好！"有一次，我突然大声对她说："你能不能有点个性，有点骨气！"后来想想，我发脾气是因为那天上午我看见万丽了，她对着新男友笑得真是开心。我的恶劣态度吓到了王小懒，看到她一副要哭的样子，我在羞愤中扔下篮球跑了。冷静后，我想明白了。王小懒是无辜的，她什么都没有做错，是我，从来就没有好好爱过她。

但是，我又不知道怎么样面对王小懒了。于是，我不再和王小懒见面，处处躲着她，王小懒发来很多短信，我都不搭理。有一天，看着王小懒发来的一连串求和短信，我火大地说自己是高富帅，她是黑穷丑，我就是再找不到女朋友，也不会看上她。短信发出去的瞬间，我就后悔了，我忽然想起王小懒那张含泪的脸。我犹豫着要不要跟她道歉，但是再也没有收到她的短信。我有种莫名的优越感，我相信王小懒会先来找我的，所以坚持着不道歉，不联系。没想到，就此，我们真的就断了联系。

大四下半学期，大家都忙着找工作，我想了很多次应该跟王小懒说清楚，并且道歉，但是一直没有行动。老爸的生意又缓了过来，他遇到了一个愿意帮忙的人。毕业后的几天，老爸坚持让我参加一个饭局，说是要感谢生意场上的贵人。我赶到饭馆的时候，意外地看到了王小懒。她很平静地跟我打招呼。

原来，帮了老爸的贵人就是王小懒的父亲。这顿饭，我吃得如鲠在喉。我实在没有勇气去求证，王小懒是不是促成这次帮助的人。在席间，我得知王小懒已经办好了留学的手续，明天就要出发了。

饭后，我直奔学校，走过我和王小懒曾经流连过的地方，往事历历在目。想到王小懒对我种种的好，眼泪落了下来。我的耳边一直回荡着："刘川，难道你一点都不爱我吗？"

现在，我终于有了答案，我是爱过王小懒的，只是我一直活在失去万丽的阴影里。也许，没有这场饭局，在我想通的时候，可以追回王小懒。但是，我知道，今天之后，这份爱情已经彻底离我而去。

文/陈明

男人有时候在失去挚爱时，情感也是很薄弱的，就像女人在受到创伤后。假如需要伤口迅速愈合，也只能将情感转移，或许拼命做着自己不喜欢做的事情。意志一旦薄弱，就一定会“出错”。文中的男生因为失恋了，身边正好一直有个她，于是两人顺理成章地走到了一起。可是，前女友的阴影一直存在，这段感情势必无疾而终。后来，知道了她为他做的种种，感动的同时，他才知道，原来，他也是爱过她的。但当他醒悟过来时，一切为时已晚。爱一旦错过，便是一辈子。

隔岸那片雏菊

场景应该是这样的：7月里，午睡过后，淘净了米，泡上绿豆，做一锅绿豆粥，留在晚上吃。就着新鲜的虾皮，温凉而解渴，米香豆香里融了虾的骨香。

夏天的村子，像一片叶子，寂静而单纯。

夏天的城市，也像一片叶子，干燥而悬浮。

偶尔的，两个人会在彼此居住的地方想起一些事情。不同榻，却时有相对。灯火是寒的。

村子旁边有一条人工河，是大跃进时候前辈人开通的。童年时候的河水总是充盈而流畅，多年后，人成熟，河已经干瘪。河是低的，两岸有高高的土坝。土坝上栽种了很多的树。北方的树木，高大，肃穆，集成柳树行、杨树行，进而成林。黄土上还生长着无人栽种、自生自灭的花朵。河坝上的花朵夏天开花，会一直开到秋天。等着霜降，才慢慢冰凉。

他说："东河坝上开满了花。天黑的时候我去给你采。"

她说："为什么要等到天黑呢？"

他说："嘿嘿。"

她说："怕什么，你就说给我采的。"

是雏菊。一片一片的雏菊开在河坝上，一片一片之间被树木和杂草隔断。在草丛中的花朵，倔强而干净。花瓣单一且细长，并不层层叠叠，简单地集中在一起，组成一朵淡淡的小花。

早些年的时候，东河里有水，水边有草，水草下有鱼。那种小鱼的名字叫麦穗，和夏收时节麦田里的麦穗一样大小。他和她去河里淘鱼，用田里的麦秆穿了河里的麦穗，夕阳下相跟着回家。

她会塞给他一把夏天里成熟的樱桃。手心里的樱桃，因为沾了汗，又在衣兜里藏了很久，通红且轻软。

有时候，他会下河游泳，狗刨式，头没入水里屏住呼吸，等她在岸上着急的时候，头又忽然冒出来，扑通通溅起浑黄的浪花，咧嘴笑，露出并不洁白的牙齿，身体泥鳅一样的颜色和灵巧。

阳光明亮并不强烈，天气炎热但有风。两个人的童年和少年，像田里的绿豆、芝麻、玉米，散发着农作物独有的香气，在宽阔的平原上一望无际地生长。瞬间会以为是一辈子，一辈子的事情还远着呢。

就叫他们秋生和雏菊吧。幸福而有回忆的童年，真正的青梅竹马，形影不离的玩伴，像两只蟋蟀或蚂蚱，无忧无虑地在草丛中雀跃。草丛是路上的草丛，车前草引着车辙，车轮轧倒雀跃的梦想。还有敏感而羞涩的少年，躲躲闪闪，目光疑惑而确定，像一朵祥云，飘着却又不肯落坠。

快乐的时光总是飞快地流逝，刀光一闪，人未倒，伤口却已经深入了心脏。时间是最高超的剑手，已经做到无剑可伤人的无形境界。未来的世界，并不在这广阔的田野。童年和少年，总要长大。而长大的过程总是要遇到一些事情，分别和相遇，再相遇和分别。

他说："我没什么可说的。"

她说："我会回来的。"

他说："你不会。"

她说："我会。"

16岁，秋生读过初中，不再上学。雏菊家搬入城里，读高中。人生中第一个重要的分别，夏日饭桌上的小菜一样，就这样轻易地摆在了面前。嫩绿的小葱，顶花带刺的黄瓜，樱桃一样红的西红柿。不忍，不忍。又是夏天。他失落，她憧憬。相交的两条线，就要被命运摆弄成平行线了，却还没能体会得到其中的况味。

是的，很俗套的故事。随便打开电视，翻开小说，都有这样雷同的情节。

他开始打工，去城市，去高原，去海边。四处流浪。人更沉默，心变得坚硬，但有时候柔软脆弱。在城里的时候，伙伴拉着他去看花展。是9月。华丽而硕大的名贵菊花，高傲而冷漠地看着他。在那些黄的、红的、紫的、白的菊群里，他低低地呼唤——雏菊。心脏一阵疼痛，健壮的胳膊上肌肉搏动。河坝上，田野上，他采了，送给她。她总是说，花长着多好，要采就采一朵吧。

他去海边，一个人躺在渔船上，闻着海腥，夜里听鱼在呼吸。此刻，只有鱼和他醒着。昨天一网拉上来一个海菊花，别人叫海葵或海星，他只叫它海菊花。他把海菊花整理了，制成标本，放在枕边。我不爱万物，只爱万物中和你有联系的少有的几样。

雏菊，你在哪里？我在海边想起故乡泥土的芬芳，你并不白皙的皮肤，单眼皮，细长的胳膊，散乱的发辫，和向我奔跑过来的身体。是的，他只是一个敏感而脆弱的青年，离开家乡，四处谋生，目光炯炯，心怀花朵。并不是谁都可以享用人生赐予的大餐。幸运的人才有往事，过了很多年，还能让心疼痛。

她有时候会想起秋生，默默地低下头。皮肤还是不白皙，眼皮还是倔强的单，外面的世界真花哨，心里到底好像失落了什么。更多的时候，她会笑着对大学里的女孩说，我有往事，我的青梅竹马都该娶亲了吧。多年不回村子，一些东西淡了。雏菊想，我们终究只有回忆，慢慢地恐怕连这也要失去。我们终究是两个人的人生。

秋生，我答应过你要回去，可是，恐怕回不去了。你会有你的妻子，你的孩子，你的家，但和我无关。可我相信，我是你的爱情。故乡清晨草尖上的爱情，滴着晶莹的露水，天然，散发着青草的味道，可以入药。

16岁以后，我们再没见面。暑假回家，他们说你离开村子，去别的城市，去海边。王母娘娘也许不存在，一条银河真的存在。

我并不空白和泛泛的童年和少年。秋生，因为有你。

他频繁被姑姑姨妈们拉去相亲。有一天，感觉累极了，走在乡间相亲的土路上，看到路边开着黄色的野菊花。他们曾经采过，晒干，卖给收药材的人，然后到供销社买回整套的《西游记》连环画。

媒人说，这是小菊姑娘。他愕然地望过去，姑娘是文静的，白皙的，穿白色的裙子。并不像她。但他一眼看出这个小菊姑娘像他一样，和这个村子已经格格不入。他们是同一个世界的人。

还有什么话可说。如果一定要娶一个女子在身边，她该是合适的。他要带着她离开这里。这个村子，已经没有留下的理由。走了一个雏菊，带走一个小菊。他看到自己的花圃里四季菊花盛开。

文/杨莜

文章以菊喻心喻人，别出心裁。多年以后，他会体会到雏菊和九月菊的区别，雏菊的花瓣单一而直白，九月菊的花瓣层叠而弯曲，一个是心事的铺陈，一个是心事的勾起。雏菊，从未离去。

那时花开

温暖的触摸

马德

有一天晚上，是我值班。

照例我要到操场上去转转，操场在教学楼的后边。周边是零星的几盏灯光，有极淡的一点光晕射出来。我带着手电出来，开始沿着跑道往里走。学生们大都回宿舍睡觉去了，我到操场转转的目的，无非是怕有的学生还没有回去，毕竟在这样一个春末的晚上，清新的空气以及舒爽宜人的温度是让人留恋和眷顾的。如果还有别的目的的话，那就是看看还有没有男女生在操场上——提防有早恋的学生。

果然，再往夜色更深处走，我看到了两个人的背影，那该是一个男生和一个女生，我快走几步，赶上了他们。

我问，这么晚了，为什么还不回去睡觉。他俩嗫嚅着，说不出话来。听他们的气息，显然是被吓坏了，声音中透着紧张和惶恐。我面对他们站着，但暗淡的光，让我不能看清他们的面容。我旁敲侧击地讲了一些早恋对学习产生如何如何危害的话，两个学生低着头，只是默默地听，不插话，也没有辩解。宿舍楼熄灯的铃声响过后，我让他们回去了。

之后，过了好几年，我早把这件事忘了。然而，一天，一封来自珠海某公司的信飞至我的案头，我觉得很是蹊跷，当我怀着好奇读完了那封信之后，才明白了事情的原委。

原来，信是那个女生寄来的。信里边谈的内容，也是关于那个晚上的。她说，马老师，那个晚上，被您抓住之后，我很害怕。其实那一刻我一直担心着一件事情，就是您手中的手电筒，我怕您会突然之间拧亮您手中的手电筒，然后毫不留情地照在我俩的脸上。我觉得，那时我一定会无地自容。我是在惶恐中熬过那几分钟的，记得当时我一直在盯着您的手电筒，手电筒在您的手中翻转来，又翻转过去，但是最终您没有让它亮起来。即使是后来，您让我们回去的时候，也没有亮过，哪怕是一次。这些年，我一直忘不了这件事情，今天给您写这封信，我要郑重地对您说：谢谢您。

我在那个晚上，心底里并没有感觉到亮不亮手电会对那件事产生多大的意义。然而，就是这样一个细节。对于一个孩子，对于一个犯了错误的孩子，是多么大的尊重。这件事情之后，我开始更多地注意生活中的一些细节，比如，把愤怒的姿势换成握手，让一句厉声的呵斥变得温和，轻拍对方的肩膀，给仇怨一个宽容的眼神，用心倾听卑微人的话语，等等。我不想从这些细节中得到什么回报，但我知道，这些细节一定会碰上一颗善于感知的心灵。实际上，这已经足够了，就像阳光照耀大地万物的时候，它并不会在意一朵花是否会散发出幽香和芬芳一样。

或许，它所在意的是，光线的每一个细微的部分，是不是给了花瓣最温暖的触摸。

我爱你，可是我不敢说

张丽钧

那是一次高考模拟测试，我照例充任主考官。坐在一张课桌前，百无聊赖地低头看桌面上学生们信手涂抹的杂乱无章的字迹。我先看到了一些当红影星、歌星、球星们的名字，接着又看到了一些诸如“酷”、“哇噻”、“去死吧”等中学生们常用的流行语。在这堆烂字中间，我发现了些娟秀清丽的小字。仔细瞧瞧，竟是一首小诗。在飞沙走石的文字“风暴”里，那首小诗非常巧妙地隐匿了自己，又十分执著地披露了自己：“我爱你/可是我不敢说/我怕说了/我马上就会死去/我不怕死/我怕我死了/再没有人像我一样爱你。”

写得真不赖。我在心里说。作者是谁呢？总不会是我班里的学生吧？平素让他们写作文，搜肠刮肚也写不出几个像样的句子，怎么一写“我爱你”，就能把中国话说得这么地道！

弟子们上大学后的第一个寒假，又相约重聚到我身边。大家不再像从前那样拘谨，竟然公然品评我的发式和服装了。谈及往事，同学们个个激动不已。当初悬在我脑子里的许多问号全被他们唧唧喳喳地抻成了感叹号。突然，我想起了那首小诗，我说：“那天，我在咱班一张课桌上读到一首小诗。诗中写道：“我爱你……”

“可是我不敢说，”同学们居然齐声背诵起来，“我怕说了/我马上就会死去/我不怕死/我怕我死了/再没有人像我一样爱你。”

“哇噻！”我叫了起来，“让你们背一首《茅屋为秋风所破歌》，你们死活背不下来，情诗却背得这么好！——作者是谁呀？”

同学们笑了。有个同学说：“我们也不知道作者是谁，但我们都挺喜欢这首诗的。抄它背它的时候，觉得特神圣，特壮烈。也没费多大的劲，就刻在脑子里了。”

我听得呆了。我在想，作为一名教育工作者，我是不是有责任把那种“特神圣、特壮烈”的诗从桌面上拯救出来……

刻在树上的字

李乔

那棵树是他亲手栽的，在教室的后面。上课时，他一扭头就能看到那棵树，再一扭头就能看到坐在教室里的她。她在他的斜前方，他只能看到她的侧影。她的耳垂极白，弧线极优美，也许他最初就是因为爱了她的白皙的耳垂然后才注意到她，最后爱得魂牵梦绕。他那时常想：树一天天长高，她一天天长大，等他们都长大成人了，他就和她结婚，生孩子。他和她拉着孩子的小手去看那棵树，告诉孩子，树上的名字是妈妈的，妈妈的名字是爸爸刻的。

想着想着，他就会露出开心的笑容。

那时候，他们还都在一所中学读书。植树节学校组织植树，每人植一棵，挖坑，栽树苗，填坑，给树苗浇水，每人承包一棵。她也在植树，由于要挖坑，要提水，她累得脸红扑扑的，汗珠晶莹在额前颔下。他觉得她就是上苍派给他的公主，她的一举一动都令他沉醉。“我是这样爱她，总得为她做点什么。”在一个月明的夜里他带着小刀，来到自己栽的小树前，用小刀刻下了几个字——×××我爱你。

“我爱你”不久就被同学们发现了，在校园里掀起层层波澜，她成了大家议论的中心，也成了众人目光的焦点。是谁刻的字，真是色胆包天！班主任老师大为恼火，小小年纪不知学习，却学会早恋了！班主任进行了深入调查，发动学生进行无记名举报揭发……但数周过去，结果却是不了了之。

在这次“刻字风波”中，他心中惴惴不安，因为那些字就刻在他栽的那棵树上。然而，她看上去则精神始终特别好，面若桃花，走路昂首挺胸，就好像她已经和谁沉浸在热恋之中了。

爱一个人，就把这个人的名字深深埋在记忆里。15年后他重返校园，那棵树还在，她还在——她大学毕业后，主动要求回母校做一名教师。学友重逢，握手相看，感叹十几年光阴眨眼便过去了。望着自己的梦中情人，他心潮澎湃。从侧面看，她的耳垂依然极白，弧线依然极优美。

沿着校园的小路散步，他们来到那棵树前。树长高了，那几个字也长大了，他能够清楚地看到她的名字和“我爱你”三个字。“也不怕老师同学笑话，这么多年来，我时常会来看这棵树，还有这树上的字。”她笑吟吟地说。

“为什么呢？”他的心一动。

“那次轰动全校的‘刻字风波’，是我少女时代最浪漫的故事。说实话，到现在我还在想，谁会这样写呢？我宁愿相信是他。”

他一下子就明白了，她指的不是自己，心里一揪，涌上无边的酸涩……

文/李乔等

校园里的爱恋最是纯净，正如歌德所说，道德纯洁的少男少女的初恋，“永远趋向崇高的目的”。安静的午后，让我们静静地回忆起那份美好纯真，然后会心微笑。誓言谎言已不再重要，爱情的花朵终有凋零的时候，美好的是那时花开。

那些水果，那些芬芳的记忆

对我们而言，哈密瓜似乎带有某种反面的意义，是一种干旱的水果。在我们穿行于焦灼炎热的峡谷间或踏过沙尘平原上龟裂的土地时，若能看见哈密瓜，吃下它，那感觉，简直像是从绿洲的水井中汲出甘泉。它们是不大可能的奇迹，给我们慰藉，但事实上无法真正解我们的渴。哪怕就在剖开它们之前，哈密瓜闻起来都像一团甜甜的水。一种紧紧抱成一团又没有边界的味道。但若想要解渴，你需要某种更刺激的东西。柠檬是更好的选择。

在小巧嫩绿的阶段，哈密瓜会暗示出青春。不过很快的，这水果会变成一种奇怪的没有年龄的感觉，永远不会变老——就像母亲之于她们的孩子。哈密瓜的表皮总免不了有些斑点，这些斑点像是痣或胎记。这些斑点和出现在其他水果上的斑点不同，其中没有衰老的意味。这些斑点只是一种证明，证明这颗独一无二的哈密瓜就是它自己，也永远是它自己。

没吃过哈密瓜的人，很难从它的外表想象它的内在。那明目张胆的橙色，一直要到剖开的那刻才能得见的橙色，渐渐朝绿色转变。一大堆籽躺在中间的凹洞里，颜色如暗淡的火焰，潮湿，它们排列和簇挤成团的模样，公然蔑视所有一目了然的秩序感。到处都亮闪闪的。

哈密瓜的味道同时包含阴沉黑暗与阳光灿烂。它以非凡的神奇魔力，将这些相反对立的特质、这些在其他地方都无法共存的特质，结合在一起。

我们的桃子在阳光下变黑。当然，是一种绯红的黑色，但其中黑比红多。其黑如铁，在煅烧中变得红热、已然淬火、正在冷却的铁，对它依然蕴藏的热气不透露一丝警告的铁。马蹄铁的桃子。

这种黑很少扩散到整个表面。果子在树上时，有些部位始终遮蔽在阴影下，这些部位就是白色的，但这种白色中带有一抹青绿，仿佛绿叶在投掷阴影的同时，不小心在它的表皮上擦过一指自身的颜色。

在我们那个时代，富裕的欧洲女士，耗费无比心力想让自己的脸庞与身体保持那样的苍白颜色。但吉卜赛女人从不如此。

桃子的大小尺寸差距甚远，大到足可填满手掌，小到不超过一个台球。当果实受到磕碰或熟得太过时，小桃子那较为细嫩的外皮，就会渐渐出现微微的皱纹。

那些皱纹经常让我们联想起，一只黝黑手臂弯曲处的温暖肌肤。

在果实中心你会发现一枚果核，带着暗棕色树皮的质感，以及宛如陨石的可怕外貌。

野生的桃子，是上帝专为小偷创造的果实。

每年的8月时节，我们都在寻找青梅。它们屡屡叫人失望。不是太生、太柴，柴得几乎干枯，就是过软、过烂。很多根本连咬一口尝尝都不必，因为单靠手指就能摸出它们没有正确的温度：一种无法在华氏温标或摄氏温标里找到的温度，它属于一份独特的清凉，有阳光环绕四周。小男孩拳头的温度。那男孩介于8岁到10岁半之间，是个开始独立的年纪，却还没有出现青春期的压力。男孩把青梅握在手中，放进嘴里，咀嚼，果实冲过舌头奔进喉咙，好让他吞下它的期盼。

对什么的期盼？对某个这会儿他还说不出名字但很快就会确定的

东西的期盼。他尝到一种甜味，跟糖不再有任何关系的甜味，而是和一只不断伸长、似乎永无止境的肢臂有关。这只肢臂所属的身体，唯有当他闭上眼睛才能看到。这身体有另外3只肢臂，一根脖颈，还有脚踝，就像他自己的身体一样：只是除了它里面的东西会向外涌出。汁液从这永无止境的肢臂中流出，他可以在齿牙间尝到它的滋味，一种无名的苍白树木的汁液，他称之为“女孩树”。

在一百颗青梅中，只要有一颗能让我们想起这些，就已经足够了。

樱桃有一种独特的发酵气味，这是其他水果所没有的。直接从树上摘下的樱桃，尝起来像织了阳光花边的酵母，那滋味，与光滑闪亮的樱桃外皮恰好互补。

吃已经采下的樱桃，哪怕才刚采下一小时，你就会尝到其中混杂着樱桃自身的腐败滋味。它那或金或红的色彩中，总带着些微微的棕色：若它变软、溃烂，就会变成这种棕色。

樱桃的新鲜，不在于它的纯净饱满，像苹果那样，而在于它的发酵泡沫带给舌头的那种几乎察觉不到的轻微刺痒。

樱桃的小巧模样、轻盈的果肉和若有若无的表皮，与樱桃核是那样格格不入。吃樱桃时，你几乎总是无法习惯果核的存在。当你把果核吐出来，感觉上那果核似乎和包覆它的果肉毫无关联。它更像是你身体的某种沉淀物，因为吃樱桃这个动作而不可思议地形成的沉淀物。每吃一颗樱桃，就吐出一颗樱桃牙齿。

嘴唇，与脸上其他部位截然不同的嘴唇，和樱桃有着同样的光泽以及同样的柔韧性。它们的表皮都像是某种液体的表层，探求着它们的毛细表面。我们的记忆正确吗？让我们做个测试吧。拿一颗樱桃放进嘴里，先别咬破，感觉那么一下下它的密度、它的柔软、它的弹性，与含着它的嘴唇是多么贴合啊！

一种深色、小巧、椭圆的李子，不比一个人的眼睛长多少。9月，它们在枝头上成熟，在叶间熠熠闪光。

成熟时，它们的颜色是带黑的紫，但是，当你将它们捏在手中用指尖搓摩，会发现它们的表皮上有一层霜：色如蓝色木柴烟的霜。这两种色彩让我们同时想到溺水与飞翔。

暗淡的黄绿色的果肉既甜且涩，它的味道是锯齿状的——像是沿着一把极小锯子的刃口轻柔地滑动你的舌头。梅李无法散发如同青梅一般的诱惑力。

梅李树总是种在住家附近。冬日时节，透过窗户向外看去，每天都能瞧见鸟儿们在它的枝丫上觅食、聚集、栖息。鸣雀、知更、山雀、麻雀，以及一只偶尔擅自闯入的喜鹊。春天，同一群鸟儿会在花朵绽放之前，攀上梅李枝头引吭高歌。

还有另一个原因，让它们成为歌之果实。从装满发酵梅李的桶子中，我们蒸馏出非法的烧酒，梅李白兰地。而几小杯闪闪发亮的李子白兰地，总会怂恿我们不知不觉地唱起歌曲，歌唱爱情、孤独和忍耐。

文/约翰·伯格

著名教育家叶圣陶先生指出："写任何东西决定于认识和经验，有什么样的认识和经验，才能写出什么样的东西来。反之，没有表达认识的能力，同样也写不出好作文。"本文作者无疑是一个目光敏锐的观察家，同时也具备了优美的文笔。文章描写生动，栩栩如生，感情细腻，夹叙夹议，似乎让我们真切地感受到了那些水果的甜，那些水果的酸，那些水果的涩、那些水果的发酵味道。于是，那些芬芳的记忆也开始涌上我们的心头。

千疮百孔的爱

张爱玲的父亲张志沂（1896—1953），别号廷重。从张廷重的生卒年份来看，他恰是跨越了中国近现代巨变的一个人。时代在上演轰轰烈烈的正剧，对很多人来说可能是个福音，而对旧官宦家族遗子的张廷重来说，却不折不扣是一场个人悲剧。与在史书上留名的李鸿章、张佩纶的辉煌生涯形成强烈反差，他的名字，只因女儿、父亲、外祖父而为世人所知。

他跟他父亲一样，也是7岁就丧父，但却没能像老爸一样“艰难困苦，玉汝于成”，而是一生都笼罩在失败的阴影中。旧式家族，男丁为主，要重振家声更是需要子弟们争气。生母李菊耦便把过重的期望押在了他的身上，这一来，反而害了他。

李菊耦在清末的十几年间，经历家国之变，心理上有一个强烈的反激。昔日娘家的尊崇，夫婿的未展之志，都化为她望子成龙的心切。

这位通晓诗书的母亲，教子甚严，背不出书就打。但常规的仕途，到此时已走不通了，清政府于1905年废除了科举，张廷重为作八股而学的一肚子学问，完全成了无用。

他的一生也就如失舵之舟，再也没能找到方向。

父亲张廷重种种不合时宜的举止，张爱玲在幼时便有很深印象。

那是一个神态沉郁的夫子，终日绕室吟诵，滔滔不绝，一气到底，末了拖起长腔一唱三叹，算是作结。然后沉默踱步，走了没两丈远，又起头吟诵另一篇。听不出那是古文、八股范文，还是奏折，总之从不重复。

末世人物有他们割舍不了的精神寄托，但是就连小爱玲听着也觉心酸，因为毫无用处。

这绕室徘徊的习惯，就是李鸿章传下来的健身绝招“走趟子”。这个词，充满了“无路可走，但也非走不可”的荒诞感。

尽管张廷重受清末维新之风的熏陶，学过英文，能读会写，甚至能用一个手指头在打字机上打英文函件，但是，他还是没法走出宅门去谋生就业。因为，做生意外行，蚀不起；当官、入政界更不行。

前朝老臣的后裔，怎能耻食周粟？——投敌的名声是败坏不起的！

他只能当遗少。

看张爱玲的传记《传奇未完》，文章中张的父亲如同一个蛮横粗暴的君主，在祖上传下来的旧式城堡里作威作福。

张爱玲与父亲相处的时间比跟母亲相处的时间多。在她4岁时，母亲和姑姑一同出国留学去了，儿时的张爱玲对母亲的感情是这样的：

“我一直是用一种罗曼蒂克的爱来爱着我的母亲的。她是个美丽敏感的女人，而且我很少有机会和她接触，我4岁的时候她就出洋去了，几次回来了又走了。在孩子的眼里她是辽远而神秘的。”

按理说来，张爱玲与弟弟跟着父亲住在硕大幽深的大院里，应该有相依为命之感。但父亲张廷重在妻子前脚走时，后脚就把姨太太接进了家门，姨太太进家门是管理张家的大小事务，而张的父亲则倒在烟榻上抽大烟。当然，如果天气好的时候，他也会在庭院里学着祖父李鸿章的样子吟诵古文，张爱玲在一旁研墨，看着父亲写旧体诗，这时候张爱玲与父亲的相处是童年难得的一丝幸福。

张爱玲的父亲的作风很有些遗少派头，排场大、开销大，好玩乐，花天酒地。他是20年代初极少拥有私人小汽车的人之一，配有专门的司机，还自驾车玩乐，四处招摇，出身豪门贵族的人大都带些“皇”气。然而时过境迁，科考在他10岁那年被废除，“五四”之后，出风头是刚刚兴起的白话诗，他得意的旧体诗成为古董，长衫短袍则被西服替代，他穿的锦绣金线长袍如同戏里过时的旧衣服，走在上海街头，很蹩脚。

而张爱玲的母亲却爱上了新潮，婚后到英国留学，爱上了扑面而来的西方文明。经过这样一场文化洗礼，她更加无法忍受家中那个抽大烟、喝花酒、一辈子陶醉在自己家族光圈里的旧式老公，回国不久就提出离婚。

张廷重对妻子提出的离婚一度以迁就的姿态，但她的一句：“我的心意已经像一块木头”，让张廷重自尊心大受震荡，随即在离婚书上签了字。

最为可气的是，他生命中最重要的女儿张爱玲居然也爱上了母亲和姑姑的那一套西洋玩艺。张爱玲在姑姑与母亲的家里，看姑姑在钢琴上弹奏着西洋曲调，母亲在旁边高声吟唱，用英文大声交谈……女儿回到父亲身边，喜滋滋地传递着在母亲处的快乐，孰不知，父亲对母亲的情感是爱恨皆有，恩怨交加。对于张爱玲，张廷重虽然不能说宠爱有加，却是倍加欣赏的。当张爱玲提出要去姑姑那里住几天时，他情知妹妹与前妻同住，却余情未了，在鸦片榻上柔声答应了。

但在十几天后，张爱玲从母亲那里回来时，张廷重刚刚起床，心情颓落，加上后妻挑拨女儿不把她放在眼里，跟她母亲一样叛逆不懂规矩。张廷重想起前妻，一个尖锐、盛气凌人的影像浮在眼前，一意投奔母亲的张爱玲也变得可恶起来。他所有的怒气，在那一刻爆发。

爆发的结果是张爱玲被毒打后关在黑屋子里差点病死，在佣人何干的帮助下，逃离了那个潮湿阴暗的家。从此，父女俩就此翻脸，一生也没有回转过来。如此的决绝，并不是因为不爱，相反，是因为爱，只是求近之心往往弄成疏远之意，那样深的爱，却无法超越两人不同的人生观。之后张廷重在鸦片烟雾的徐徐袅绕中，生命之光也一天天耗尽。

而张爱玲则以写作闻名，起起落落，从上海到香港再转至美国，不同的人生观，让他们颠沛于不同的路途。然而，那样一份变了味的爱，却始终陪在他们身边，使他们一生牵挂，却一生不愿妥协，耿耿难安，隔着半个世纪的时光惦记到人生之末……

传奇里倾国倾城的人大抵如此，张爱玲对亲人的爱终究不肯说出来，只是在文字中深情地眷恋："我没赶上看见他们，所以跟他们的关系仅只是属于彼此，一种沉默无条件的支持，看似无用，无效，却是我最需要的。他们只静静地淌在我的血液里，等我死的时候再死一次。我爱他们。"

文/路闻

从默契融洽，到分道扬镳，几乎是在一瞬间，好像一只曾经精美的瓷瓶，被掼碎在地，光弧划过，碎片飞溅。张爱玲和她父亲，各自掉头走开，却在别人无法注意到的瞬间，拾起残瓷一片，珍藏在心，即便被那棱角划得伤痕累累，仍然无法舍弃，从残片上体会它旧日的美。当他们辗转于各自的人生路途上时，想到生命里的那个人，是否各有各的委屈与芥蒂，其间的酸楚难言，倒跟爱情有点相似。创伤多半因为爱而不是不爱。求近之心往往弄成疏远之意。

怎能忘却你的爱

若爱意一直能绵延下去，他只能选择将爱缱绻于笔墨中，寄托在画卷上；若要问真爱能爱到多久，怕是如李秋君这般——从开始，到死才止。

20岁那年，张大千正意气风发，踌躇满志。彼时的他，在上海滩是声名鹊起——他临摹名家的画作水平之精湛，就连画界一流的鉴定专家也分辨不出其真伪。张大千的画作在当时流行之广，上至达官显贵，下到市井百姓。

1929年，宁波富商李茂昌从张大千处购得一幅仿照石涛的画作，拿回家即迫不及待地展卷欣赏。只见用笔之流转自如，力度之均匀得体，画之意境喷薄而出，自己竟丝毫看不出与石涛原画作有何不同。李茂昌一生栉风沐雨，阅人无数，从不肯轻易赞人一句，而此时，却从内心里为这个年仅20岁的小伙子而深深折服。

李茂昌正赞叹之际，其女儿李秋君却走了过来，只是稍稍一看画卷，就称此画是赝品。不过，李秋君却也赞仿画之人天分甚高，将来成就之大，可以用划时代来形容。李茂昌的心倏地一动，暗赞女儿眼光之独到。而在他内心深处，一个更奇妙的想法更是慢慢滋生。

那天，李茂昌数番邀请才将张大千请到府上一叙。张大千被客厅的一幅《荷花图》所吸引，奇怪地问李茂昌："此画用笔气势如男子，可画旁字体却又是异常瑰丽，脱俗且有女风。看来，画界真是天外有天呀！"李茂昌微微一笑说："画主就在我府上，你可愿见上一见？"张大千闻听，大喜过望，立即应允，且笑称要拜这个高人为师。

当毕业于上海务本女中、远近闻名的才女李秋君出现的时候，可想而知，张大千立即被其清丽绝伦的容姿和超凡出尘的气质所迷倒。只是区区一眼间，便在心头涌满了爱怜。愣了几秒的张大千瞬即跪倒在李秋君面前，行了拜师之礼。李秋君显然未想到张大千会行跪拜之礼，虽然感到惊愕，但还是深深为张大千的才情所吸引。彼时那一刹那间，两颗心无声地交融在了一起。

后来，李秋君的"鸥湘堂"自此便成了他们的画室。他和她，除了分室而眠，其余时间便形影不离。她爱他的画技和人品，他爱她的才气和绝世之貌。彼此间的爱慕，在研墨的时分里，在笔端流转的间隙里，越来越浓。然而，两人却又都是彼此间将爱意放在了心底，谁也没有主动表白。

直到那次，李秋君看到张大千给四川的妻妾写信，便幽幽地道："若是你能再娶一个大小姐为妾，岂不福分更大？"张大千稍稍一愣，长长叹了一口气，竟是一声未吭。

那个晚上，张大千再次跪倒在李秋君面前，声泪俱下："三妹呀三妹，若论我一生红颜知己，除你再无别人。只是，我已有妻妾，若再纳你，必是使你才女受辱，名节亦损。而我，怕是亵渎神灵，要遭天谴了。"说罢，便疾步回到自己房间，一个人站在窗前，嘴里始终念叨着"相见恨晚，相见恨晚呀……"他的手里，拿着刚刚刻的一枚方印，上面两个字——秋迟。

只是张大千不知道，他说了那番话之后，李秋君暗流珠泪，直至天明。

自此，李秋君亦不再多言爱意。她只是把爱深深地埋在了心里，在张大千面前没有再提婚嫁之事，而是以妹妹自居，且称终身不嫁。

1930年，李秋君随张大千来到了上海，在国立美术学校任教。彼时，她一如既往地照顾他的起居生活，甚至亲手为他缝制衣服。张大千外出的时候，门徒由她来代选。所有的徒弟们，都被她所感动，敬称她为“师娘”。李秋君并不拒绝，每当听到“师娘”二字时，脸上便是忽然花开，笑容静好。她不要名分，她亦不傻不疯，她只是想爱一个人，到永远。若一定要形容她对他的爱，只能是一个“痴”字了。

张大千不管在哪里，也从未中断过与李秋君的联系，直到1949年去了东南亚，彼此间失去了联系。后来，张大千从东南亚到南美旅居。他发了疯地思念着李秋君，每到一个国家，就要收集一点泥土装在信封里，写上“三妹亲展”。他画画，画里满是对她的柔情。要不，那幅专为李秋君所作的《苍莽幽翠图》，怎会是他一生最钟情的佳作，又怎会不管谁出多大价钱都拒绝出售呢？而“秋迟”两字，更是作为很多画作的落款。

1971年，李秋君去世，正在香港举办画展的张大千闻听此讯，顿时悲恸万分。从1949年失去联系开始，未曾想直至李秋君去世都没能见上一面。本性洒脱的他，居然立即大声哭出来。那时，他在房间里长跪不起，几日几夜拒绝进食。

8年后，张大千谢世。有人说，李秋君死后的8年间，张大千一直郁郁不乐，神情凄然。他身边的弟子见到最多的场景是：自李秋君死后一下子就苍老了许多的张大千，常常一个人把自己关在屋子里，泪光潸然地看着那幅《苍莽幽翠图》，而嘴里，总是不知厌倦地反复念叨着同一句话：“三妹一个人，三妹一个人呀……”

是的，她爱他一生，无怨无悔。这样的爱，他又怎能忘却？

文/葛闪

张大千和李秋君这段柏拉图式的绝恋，不禁让人扼腕长叹，恨不逢时未嫁成！但转念想来，张大千这样“束之高阁”的处理，于他于她，恐怕都是最为明智。李秋君是张大千一生的挚爱，不是妻子却胜过所有的妻妾。其他红颜，都是张大千生命中的过客，情爱来了，情爱去了，但是惺惺知己情才是张大千最大的牵挂。他曾在秋君晚年时，写信道：“一生曾蒙无数红颜厚爱，然与三妹相比，六宫粉黛无不黯然失色。”男女之爱，超然若此，已有永恒的况味。

往事并不如烟

小毕跟我小学同班，又是隔壁邻居，当初搬来村子里，毕家已在此地住了十几年。记得第一次看到小毕是搬来当天，我在院子搬花盆，靠着竹篱笆将花一盆盆摆好，忽然篱笆那边蔷薇花丛里有人喊我：“喂！”抬头一看，是个黑头小男生，走过去，他说：“我知道你们姓朱——”当面就把一只绿绿的大毛虫分尸了。哪知我是不怕毛虫的，抓了一把泥土丢他，他见没有吓到我，气得骂：“猪——啊——”哈哈地笑着跑开了。

我被分到五年级甲班。老师在讲台上介绍新同学给大家认识，教同学们要相亲相爱，我却看到小毕坐在教室的最后一排，手上绷着一条橡皮筋朝我瞄准着，老师斥道：“毕——楚——嘉！”他咧齿一笑，橡皮筋一转套回腕上，才看见他另一只手圈了整整有半臂的橡皮筋，据说都是他赢来的。小毕在躲避球校队打前锋，常常看他夹泥夹汗一股烟硝气冲进教室，呱啦啦喝掉一罐水，一抹嘴，出去了，留下满室的酸汗味。

毕家5口人。后来我才知道，毕妈妈年轻时候在桃园一家加工厂做事，跟工厂领班恋爱了，有了身孕，那领班却早已有家室，不能娶她。毕妈妈割腕自杀过，被救了回来，生下小毕，寄养在朋友家，自己到舞厅伴舞，每月送钱给朋友津贴。小毕在那里过得并不好，毕妈妈去一次哭一次，待有一些能力时，便跟一位姊妹淘合租了间阁楼，小锅小灶倒也齐全，把小毕接回同住，晚上锁了门出来上班。

毕伯伯原在大陆已有妻室，逃难时离散了，一直在联勤单位工作，横短身材，农夫脚农夫手。过了中年想要讨老婆为伴，他有一干河南老乡极为热心，多方打听寻觅的结果，介绍了小他20岁的毕妈妈认识。头一次见面安排在外面吃饭，毕妈妈白皙清瘦可怜见的，毕伯伯只觉惭愧，恐怕亏待了人家母子。毕妈妈唯一的条件是必须供小毕读完大学。第二次见面就是行聘了，中规中矩照着礼俗来，毕妈妈口上不说，心底是感激的。

小毕5岁时有了爸爸，7岁有了一个弟弟，隔年又来一个弟弟，两个都乖，功课也好。印象里的毕妈妈不是快乐的，也不是不快乐，总把自己收拾得一尘不染，走进走出安静地忙家事，从不串门子，从不东家长西家短，有礼地与邻人打招呼。又或是小毕打破了谁家的玻璃，拔了谁家的鸡毛做毽子，毕妈妈在人家门口细声细气地道歉，未语脸先红。

而毕伯伯不，红彤彤的大骨骼脸，大嗓门，大声笑。下班回来洗了澡，搬张藤椅院子里闲坐。两个男孩轮流去骑爸爸的脚背，毕伯伯脚力之大，一举举到半空中，小的男孩每每吓得要哭，放下了倒又格格地傻笑起来。毕妈妈有时收了衣服立在门首看他们父子嬉闹，看得那样久而专注，我怀疑她是不是只在发呆。多半这个时候小毕还在外头野荡。难得毕妈妈也笑，实在因为太瘦白了，笑一下两腮就泛出桃花红，多讲两句话也是，平日则天光底下站一会儿，颊上和鼻尖即刻便浮出了一颗颗淡雅的雀斑。

毕妈妈的国语说得很艰难，不是带腔调或不标准，事实上，咬字非常正确的。原因有两个：一则她的国语是翻译台语，故此比别人慢了；一则——根本是毕妈妈太少说话了，以致是不是渐渐丧失语言的能力了呢？毕伯伯毕妈妈少有交谈，两人的交谈都是在跟孩子讲话当中传给了对方。毕妈妈跟孩子讲台语，毕伯伯不知怎么就会听得懂了。比方晚饭时毕妈妈跟孩子说：“鞋子都穿开嘴了，过年要买一双。”那个礼拜天，毕伯伯就带孩子去市区选鞋了。小毕从来不跟去，也自有一份，尺寸都合，不合的话毕伯伯下了班再拿去换。

那年中秋，我们两家到后山德光寺赏月。毕伯伯喜欢小孩，对女孩尤其疼，一路耍宝逗我们姐妹笑，还把小妹扛在肩头，舞狮似的右晃左摇一气奔到山坡上，矮登登的活像“天官赐福”里的财神爷。毕伯伯蒸笼头，最会流汗，毕妈妈从塑胶袋里拿出冰毛巾递过去，擦过后，仔细地叠好收在袋里。我们坐在凉亭里分月饼柚子，听毕伯伯跟爸爸聊大陆的中秋，毕妈妈少吃少笑，在一旁利落地剥柚子给大家吃，或拿鹅毛扇在脚下替大家驱蚊子。小毕早就一个人寺前寺后玩了一圈，跑来吃几瓣柚子又不见人影。小毕跟我们女生是除了恶作剧，老死不相往来。那晚的月亮真是清清圆圆照在凉亭阶前如水。

毕妈妈每天中午来给小毕送饭，夏天连送水壶，把喝干的壶换回去。飘毛毛雨也送雨衣，天气变凉也送夹克，没有谁家的母亲像她这样腿勤的。小毕是男生，绝对憎恶雨衣，绝对不加衣服；可是奇怪，小毕那样不驯，唯毕妈妈不必疾言厉色就伏得住他。夹克他只有穿了，却自有他的权变，将两条袖子在颈前绑个结做件小披风，算是听了母亲的话。雨衣不妨披在肩上扣好第一颗扣子，跑起来虎虎的像拖了一篷风，做个行侠仗义的青蜂侠也不错。

上了国中，小毕被分到相对不好的班级，学抽烟，跟人打架，和不良少年一直纠缠不清。毕伯伯三天两头跑学校摆平，还是给贴了一个大过出来。然而我知道小毕不是坏的，不是。因为有次放学回家，我在菜市场柳家小巷被3个男生拦住路，一人恶声道：“你干吗那么骄傲？”怪了，他们是谁我都不认识。他道：“你以为你是模范生就了不起呀，假清高！”劈手便来揪我头发，突然小毕的声音在我身后大喝道：“你们别动她，她是我爸的干女儿。”不知那些男生怎么走掉的，只听见小毕说：“没关系，保证没人再来惹你。”

当下太慌张了，后来想要跟他道谢，他每每故意避开，仿佛从未有发生这件事。几次我去办公室送教室日志，见他在训导处罚站，训导主任手舞足蹈地对他咆哮，于他分明无用，因他并不以为他做的是错，于我却是惭痛——小毕，小毕，若以为我也和别人一样看你你就错了。

小毕国三时偷钱，那笔钱本是毕伯伯准备替他们缴的学费，小毕偷去交朋友花掉了。那晚毕伯伯盘问小毕，我们在隔壁听得清清楚楚。小毕从头到尾没吭一句，毕伯伯气极，拿皮管子下了狠手打他，小毕给打急了连连叫道：“你打我，你不是我爸爸你打我！”噼啪两声耳光，是毕妈妈甩的，屋子里沉寂下来。

毕伯伯吱呀一声跌坐在藤椅里。我打赌我们这半边眷村都在聆听他们家的动静，后山的松风低低吹过，院中晒着忘了收的旧杂志给吹得沙沙作响。良久，良久，差不多要放弃下文了，显然是毕妈妈押着小毕，而小毕不肯跪，毕妈妈的声音喘促起来：“跪落！死囝仔，谁给你教，你不是我生的！死囝仔，不认伊是爸爸，那年啊，你早就无我这个妈妈！”毕伯伯气颤道：“我不是你爸爸，我没这个好命受你跪，找你爸爸去跪！”

遂真正都沉寂了下来。真正的沉，沉沉的夜，睡不稳，几次醒来，嘤嘤的哭声，听不真，在很远很远的地方吧。

第二天毕妈妈开煤气自杀了。毕家小孩下午放学回家没人来应门，便和邻居小朋友在广场玩，等毕伯伯乘交通车下班回来，觉得有异，发现时已救不回了。毕妈妈留下一封不算信的信，用她所会不多的字写着：楚嘉的爸爸，我走了。阿楚，我告诉你，你要孝顺爸爸，我在地下才会安心。楚嘉的妈妈方英。

村子里组织了一个治丧委员会，出殡当天毕伯伯的河南老乡都到了，小毕带两个弟弟跪在灵堂一侧，向祭奠的每一位来宾叩头致谢。穿着麻衣的小毕显得更瘦更黑，孝帽太大，一叩头便落下遮了整个脸。

毕伯伯一直很坚强，把丧事办得整齐周到，待出殡完回家，来跟父亲商谈一些善后琐事，谈着谈着竟至恸哭流涕，念来念去还是怪毕妈妈糊涂，夫妻十年，他不曾有过重话，怎么这气头上的话就当真了呢！他的妻，论年龄可以做他的女儿了，他不能给她什么，除了一个安稳的家，爱惜她一生。她这样就去了，不是明明冤屈他？毕伯伯哭得手麻脚软，止了泪，又谈起做坟，占多大地，用什么材料，筹划得有条有理。毕伯伯顿足叹道："我还能怎么样？不过尽我所有罢了。"

小毕决定投考军校，毕伯伯知悉大怒，坚持要他参加高中联考。小毕讲给毕伯伯听，第一，他是考不上高中的，毕伯伯道："考不上补习一年再考。"第二，不必花学费。毕伯伯气得把小毕拉到毕妈妈灵前，道："你不要跟我讲学费，你妈妈巴望你好好读书，考高中，考大学，出来找事容易，风风光光做人，你不要对不起你妈！"第三，预校念完直升官校，跟一般大学是一样的。毕伯伯跳脚吼道："我不知道官校跟大学一样！"小毕有一点没说，他是决心要跟他从前的世界了断了，他还年轻，天涯海角，他要一个干干净净的开始。

后来是学校里的导师、训导主任和校长连番将毕伯伯说服了。毕业典礼，毕伯伯给安排在贵宾席观礼。小毕和另外一个男生被保送预校，皆上台接受表扬和欢送。小毕胸前斜挂一条大红绶带，在肩上结一朵绣球。当台下的掌声拍起来时，最久，最响的，小毕你猜是谁？

隔年毕伯伯退休，搬离了村子，跟河南乡亲合伙开杂货店。彼时正值我们村子拆建，众皆纷纷在附近觅屋暂住，毕伯伯回来办房屋移交手续，带了好些自己店里卖的干货来，仍叫我们干女儿呀干女儿。走时毕伯伯站在院子里，隔竹篱望着自己的家出神，蔷薇凋零，酢浆草铺地正开。

我想，毕妈妈的一生是只有毕伯伯的。其实，这世上的哪一桩情感不是千疮百孔？她是太要求全，故而宁可玉碎。果真那是毕妈妈唯一能做的了吗？

再见到小毕是国中同学会，在西餐厅聚餐。有人拍我肩膀，回头一看，“小毕！”大家都这么喊他的，多少多少年来这是我第一次叫他。多少多少年来，他的瘦，如今是俊挺；黑，是健朗。那黑压压的眉毛与睫毛底下，眼睛像风吹过的早稻田，时而露出稻子下水的青光，一闪，又暗了下去。他就是小毕，已经是空军中尉军官毕楚嘉。

我问毕伯伯好吗，小毕朗声一笑，原来在小毕鼓动计划下，毕伯伯的杂货店已扩建改为经营青年商店，手下三四人管货卖货，乐得毕伯伯现成做老板，闲时去河南老乡那里吃茶聊天，赏豫剧。两个弟弟都念高中了。我听着只是要泪湿，谢他昔年的一场拔刀相救。小毕侧侧头有些惊诧的：“啊，是吗？”又说起他在训导处罚站挨骂的事，他也诧异好笑，仍说：“啊，是吗？”

于是我写下小毕的故事。

1982 年 5 月

摘自山东画报出版社《最好的时光：侯孝贤电影纪录》

文/朱天文

那些明媚中略带忧伤的过往，总是被我们翻过来一遍遍地怀念，然后叹往事如烟随风而逝，而有些事、有些人却总也不能忘怀。就像一首伤感的老歌：有过多少往事，仿佛就在昨天；有过多少朋友，仿佛还在身边。

有些事儿是不能比赛的

小时候，常听见小朋友们比赛谁的家长官儿最大；长大了，女同学们比赛谁最漂亮；再长大，女朋友们比赛谁的男友最出色；再长大，女人们比赛谁的丈夫最成功；再长大，大家都比赛谁最有本事赚钱；再长大，所有的人都比赛谁在社会上最受承认……再长大和比赛下去，我们都失去了存在的意义。

我最怕比赛，俗话说："人比人气死人。"我以为人生是不能比赛的，人生中很多的事情也是不能比赛的。

最近我参加了某地艺术作品奖评选，由此更确认艺术无法比赛。艺术不是体育，从若干优秀艺术作品中选出一部最佳作品来，以什么为标准呢？作品无法用数字来衡量。如果用数字来断论艺术，唯一的数字标准就是选票——哪一部作品占有最多的评委选票。我们大家按选票数来推论作品，结果推出来一部选票最多但是大家都没特别留意的作品，就因为这部作品在人文上没争议、在技术上没争议、在风格上也没争议，看着挺好，不招谁惹谁的，既不是很出新，也不是很守旧，所有的评委都不介意给它一票。无意中，这部作品成了票数最多的佳作。

结果出来，评委们困惑，觉得可笑，因为每个评委心里都有各自的偏爱。但是大家的偏爱很难统一，就统一在一部谁都没太介意也不反

感的作品上了。评委没有时间做太多的争论了，只好公布结果。但是大家心里仍旧念叨各自的偏爱，想着那些排在金奖之下或根本没上

名次的作品。颁奖时，我心里也来回念叨：如果不是这部，是那部或者是那部……其实连评委都拿不准，奖不奖的有什么意义呢？艺术家最好别在乎得奖，能否获奖都是偶然事件，照迷信的说法是：命。艺术奖和艺术没什么大关系。

当然艺术奖和艺术家的生活是有关系的，它可以改变一个艺术家的命运。但是真正有原创力的艺术家顾不上照顾任何评委的口味。

比如作曲家勋伯格在发明他的系列音乐时，肯定没想到要获奖，他只是在音乐美学上受不了已经固定下来的音乐体系而已，为了给他自己的耳朵创立一个全新的音响体系。真正的艺术创作必是创新，必是要改变一种固定概念，必要引来疑问。很多非常出色的艺术作品往往在刚出现的时候被强烈地反对，如果后来它们被承认和获奖，那是因为它们在经历反对后渐渐成了主流。而所有原创者们在创作的过程中绝对不会算计它是否将来会变成主流。二十世纪末在艺术上出现了一个很奇怪的事儿，就是当代艺术家们比过去会算账，这可能都是排行榜的影响，捶胸顿足创作艺术的人被认为是傻帽儿。

艺术家再不是简单地为热情而活，而是曲里拐弯地活着。

艺术倾向像不同的风吹来吹去，一会儿要破传统，一会儿要机械化，一会儿要解构，一会儿要简约，一会儿要时尚……当下最聪明的作品是在传统上做那么一点点变动，给一点点新社会意义，但绝不背离轨道。这种作品既可使大众“茅塞顿开”，又不违反大众的惯常思维，任何评委都可放心投票，因为不会引起巨大纠纷。但是过一阵艺术又要有什么新倾向呢？永远在追求准确的定位，会不会反而落个“无个性”？

那些年轻大胆的艺术家，往往要犯很多的错误，被误解、碰壁、

受挫折……简直是无边无际的地狱，可能完全没有盼头。我们学会了蔑视外界，最后能不能保持不蔑视自己？

捶胸顿足的热情和飞快旋转的智商都需要吃很多肉来补充能量，最不会伤筋动骨的艺术之道是：沿着漫长的路慢慢溜达，享受艺术。

写这段文章的时候，我是在柏林。刚刚结束参与新音乐舞蹈剧《觉》的演出，送走了音乐舞蹈家们后，我去了趟罗马。两天在罗马，除了热和累，一点儿没感染到罗马的古代精神。古罗马精神在哪儿？似乎是藏在那些巨大的建筑和雕塑里，它们不愿意出来见旅游者和脾气烦躁的服务员。那些在雕塑周围的庸碌人群只能使罗马显得焦躁。如果达·芬奇仍旧在他的作品中活着，那我们这些旅游者肯定是走动的僵尸。是古老的艺术给予罗马生命还是我们这些庸俗的生命在代替石头活着？有朋友说到罗马对古代建筑的保护如何伟大，也说到中国对古代建筑的破坏如何渺小，我看着罗马街道，却找不到什么特殊精神。回到柏林，我和一些德国人说起罗马，有人感慨说，罗马精神已经没了，但是在中国，古老文明的精神还活着。是吗？这真是奇怪的事儿，那边的老房子都留着，却没有老精神；这边的老房子都拆了，但是老精神还活着！所以这世界上的事情真是说不清对错。

现在不能和古代比赛，老中国不能和老意大利比赛，北京不能和罗马比赛，祖宗不能和祖宗比赛，自己不能和别人比赛，艺术和艺术不能比赛，厨房和厨房不能比赛，父母和父母不能比赛，婚姻和婚姻不能比赛，情人和情人不能比赛，孩子和孩子不能比赛……我真幸运，不是运动员！

文/刘索拉

现实生活中的人们，都需要有一种比劲，铆足干劲，力争上游，缺少这种比劲，社会就不会有发展和进步，但是，不切实际地比，也是不行的。比如艺术，各有特色，时移世易，不争一时之长短；比如父母对子女的爱，谁的多，谁的少？又比如向灾区献爱心，如果一味计较捐款的多寡，则悖理了慈善的初衷。人比人，气死人。这句话像是晨钟暮鼓，伴随我们快乐人生行！